ullstein

Das Buch

Endlich haben sich der junge Altwarper Polizeimeister Boris Kröger und sein Kumpel Tarek, der türkischstämmige Ostseefischer, von den mörderischen Ereignissen um die Rattenyacht erholt. Es ist wieder idyllisch am Osthaff. Bis am Strand ein Schuh angespült wird – mit Fuß, aber ohne weitere Körperteile. Wo ist der Rest der Leiche? Ist hier etwa ein Mörder am Werk? Boris Kröger stolpert in neue Ermittlungen, die ihn bald in den Zirkus führen, der gerade in Ueckermünde sein Lager errichtet. Besonders die dressierten Schweine dort sind berühmt und berüchtigt. Und bei all dem Chaos darf natürlich Oma Machentut nicht fehlen. Sie hat auch dieses Mal wieder ihre ganz eigene Vorstellung davon, wie man die Dinge hier machen tut. Denn es scheint, ein Mörder hat den Küstenkoller …

Der Autor

Richard Fasten, Jahrgang 1966, wurde in Cham (Oberpfalz) geboren und studierte Geschichte, Philosophie, Archäologie, Kommunikationsforschung und Phonetik in Bonn. Als freier Autor hat er mehrere Sachbücher und den Krimi *Moin* veröffentlicht. Richard Fasten lebt in Berlin und ruht sich in Vorpommern aus.

Von Richard Fasten ist in unserem
Hause bereits erschienen:

Moin. Ein Fastostsee-Küstenroman

Richard Fasten

Küstenkoller

Noch ein Fastostsee-Küstenkrimi

Ullstein

Besuchen Sie uns im Internet:
www.ullstein-taschenbuch.de

MIX
Papier aus verantwortungsvollen Quellen
FSC® C083411

Originalausgabe im Ullstein Taschenbuch
1. Auflage Juni 2015

Umschlaggestaltung: ZERO Werbeagentur, München
Titelabbildung: FinePic®, München; Schweinchen: Getty images/Digital Zoo
Satz: Pinkuin Satz und Datentechnik, Berlin
Gesetzt aus der Melior LT
Papier: Pamo Super von Arctic Paper Mochenwangen GmbH
Druck und Bindearbeiten: CPI books GmbH, Leck
Printed in Germany
ISBN 978-3-548-28573-3

Mittwoch

Die Bestie steht keine drei Meter von mir entfernt und starrt mich kampfeslustig an. Falls jetzt kein Wunder passiert, wird das der letzte Strandspaziergang meines Lebens gewesen sein. Aber immerhin darf ich in der Heimat sterben. Wer darf das schon?

»In Altwarp geboren, in Altwarp gestorben.«

Das steht nicht auf vielen Grabsteinen. Ich sollte also dankbar sein. Bin ich aber nicht. Denn mit dem Sterben ist das so eine Sache. Man kann in Altwarp vom Auto überfahren werden. Also rein theoretisch. Manfred Marquard hat mit seinem alten Mazda bereits zwei Katzen, den Hund von Hannelore Küstrow und mehrere Möwen ins Jenseits befördert. Oder man isst im *Klabautermann* Hajo Melthins berüchtigtes Fischomelett. Das überleben nur die stärksten Mägen. Es gibt viele verschiedene Arten zu sterben. Für mich hat sich das Schicksal leider eine der weniger attraktiven ausgesucht: Mein Körper soll am idyllischen Haffstrand von einer wilden Bestie aus Afrika in Stücke gerissen werden.

Nach dem reichhaltigen Genuss von Oma Machentuts Fischsuppe wollte ich das Ansichtskartenwetter zu einem entspannten Verdauungsspaziergang am Strand nutzen. Daraus ist nun leider nichts geworden. Dank der Bestie, die mich gleich entspannt zerfleischen wird. Vielleicht ein Leopard. Oder irgendeine andere Raubkatze mit Zähnen scharf wie Rasierklingen. Ich kenne mich da nicht so aus. Und *Brehm's Tierleben* habe ich zufällig nicht dabei. Auf der Dienststelle in Ueckermünde habe ich es mehr mit entlaufenen Hunden zu tun. Und von denen wollte mich bisher noch keiner in Stücke reißen.

Die Bestie neigt ihren Raubtierkopf leicht zur Seite. Vielleicht hat sie im seichten Uferwasser etwas entdeckt, das ihr schmackhafter erscheint als ein schwitzender Dorfpolizist. Ich sollte die Unaufmerksamkeit meines Gegners nutzen. Eine schnelle Flucht ins Haffwasser ist allerdings keine Option. Vielleicht können Leoparden nicht schwimmen. Ich aber auch nicht. Deshalb öffne ich ganz langsam den Verschluss meines Pistolenhalfters, ohne die Bestie aus den Augen zu lassen. Salziger Schweiß läuft mir dabei über die Oberlippe.

Als ich das kühle Metall in meiner Hand spüre, schlägt die Raubkatze zu. Mit einem kühnen Satz ins seichte Uferwasser schnappt sie nach einem roten Gegenstand, der zwischen Muscheln und Algen dümpelt. Im gleichen Augenblick segelt ein grobmaschiges Netz über die Bestie.

»Bleibst du ganz ruhig!«, plärrt eine Stimme hinter mir. »Gaaanz ruhig!«

»Verdammt! Ich bin gaaanz ruhig«, erwidere ich mit betonter Gelassenheit. Das kühle Metall der Dienstwaffe in meiner Hand und das grobmaschige Netz, in dem die Bestie zappelt, haben mein angeschlagenes Nervenkostüm wieder einigermaßen stabilisiert.

»Nicht du, sondern Sweety! Gaaanz ruhig, Sweety!«, sagt der Mann in der verdreckten Jogginghose, der an mir vorbeimarschiert, mich mit einem freundlichen Klaps auf die Schulter begrüßt, um sich anschließend um seinen Fang zu kümmern.

»Diese verdammte Tierschützer haben gestern Nacht wieder geöffnet die Käfige«, krakeelt der Typ, hebt das Netz an und streicht brummend mit der einen Hand über das Fell der Bestie und mit der anderen über seinen geölten Oberlippenbart. Auf der Vorderseite seines eng sitzenden Muscle-Shirts prangt in goldenen Buchstaben die Aufschrift: »Circus Ravelli«.

Jetzt wird mir einiges klar. Der schmierige Wanderzirkus hat sein gelb-rotes Zelt seit zwei Monaten auf dem Festplatz in Ueckermünde aufgeschlagen. Eigentlich wollte er nur vier Wochen bleiben. Anscheinend haben die Ravellis aber keine Lust mehr zu wandern.

»Sie können von Glück reden, dass Sie noch rechtzeitig gekommen sind, Herr ...?«, sage ich und schiebe mir die nasse Dienstmütze lässig aus der Stirn.

»Pavel«, antwortet der Typ schnell. »Nennst du mich Pavel, Herr Wachtmeister! Alle nennen sie mich nur den Pavel. Zusammen mit dem anderen Pavel bin ich der Pavel und der Pavel – was sind die Könige von die Raubtierdressur!«

Könige hatte ich mir ein klein wenig anders vorgestellt. Zumindest nicht in dreckiger Jogginghose und eng sitzendem Muscle-Shirt. Aber nun. Man kann nicht alles haben.

»Kröger«, antworte ich gelassen. »Polizeimeister Boris Kröger. So nennt man *mich* hier. Nicht Wachtmeister, sondern Polizeimeister Kröger – Prinzessin von die Verbrechensbekämpfung.«

Pavel senkt demutsvoll seinen dunklen Haarschopf und deutet einen Knicks an.

»Freut mich sehr, Prinzessin Boris Kröger!« Dabei wirft er den Kopf in den Nacken und reißt den Mund auf, dass ich die goldenen Zähne in seinem Gebiss sehen kann. »Bist du echter Spaßvogel, Prinzessin Kröger!«

Wer der Spaßvogel von uns beiden ist, wird sich noch zeigen. Wahrscheinlich hat der König der Raubtierdressur den Clown der Ravellis am Morgen gefrühstückt. Aber dem wird das Lachen schon noch vergehen.

»Eigentlich wäre ich von Amts wegen verpflichtet gewesen, diesen Leopard mit einem gezielten Fangschuss außer Gefecht zu setzen, um Gefahren von der Allgemeinheit abzuwehren«, sage ich mit dem erforderlichen dienstlichen Ernst in der Stimme.

»Aber Polizeimeister Kröger«, stammelt der König der Raubtierdressur. »Nein, nein, nein! Die kleine Sweety ist doch kein Leopard, sondern ist nur eine harmloser Serval!«

»Ein was?!«

Will der mich verscheißern? Was soll bitte ein Serval sein?

»Eine Serval«, stottert Pavel der Raubtierbändiger. »Ganz harmlos ... Wie ein normale Schmusekatze ... Vielleicht etwas größer, aber nicht gefährlicher ... Mäuse müssen sich in Acht nehmen vor die kleine Sweety, aber nicht ein Meister von die Polizei!«

Dann packt er das Tier energisch im Nacken und hält es mit einem Arm hoch in die Luft. So sieht die Bestie tatsächlich nicht mehr aus wie eine Bestie, sondern wie eine nasse Katze. Das ist Sweety natürlich auch: eine nasse Katze. Allerdings eine mit einem roten Gegenstand im Maul.

Mit seiner freien Hand befreit der König der Raubtierdressur das rote Ding aus Sweetys Maul und reicht es mir mit einem feisten Grinsen.

»Gehört zu dir, Prinzessin?«

Erst jetzt sehe ich, dass es sich bei dem Gegenstand um einen roten Damenpumps handelt. Und gleich darauf bemerke ich noch etwas. Und Pavel bemerkt es zur selben Zeit. Augenblicklich erstirbt das Lachen unter seinem öligen Schnauzbart. Das ist jetzt nicht das, was ich gebrauchen kann. Also so gar nicht. Das kann ich noch weniger gebrauchen als einen schmierigen König der Raubtierdressur mitsamt exotischer Schmusekatze. Weil ich gleich die Verwandten von meinem Kumpel Tarek vom Bahnhof in Ueckermünde abholen muss. Und überhaupt.

Aber machen wir es kurz:

In dem roten Damenpumps steckt ein Fuß.

Die verrostete Kutsche des Raubtierkönigs steht auf der Altwarper Seestraße. Ein kleiner Kastenwagen mit geschlossener Ladefläche. Pavel öffnet die Heckklappe und schiebt die nasse Sweety sanft in einen Gitterkäfig. Das grobmaschige Fangnetz wirft er achtlos daneben. Dann schließt er die Heckklappe und atmet auf.

»Das kann nix gewesen sein die Sweety«, sagt er und schüttelt energisch den Kopf. »Die Sweety ist ein harmlose Katze, die wo Mäuse fängt. Einen Fuß von einem Menschen kann die nix abbeißen!«

»Aber sie hat den Fuß im Maul gehabt«, erwidere

ich streng. »Das macht sie irgendwie verdächtig, etwas mit der Sache zu tun zu haben. Das müssen Sie doch zugeben.«

»Hä?« Der König der Raubtierdressur zieht die Schultern nach oben. »Mit welche Sache?«

Ja, das wüsste ich auch gerne. Bis jetzt gibt es nur diesen roten Damenpumps, in dem ein Fuß steckt. Mehr nicht.

»Zu irgendeiner Frau wird dieser Schuh wohl gehören«, sage ich. »Und so lange, bis wir diese unbekannte Frau nicht ausfindig gemacht haben, steht Ihre Katze unter dringendem Verdacht, mein lieber Pavel.«

»Was willst du machen mit die Sweety?«, fragt er und kreuzt theatralisch seine Handgelenke. »Willst du die Sweety verhaften wie eine Verbrecher, *Prinzessin*?«

»Jetzt lassen wir mal den Prinzessinnenquatsch«, erwidere ich und schließe den oberen Knopf meiner Uniformjacke, obwohl die Sonne für hochsommerliche Temperaturen sorgt. Geschlossene Knöpfe signalisieren Autorität. Dann klopfe ich mit den Knöcheln meiner rechten Hand gegen die Heckklappe der Raubtierkutsche. »Einstweilen reicht es mir, wenn die Katze bis auf weiteres in diesem Käfig verbleibt und keine weitere Gefahr für die Allgemeinheit darstellt.«

Der König der Raubtierdressur öffnet den Mund, um etwas zu erwidern. Doch ich gebe ihm mit einem Handzeichen zu verstehen, dass die Diskussion beendet ist. Das sitzt. Er nickt brav und steigt in seine Dompteurskarosse.

»Hast du noch eine schöne Tag, Prinzessin«, sagt er

durch das geöffnete Fenster zu mir und grinst. Dann fährt er los. Sitzt also doch nicht.

Ich betrachte den roten Pumps in meiner linken Hand und denke, dass der Rest dieses Tages wohl alles andere als schön werden wird. Dann kotze ich in den Grünstreifen neben der Seestraße. Weil so ein abgerissener Damenfuß einfach kein schöner Anblick ist.

Wirklich nicht.

Eigentlich habe ich keine Zeit. Ich müsste längst auf dem Weg nach Ueckermünde sein, um Tareks Verwandtschaft vom Bahnhof abzuholen. Das habe ich dem Tarek versprochen. Aber der einzelne Damenfuß erfordert doch eine intensivere Untersuchung des Altwarper Strandes. Das bin ich meinem Beruf schuldig. Und meiner Ausbilderin Simone Siebenhaar. Die hat mir vor nicht allzu langer Zeit den Hintern gerettet. Allerdings hat sie auch geschworen, mir in Zukunft genauer auf die Finger zu schauen. Die Siebenhaar sitzt im Anklamer Polizeikommissariat und ist damit meiner Dienststelle in Ueckermünde übergeordnet. Schöne Scheiße. Manchmal kann die Siebenhaar nämlich ganz schön pingelig sein. Jedenfalls würde sie wenig Verständnis dafür aufbringen, dass ich einen einzelnen Damenfuß finde und nichts weiter unternehme, nur weil ich ein paar Anatolier vom Bahnhof abholen muss.

Die intensivere Untersuchung des Strandes verläuft dann allerdings im Altwarper Sande. Das Haffwasser plätschert gemächlich ans Ufer und bringt keine weiteren Körperteile zum Vorschein. Das ist mir allerdings nicht ganz unrecht. Noch ein Fuß dort, da eine Hand, hier ein Stück Hüfte – nein, das ist nicht meine Welt. Ich habe es mehr mit entlaufenen Hunden zu tun, die meinetwegen auch nie wieder auftauchen müssen.

Als ich zurück zur Seestraße marschiere, komme ich dann doch noch in den Genuss fleischgewordenen Horrors. Unser Bürgermeister kreuzt, frisch gepflückte Pfefferminzblättchen kauend, meinen Weg.

Der fehlt mir jetzt gerade noch.

»Na, Kröger«, grunzt er. »Keine Verbrecher in Sicht?«

»Moin, Holthusen«, erwidere ich. »Wie meinst du das?«

»Wie meine ich was?« Er zieht seine buschigen Augenbrauen hoch und sieht mich verwirrt an.

Mit dem ist einfach kein vernünftiges Gespräch mehr möglich. Jeder Kalkeimer ist besser durchblutet als Claas Holthusens grauhaariger Kopf.

»Wie du das meinst?«, brülle ich ihn an.

»Brüll mich nicht an, Kröger!«, knurrt er und wackelt drohend mit dem Zeigefinger. »Ich könnte dein Großvater sein.«

»Bist du aber nicht«, flüstere ich. »Gott sei Dank!«

»Lass Gott aus dem Spiel«, entgegnet er wütend. Plötzlich kann der Taube wieder hören. Ich fasse es nicht. Dann zeigt er auf die Uniformjacke, die ich zusammengerollt unter meinem rechten Arm eingeklemmt habe. »Du schaukelst deine Eier hier am Strand, während die WOPO-Weiber Ueckermünde unsicher machen!«

Mir ist seit längerem klar, dass der Holthusen nicht mehr ganz dicht ist, aber inzwischen ist zu befürchten, dass er komplett übergeschnappt ist. Wer sollen bitte diese WOPO-Weiber sein, die angeblich Ueckermünde unsicher machen?

»WOPO-Weiber? Dir ist die Pfefferminzkauerei wohl nicht ganz bekommen, Bürgermeister«, sage ich. Der Holthusen mümmelt ständig frische Pfefferminze, die in seinem Garten gedeiht wie Unkraut. Laut irgendeiner Hildegard aus dem Mittelalter soll sie helfen, seine überschüssige Magensäure in den Griff zu bekommen.

Dass ich meine Uniformjacke zu einer chilligen Nackenrolle eingeschlagen habe, liegt im Übrigen nicht daran, dass ich ein Mittagsschläfchen am Strand machen wollte, sondern weil ich kein geeignetes Behältnis für den verdammten Pumps inklusive Damenfuß dabeihabe. Muss ja nicht gleich jeder sehen, was ich mit mir herumschleppe. Und ich will das auch nicht ständig sehen. Wie gesagt: kein schöner Anblick.

»Mensch, Kröger!«, brummt der Bürgermeister und schüttelt verständnislos den Kopf. »Du pennst wohl den ganzen Tag auf deiner Wache? WOPO – *Woman Power*! Diese Furien lungern den ganzen Tag vor dem Zirkus Ravioli herum und zeigen ihre nackten Titten! Die Amazonen waren ein Scheißdreck gegen die!«

Erstens heißt der Zirkus Ravelli. Und zweitens: Was bitte schön ist daran so schlimm? Soll er sich doch freuen, der Bürgermeister! Es gibt genug Männer in Ueckermünde, die vor dreißig Jahren das letzte Mal nackte Brüste gesehen haben. Für die dürften diese WOPO-Frauen echtes anatomisches Anschauungsmaterial sein.

»Ja und?«, sage ich deshalb nur.

»Die Hannelore Küstrow soll auch dabei sein«, erwidert der Bürgermeister mit einem verschwörerischen Unterton in der Stimme knapp.

Das sitzt nun wirklich. Augenblicklich wird mir leicht flau im Magen. Ich weiß jetzt, was der Bürgermeister meint. Die Küstrow hat in Altwarp einen kleinen Tante-Emma-Laden. Nett ist sie. Keine Frage. Allerdings kann sich ihr voluminöser Luxuskörper durchaus mit dem meines adipösen Kollegen Friedbert König messen lassen. Seit der König nicht mehr in seinen Schreibtischstuhl passt, sitzt er in der Dienstzeit vermehrt an der Uecker und hält seine Angelrute ins Wasser. Der Angelsport ist eine politisch korrekte Angelegenheit. Zumindest für die Angler. Für die Fische wohl eher nicht. Jedenfalls grenzt der Angelsport keine Übergewichtigen aus.

Die Altwarper Kinder, die im Tante-Emma-Laden der Küstrow einkaufen, nennen die Besitzerin wegen ihrer Leibesfülle ein wenig respektlos »Tante Weltraum«. Falls sich Tante Weltraum zum Sonnen an den Altwarper Strand legen würde, kämen sofort irgendwelche Tierschutzorganisationen, um den vermeintlich gestrandeten Wal zurück ins Wasser zu ziehen. Aber die Küstrow legt sich nicht zum Sonnen an den Altwarper Strand. Das tut sie ihren Kunden und Nachbarn nicht an. Und sich auch nicht. Stattdessen präsentiert sie ihren Luxuskörper in Ueckermünde vor dem Zirkus Ravelli. Diese WOPO-Frauen scheinen es wirklich faustdick hinter den Ohren zu haben.

»Amazonen«, sage ich und nicke wissend mit dem Kopf.

»Jawoll, Kröger! Amazonen!« Der Holthusen nickt

mit seinem Kopf zurück. Der glaubt ganz sicher, dass wir jetzt zusammenhalten müssen. Wo Amazonen ihr Unwesen treiben, müssen Männer ihre zwischenmenschlichen Probleme begraben, um ihr Überleben zu sichern. Das glaubt er, der Bürgermeister. Ganz sicher.

»Sind das nicht die mit nur einer Brust?«, frage ich.

»Ganz recht, Kröger«, brummt der Holthusen und schiebt sich ein Pfefferminzblättchen zwischen die Zähne. »Aber die WOPO-Amazonen in Ueckermünde, wo die Küstrow zugehören soll, haben alle zwei. Das können dir genug Augenzeugen bestätigen!«

»Ist dir in letzter Zeit eine mit nur einem Fuß begegnet?«

»Eine Amazone mit nur einem Fuß?«, wiederholt er verwirrt und kratzt sich am Kopf. »Nee, Kröger. Damit kann ich nicht dienen. Die Gertrud Melthin, was die Mutter von dem Hajo Melthin ist, dem der *Klabautermann* gehört, also die hat nur einen Zahn. Aber die steckt sicher nicht mit den WOPO-Weibern unter einer Decke. Die hat ihrem verstorbenen Mann, dem Johann Melthin, nicht mit ihren nackten Dingern vor der Nase herumgewackelt, wenn der besoffen nach Hause kam, sondern die hat ihm gleich eine mit der Bratpfanne übergezogen. Und das kam nicht selten vor. Das kannst du mir glauben, Kröger!«

»Ich weiß, Bürgermeister«, sage ich nur. Die alte Melthin hat mehr Haare auf ihrem einen Zahn als mein Kumpel Tarek auf seinem ganzen anatolischen Hintern. Und das will einiges heißen. Das berüchtigte Fischomelett hat sich ihr Sohn Hajo nur ausgedacht, weil seine Mutter das problemlos auch mit ihrem einen Zahn noch futtern kann.

»Dann mach es mal gut, Holthusen«, sage ich und tippe lässig mit dem rechten Zeigefinger gegen meine Dienstmütze.

»Mach es mal besser, Kröger«, erwidert der Bürgermeister. »Und lass dich nicht von den Amazonen kleinkriegen! Wir Kerle müssen da zusammenhalten!«

Und dann geht er seines Weges. Und ich gehe meinen. Das bedeutet, dass wir noch eine ganze Weile bis zur Seestraße nebeneinanderher schlurfen. Schweigend. So ist das bei uns am Haff. Wenn ein Gespräch vorbei ist, dann ist es auch vorbei. Da könnte uns jetzt sogar Hannelore Küstrow begegnen und ihre Zeltkittelschürze samt Zeltrüschenbluse lupfen. Der Bürgermeister würde nichts mehr sagen. Und ich auch nicht.

Meine neue Dienstkutsche ist ein wenig gewöhnungsbedürftig. Das muss ich zugeben. Aber immerhin habe ich wieder eine. Eine nagelneue Piaggio Ape: drei Räder, ein Zylinder, 9,5 PS und eine Ladefläche, auf der man rein theoretisch einen 700 Kilogramm schweren Gefangenen transportieren könnte. Falls ich gerade mal keinen 700 Kilogramm schweren Gefangenen transportieren muss, schaffe ich mit dem Ding stramme 60 Kilometer in der Stunde. Mit einem Motorgeräusch, das an nostalgische Trabbi-Zeiten erinnert. »Die gute alte Zeit« – wie Oma Machentuts Lover Hermann Kirchner die Jahre nennt, an die ich mich kaum noch erinnern kann. Natürlich ist die Ape silberfarben und mit blau-weißer Polizeifolie beklebt. Auch ein Blaulicht und ein Signalhorn gehören zur Sonderausstattung. Es muss schließlich alles seine Ordnung haben. In Deutschland und ganz besonders in Mecklenburg-Vorpommern. Nach dem Verlust unserer alten Dienstkutsche hatten die Verantwortlichen im Schweriner Landeskriminalamt beschlossen, dass die Kollegen in Ueckermünde kein PS-Monster als Dienstwagen benötigen. Die kennen eben meinen Kollegen Friedbert König nicht. Der hat schon in die alte Dienstkutsche nicht mehr reingepasst. Einer mit so viel Fleisch unter dem Kopf wie der König braucht andere Autos. Als er die Ape auf unserem Polizeihof gesehen hat, ist ihm auch das letzte bisschen Freude an seinem Job abhandengekommen. Er hat sich eine seiner hundert Angeln geschnappt und ist zum Ueckermünder Hafen runtergegangen. Nicht ganz wortlos.

»In das schwule Spielzeug steige ich nie ein!«, rief er mir noch zu und winkte abfällig ab. Ja, so ist er eben, der König. Man kann sich auf ihn verlassen. Darauf, dass er nie die richtigen Worte findet. Dabei hatten es die Säcke in Schwerin natürlich auf mich abgesehen. Das versteht sich. Der Polizeimeister Boris Kröger sollte einfach mal kleinere Brötchen backen. Dabei kann ich ja nun wirklich nichts dafür, dass mir der alte Passat bei einem wichtigen Einsatz auf Usedom geklaut wurde. Einfach so. Und dann haben die feigen Diebe auch noch das Dach weggeflext. Als die polnischen Kollegen die Dienstkutsche am Strand von Swinemünde fanden, war der Passat ein uriges Cabrio. Für den Polizeieinsatz leider völlig unbrauchbar.

Jetzt habe ich zumindest eine Ape. Mit der knattere ich über die einzige Straße, die Altwarp mit dem Rest der Welt verbindet, zum Ueckermünder Bahnhof. Wobei *Bahnhof* vielleicht nicht ganz das richtige Wort ist. Genau genommen gibt es nur ein Gleis mit einem einzelnen Bahnsteig. Aber das hat auch seine Vorteile: So kann ich Tareks Eltern unmöglich verfehlen. Obwohl ich sicher bin, dass ich ein ängstliches Ehepaar aus dem tiefsten Anatolien auch erkennen würde, wenn wir zwei Bahnsteige hätten. Deshalb mache ich mir keine weiteren Gedanken über den Weitertransport in meinem beengten Dienstfahrzeug. Tareks Mutter darf zu mir in die kleine Fahrerkabine, den Vater schieben wir auf die Ladefläche. Der wird das Reisen auf Eselskarren aus den anatolischen Bergen gewohnt sein. Dagegen ist die dienstliche Freiluft-Ape doch ein echtes Luxusgefährt.

Leider bin ich durch die Geschichte mit der entlaufenen Zirkuskatze und dem unappetitlichen Damenfuß ein wenig zu spät dran. Als ich die Ape auf den Parkplatz lenke, sehe ich bereits drei Gestalten ungeduldig auf dem Bahnsteig warten. Eigentlich können das unmöglich Tareks anatolische Verwandten sein. Aber wer sind sie dann?

Der großgewachsene Mann ist ganz in Schwarz gekleidet und sieht aus wie Johnny Cash in seinen besten Zeiten. Die Frau ist etwas kleiner, sehr elegant angezogen, aber auch ein wenig pummelig. Ein bisschen wie die gute Miene in meinen alten Asterix-Heften, die ich neben ein paar anderen Heften unter dem Bett liegen habe. Die gute Miene mit dunklen Haaren. Und dann ist da noch ein Wesen. Wie aus einem Fantasyfilm. Von Kopf bis Fuß in irgendwelche hellblauen Gewänder eingehüllt. Nur im Gesichtsbereich gibt es eine kleine rechteckige Öffnung für die Augen. Aber auch die ist mit einer Art Fliegengitter verhängt. Wahrscheinlich sind das diese Dinger, die Frauen in Afghanistan tragen müssen, wenn sie nicht gesteinigt werden wollen. So was sieht man bei uns am Haff höchst selten. Und schon gar nicht im Sommer, wenn man bereits am FKK Strand ins Schwitzen kommt. Der Tarek tut mir jedenfalls jetzt schon leid. Ich muss ja nur eins und eins zusammenzählen: Tarek ist im heiratsfähigen Alter – und auf dem Bahnsteig steht eine ganzkörperverhüllte Jungfrau aus Anatolien, die sicher nicht zum Spaß die weite Reise mit den Eltern meines Kumpels gemacht hat.

Nach dem ersten Schreck gehe ich beherzt auf die Eltern vom Tarek zu und halte ihnen freundlich meine rechte Hand entgegen. Wie ich mich mit denen verständigen soll, ist mir allerdings noch nicht klar. Johnny Cash schlägt als Erster in meine dargebotene Hand ein.

»Moin, Moin«, sagt er und lächelt amerikanischer, als es der verstorbene Countrystar je getan hat. »So sagt man doch bei euch.«

Nein, so sagt man nicht bei uns. In Friesland an der Nordsee und in Hamburg sagt man »Moin, Moin«. Und »Hummel, Hummel« oder »Mors, Mors«. Bei uns sagt man »Moin«. Das reicht. Aber ich will nicht kleinlich sein. Zumal mir vor Überraschung ohnehin noch der Mund offen steht.

»Wilhelm«, schnarrt Johnny Cash und schüttelt meine Hand weiter.

Jetzt muss ich doch etwas sagen, bevor die Situation aus dem Ruder läuft.

»Nein«, murmele ich. »Boris. Ich heiße Boris. Boris Kröger. Ich bin ein Freund Ihres Sohnes und darf Sie abholen, weil der Tarek leider verhindert ist.«

»Das wissen wir doch, Kröger«, erwidert Johnny Cash. »Polizeimeister Boris Kröger. Unser Tarek hat am Telefon viel von dir erzählt. Wilhelm heiße *ich*. Wilhelm Capanoglu.«

»Aha«, mache ich.

»Selen Capanoglu«, sagt jetzt die gute Miene und drückt meine Hand. Dabei zeigt sie zwei Reihen weißer Zähne, wie ich sie in Ueckermünde noch nie gesehen habe. Entweder gibt es in Anatolien ein seltenes Zahnbleichmittel oder Tareks Mutter putzt sich jede halbe Stunde die Hauer. »Die Familie meines Mannes ist sehr deutsch geprägt. Wilhelms Urgroßvater hat als osmanischer Gast am Hof des deutschen Kaisers gedient. Allerdings konnte ich mich bei Tareks Namensgebung durchsetzen. Mein Mann hätte ihn gerne Otto genannt …«

Mir bricht langsam der Schweiß aus. Warum hat mir Otto-Tarek nie mehr über seine Verwandtschaft berichtet? Auf so was muss man doch vorbereitet werden! Ich dachte immer, die Eltern vom Tarek wären anatolische Bergbauern. Da würde ich mit klarkommen. Aber die quatschen ja genauso hochgestochen wie Oma Machentuts Lover Hermann Kirchner.

Vielleicht läuft es ja mit Tareks Zukünftiger besser. Ich halte auch ihr meine Hand hin. Aber sie macht keine Anstalten, einzuschlagen. Stattdessen neigt sie leicht den Kopf zu Boden. Das mache ich dann auch. Die Dienstmütze nehme ich vorher ab. Vielleicht ist das eine Art Begrüßungsritual. Allerdings kein besonders praktisches. Beim Hochkommen knallen wir nämlich mit den Köpfen zusammen. Das tut ordentlich weh. Aber sie lässt sich nichts anmerken. Deshalb stöhne nur ich auf.

»Das ist Tareks Cousine«, erklärt Johnny Cash. Seine Stimme klingt ein klein wenig verärgert. Vielleicht ist ihm die Kostümierung der Verhüllten unangenehm. Könnte ich verstehen. Immerhin hat sein Urgroßvater bereits am Hof des deutschen Kaisers gedient. Ich kann also davon ausgehen, dass Tareks Zukünftige eher aus dem weniger deutsch geprägten mütterlichen Zweig der Familie stammt.

»Ja, dann wollen wir mal«, sage ich und reibe meine Stirn, auf der in den nächsten Stunden eine hübsche Beule blühen wird. Noch mehr exotische Begrüßungsrituale brauche ich jetzt nicht.

Ein bisschen ist mir die Sache mit dem Eselskarren nun doch peinlich. Weil es in Anatolien ganz offensichtlich nicht nur Bergbauern, sondern auch Johnny Cash und die gute Miene mit dunklen Haaren gibt. Da hat mich meine Unwissenheit in eine unangenehme Situation gebracht. Die gute Miene und Johnny Cash müssen auf der Ladefläche der Ape Platz nehmen, während Tareks Zukünftige die Ehre hat, neben mir in der Fahrerkabine zu sitzen. Das hat der Familienrat so beschlossen. Obwohl eigentlich nur Tareks Eltern darüber diskutiert haben. Die Verhüllte hat dazu geschwiegen und sich in ihr Schicksal ergeben. Immerhin spielt das Wetter mit. Es ist angenehm warm, und schneller als fünfzig werde ich mit dem Dreirad ohnehin nicht fahren. Da können Johnny Cash und die gute Miene unseren blauen Vorpommernhimmel in vollen Zügen genießen.

»Wir müssen zuerst nach Anklam«, sage ich zu der Verhüllten neben mir und fahre los. »Eine wichtige dienstliche Angelegenheit. Ich muss dort etwas abliefern. Aber keine Sorge. Danach geht es schnurstracks zu deinem zukünftigen Ehemann nach Altwarp!«

Die Verhüllte neben mir schweigt. Sie nickt nicht einmal mit dem Kopf. Mit dem verdammt harten Kopf, der mir eine schöne Beule an der Stirn beschert hat. Natürlich kann sie mich nicht verstehen. Sie kommt ja aus dem weniger deutsch geprägten Zweig der Familie. Aber sie hat auch noch nichts gesagt. Nicht einmal in ihrer Sprache zu Tareks Eltern. Vielleicht ist sie stumm. Oder gar taubstumm. Es soll Männer geben, die das mögen, wenn ihre Frauen nicht ständig quatschen. Aber der Tarek gehört da bestimmt nicht zu. Ganz sicher nicht.

»Der Tarek betreibt ganz gerne Konversation, weissu«, blubbere ich in Tareks Tonfall vor mich hin. »Wenn ihr beiden erst mal verheiratet seid, dann kann der Tarek ja zum Quatschen zu mir rüberkommen. Macht er sonst ja auch, weissu. Dann wird er mir bestimmt erzählen, wie es unter deinen Zeltplanen aussieht. Also eher granatenmäßig oder eher wie die Plüschke. Vor der musst du dich übrigens in Acht nehmen. Die Plüschke ist schwer verschossen in den Tarek. Dabei will er nun rein gar nichts von ihr wissen. So ist das eben mit der Liebe. Den man haben will, kriegt man nicht und den man kriegen kann, will man nicht. Da ist so eine Zwangsheirat eigentlich gar keine so schlechte Sache. Da muss man wenigstens nichts selbst entscheiden und ist nicht schuld dran, wenn das mit der Liebe nicht so funktioniert, weissu ...«

Je mehr dummes Zeug ich quatsche, umso mehr komme ich mir vor wie ein schmieriger Alleinunterhalter, dessen Publikum in höchster Gefahr schwebt, gleich vor Langeweile zu sterben. Die Verhüllte neben mir zeigt immer noch keine Reaktion. Aber selbst wenn sie unter ihrer Zeltplane gähnen würde, könnte ich es nicht einmal sehen. Ich stelle deshalb das Unterhaltungsprogramm ein.

Bereits nach kurzer Zeit halte ich die Stille in der engen Fahrerkabine nicht mehr aus. Deshalb schalte ich das Radio ein. Die Stimme des echten Johnny Cash scheppert aus den kleinen Lautsprechern. »A Boy named Sue«. Das passt natürlich. Der anatolische Johnny Cash hinten auf der Ladefläche würde sich bestimmt freuen, wenn er das hören könnte.

»Vielleicht heißt du ja Sue wie der Typ in dem Song«, grinse ich vor mich hin und drehe die Lautstärke etwas hoch. »Vielleicht bist du sogar ein Typ. Manchmal kann das sehr tauschen. Man glaubt, eine Frau vor sich zu haben. Und dann entpuppt sich diese Frau als Mann. Da habe ich Erfahrung. Das kannst du mir glauben. Der Tarek würde in eurer Hochzeitsnacht nicht schlecht gucken. Da wäre ihm wahrscheinlich sogar die Plüschke noch lieber ...«

Diesmal gibt es doch eine Reaktion. Die Verhüllte holt aus einem Stoffbeutel etwas heraus, das in Alufolie eingewickelt ist. Das beflügelt meine Phantasie in besorgniserregender Weise. Das letzte Mal, dass ich ganzkörperverhüllte Frauen mit kleinen, in Alufolie eingewickelten Päckchen im Schoß gesehen habe, war vor ein paar Jahren in den Nachrichten. Da wollten islamisch motivierte Selbstmordattentäterinnen ein Moskauer Kino in die Luft jagen. Schon wieder bricht mir der Schweiß aus. Vielleicht ist die verhüllte Sue tatsächlich ein Mann. Ein fanatischer Islamist mit einem Salafisten-Bart bis zu den Knien. Unter so einer Zeltplane ist vieles möglich. Vorsichtig fingere ich mein Handy aus der Hosentasche. Jetzt nur keine falsche Bewegung.

»Ich müsste nur kurz telefonieren«, sage ich überdeutlich. »Ganz harmlos. Das ist doch sicher kein Problem?«

Keine Reaktion von Sue. Sie oder er hält das Alupäckchen mit beiden Händen fest im verhüllten Schoß. Es dauert eine halbe Ewigkeit, bis ich bei der holprigen Straße endlich die Nummer von Kriminalhauptkommissarin Simone Siebenhaar in das Handy eingetippt habe. Und genauso lange dauert es noch einmal, bis sie endlich abhebt.

»Was kann ich für Sie tun, Kröger?«, höre ich ihre vertraute Bassstimme. Sie hat meine Nummer also bereits auf ihrem Display erkannt.

»Moin, Frau Kriminalhauptkommissarin«, flüstere ich ängstlich. »Ich kann Ihnen das jetzt schlecht erklären. Aber ich befürchte, gerade zusammen mit einer islamischen Attentäterin oder mit einem islamischen Attentäter – das ist noch nicht ganz raus – in einer rollenden Autobombe zu sitzen. Johnny Cash und die gute Asterix-Miene hocken ebenfalls auf der Ladefläche meiner Dienst-Ape. Außerdem habe ich einen einzelnen Damenfuß für Sie dabei …«

»Kröger!«, unterbricht mich die Siebenhaar roh. »Heute ist nicht der erste April. Was ist los mit Ihnen?

Haben Sie zu lange in der Sonne gestanden oder zu viel Küstennebel gebechert?«

Ihre Skepsis ist verständlich. Aber ich wäre beinahe schon einmal in die Luft gesprengt worden. So eine Erfahrung kann ein lebenslanges Trauma auslösen. Sue neben mir lässt sich von diesem Trauma jedoch nicht beirren. Langsam entblättert sie das Alupäckchen und bringt damit die wild pochende Ader an meinem Hals fast zum Platzen. Mein Leben zieht in schnellen Bildern an mir vorbei. Ein echter Kurzfilm. So alt bin ich eben noch nicht. Und viel erlebt habe ich in diesem kurzen Leben auch nicht.

»Grüßen Sie meine Oma«, flüstere ich pathetisch in das Handy. »Und sagen Sie ihr, dass ich sie immer geliebt haben tu ... Sagen Sie es ihr genau so. Dann weiß sie, dass ich es ernst gemeint habe, wenn sie an meinem Grab steht!«

»Verdammt! Kröger!«, bellt die Siebenhaar in ihr Handy. »Welche Drogen Sie auch immer genommen haben: Jetzt reißen Sie sich gefälligst mal zusammen und erklären mir, was bei Ihnen los ist!«

In dem Augenblick hat Sue das Päckchen vollständig geöffnet. Zum Vorschein kommt eine Art Stulle, die mit irgendeiner grünen Paste beschmiert und mit einem Salatblatt dekoriert ist. Mein Puls fällt innerhalb von Sekunden von hundertachtzig auf unter hundert. Die Zukünftige von dem Tarek hält mir die Stulle wortlos hin. Das Angebot kann ich jetzt wohl schlecht ablehnen.

»Äh ... Frau Kriminalhauptkommissarin«, sage ich betont lässig, obwohl das nicht ganz gelingen will. »Ich ... äh ... Ich muss jetzt erst mal was essen ... Ich melde mich später wieder.«

Dann drücke ich die Siebenhaar einfach weg. Etwas peinlich ist mir das Telefonat jetzt doch. Ich beiße in Sues Stulle und mache »Mmmh! Echt lecker!«. Obwohl so richtig lecker die Stulle nicht ist. Jedenfalls kein Fleisch, sondern irgendwas mit Gemüse. Da hat Oma Machentut eindeutig mehr drauf. Aber ich will gegenüber Tareks Zukünftiger nicht unhöflich erscheinen.

Den Rest der Fahrt bis Anklam esse ich schweigend die Gemüsestulle. Die Verhüllte schweigt auch. Was sonst.

Die Ape parke ich nicht direkt vor dem Polizeikommissariat in der Friedländer Straße. Meine alte Ausbilderin an der Polizeischule Simone Siebenhaar muss ja nicht gleich mitbekommen, dass ich die neue Dienstkutsche als Taxi missbrauche. Der vornehmen Verwandtschaft vom Tarek empfehle ich, sich ein wenig die Füße zu vertreten, bevor es endlich nach Altwarp zu ihrem geliebten Sohn geht. Etwas besorgt bin ich aber doch. So eine Ganzkörperverhüllte kann auf dem Anklamer Marktplatz durchaus Aufsehen erregen. Und wenn Johnny Cash dann noch alle Schaulustigen mit »Moin, Moin!« begrüßt und »Wir wollen unseren alten Kaiser Wilhelm wiederhaben« singt, könnte es Schwierigkeiten geben.

Und Schwierigkeiten habe ich selbst genug.

Im Kommissariat will die Siebenhaar wissen, was mein seltsamer Anruf zu bedeuten hatte. Sie stiert mich durch ihre randlose Brille ähnlich kampfeslustig an wie vor kurzem die Bestie Sweety.

»Ein Missverständnis«, versuche ich aus der Nummer herauszukommen. »Ich habe da etwas verwechselt …«

»Etwas verwechselt?«, brummt die Siebenhaar dunkel und wackelt mit dem Kopf, dass ihre graue Playmobilfrisur in Bewegung gerät. »Dürfte ich bitte erfahren, was Sie genau verwechselt haben, Polizeimeister Kröger?«

»Das kann ich Ihnen gar nicht so genau sagen, Frau Kriminalhauptkommissarin«, entgegne ich zerknirscht. »Am Altwarper Strand wurde ich von einer Raubkatze bedroht. Der Schock hat vermutlich zu einem kurzfristigen Gedächtnisverlust geführt …«

»Von einer *Raubkatze*?« Die Siebenhaar fährt ihre Krallen aus. Jetzt muss ich auf der Hut sein. Dass mich jetzt ein Pavel, was ist König von die Raubtierdressur, mit einem Fangnetz rettet, ist höchst unwahrscheinlich.

»Ich habe den Eindruck, in Ihrem Hirn fehlt weit mehr als nur das Gedächtnis!«, poltert die Siebenhaar los. »Ich habe versprochen, Ihnen auf die Finger zu schauen, Kröger! Nur so konnte ich Sie überhaupt im Polizeidienst halten!«

»Ich weiß«, nicke ich schuldbewusst. »Aber das mit der Raubkatze stimmt wirklich. Da gibt es Zeugen für. Fragen Sie nur den Pavel!«

»Wer bitte schön ist der *Pavel*?«

»Der Pavel ist König von die Raubtierdressur …«

»Kröger! Bitte!«

Die Siebenhaar steht kurz vor der Explosion. Ganz ohne islamischen Attentäter mit Stullenbomben. Besser, ich überspanne den Bogen jetzt nicht. Deshalb erzähle ich ausführlich von den Geschehnissen am

Altwarper Strand und verspreche, einen Bericht zu schreiben, den ich ihr noch heute faxen werde.

»Ein Damenfuß in einem roten Pumps?«, fragt meine alte Ausbilderin ungläubig.

»Ja«, sage ich, lege meine zusammengeknüllte Uniformjacke auf ihren Schreibtisch und schlage sie auf.

»Verdammt. Jetzt haben wir wirklich ein Problem!«, stöhnt die Siebenhaar, als sie den roten Pumps samt Inhalt sieht. Und ein wenig bleich wird sie auch.

»Wieso *wir*?«, sage ich naiv. »Die Frau, die zu dem Fuß gehört, hat doch wohl ein Problem ...«

»Sie rauben mir den letzten Verstand, Kröger!«, knurrt die Siebenhaar. »*Ich* habe ein Problem, weil ich die Frau, die zu dem Fuß gehört, finden muss. Da halten Sie sich schön raus! Das ist eine dienstliche Anordnung. Bleiben Sie bei Ihren entlaufenen Hunden und Raubkatzen.«

Ich nicke brav. Das ist mir ohnehin lieber. Abgerissene Damenfüße sind eindeutig nicht meine Kragenweite. Da braucht es findige Ermittler wie die Siebenhaar, die sich in eine Sache festbeißen können wie ein Kampfhund.

»Und *Sie*, Kröger!« Die Siebenhaar fährt den Zeigefinger ihrer rechten Hand aus und bohrt ihn mir in die Brust. Das ist etwas, das ich eigentlich nicht so gerne mag. Aber ich sage jetzt besser mal nichts dazu. »*Sie* haben auch ein Problem! Sie hätten diesen Schuh nicht in Ihrer Uniformjacke spazieren führen dürfen, sondern am Strand liegen lassen und die Spurensicherung informieren müssen. Das lernt doch jeder Idiot auf der Polizeischule!«

»Natürlich«, murmele ich betreten. »Aber der

Schuh lag ja nicht direkt am Strand, sondern im Wasser. Und später befand er sich in Sweetys Maul. Das war eine Ausnahmesituation. Bis die Spurensicherung eingetroffen wäre, hätte Sweety von dem Fuß wahrscheinlich nicht mehr viel übrig gelassen. Deshalb erschien es mir ratsamer, den Fuß zu sichern und das Raubtier Pavel dem König der Raubtierdressur zur Verwahrung zu übergeben ...«

»Kröger?« Die Siebenhaar tritt nahe an mich heran. In ihrem Gesicht haben sich rote Flecken gebildet. Sie wackelt mit den Nasenflügeln und schnuppert angestrengt. Was soll das? Ich habe heute Morgen geduscht. Wie jeden Tag. Oder wie fast jeden Tag.

»Kröger?« Wieder schnuppert sie. Ich schnuppere auch. Aber ich rieche nichts. »Haben Sie Kichererbsen gegessen, Kröger?«

»Kichererbsen?« Nicht dass ich wüsste. Obwohl: Die Gemüsestulle mit der grünen Paste von der Verschleierten. Könnten Kichererbsen gewesen sein. »Gut möglich ...«

Hektisch macht die Siebenhaar zwei Schritte rückwärts.

»Raus, Kröger! Raus aus meinem Büro!«, brüllt sie und hält sich eine Hand vor Mund und Nase. »Sie ruinieren meine Gesundheit! Ich bin allergisch gegen diese verdammten Erbsen!«

Tja. Dann gehe ich wohl besser mal. Meine Uniformjacke nehme ich aber mit. Nicht dass da noch letzte Spuren meines Kichererbsenatems drin sind. Den roten Pumps mit dem abgerissenen Damenfuß lasse ich auf dem Schreibtisch von der Siebenhaar zurück. Und eine rotfleckige ehemalige Ausbilderin. Die lasse ich auch zurück.

Erst als ich zur Tür raus bin, grinse ich.
Das muss die Siebenhaar nicht sehen.
Ist sicher besser so.

Johnny Cash und die gute Miene haben es sich bereits wieder auf der Ladefläche meines Dienstkarrens bequem gemacht. Viel zu sehen gibt es in Anklam tatsächlich nicht. Die Anklamer wohnen auch nicht in Anklam, weil ihnen ihre Stadt so gut gefällt. Sondern weil sie eben irgendwo wohnen müssen. Am Haff denkt und fühlt man eher pragmatisch.

Auf der Fahrt nach Altwarp schweigt die Verhüllte weiter. Ich bin jetzt sicher, dass sie wirklich stumm ist. Wenn Verwandte miteinander verheiratet werden, dann kann das chronische Schäden bei den Kindern nach sich ziehen. Das ist nicht nur in den anatolischen Bergen so. Die Eltern von Mandy Plüschke, die dem Tarek gerne gefallen würde, sind auch entfernte Verwandte.

»Die Plüschke hat Löcher in ihren Stampfern, da kannst du Tischtennisbälle drin versenken«, lache ich. Das ist zwar maßlos übertrieben und sicher nicht besonders charmant. Aber die Zukünftige vom Tarek kann mich ja ohnehin nicht verstehen. Da kann man erzählen, was man will: Die Gedanken sind da sogar ausgesprochen frei. »Kennst du Tischtennis? Pingpong? Das kannst du mit dem Tarek ja mal spielen. Der ist nämlich wieder vollkommen fit. Von dem Schädelhirntrauma ist nichts in seinem Oberstübchen zurückgeblieben!«

Der Tarek hatte vor einiger Zeit einen schweren Unfall. Ausgerechnet mit meiner alten Simson. Hätte er mal besser einen Helm getragen. Aber es ist ja noch mal gutgegangen.

Trotzdem wollen sich seine Eltern davon überzeugen, dass ihr Spross wieder ganz gesundet ist. Und die Gelegenheit nutzen, ihn gleich mit seiner ganzkörperverhüllten, taubstummen Cousine zu verheiraten. Da wird er sich sicher freuen, der Tarek.

Aber von Freude kann dann erst mal keine Rede sein, als ich die Dienstkutsche mit meiner anatolischen Fracht in die Altwarper Seestraße lenke. Vor dem Kapitänshaus, in dem ich mit Oma Machentut wohne, sehe ich, wie sich ein ergrauter Lockenkopf mit einem Rollstuhl abmüht. Bei dem ergrauten Lockenkopf handelt es sich zweifelsfrei um Oma Machentut. Und bei dem Mann, der in dem Rollstuhl sitzt, zweifelsfrei um den Tarek. Was hat das jetzt wieder zu bedeuten?

Ich trete auf die Bremse und lasse das Fenster herunter.

»Wollt ihr in Ueckermünde beim Seifenkistenrennen mitmachen?«, brülle ich zu ihnen rüber, obwohl es in Ueckermünde gar kein Seifenkistenrennen gibt. »Was soll das Theater? Der Tarek ist doch gesund! Seine Eltern sind extra aus Anatolien angereist, um sich davon zu überzeugen!«

Ich deute mit dem rechten Daumen nach hinten auf die Ladefläche.

»Ach, Kröger!«, krächzt Oma Machentut und schiebt den Rollstuhl mit dem Tarek ächzend in unsere Richtung. »Das tu ich doch wissen, dass die Eltern vom Tarek heute kommen. Aber gleich nach dem

Mittagessen, als du zu deinem Strandspaziergang aufgebrochen bist, da tut der Tarek einen schlimmen Rückfall gehabt haben …«

Eigentlich heißt Oma Machentut Erna. Erna Kröger. Aber so nennt sie hier in Altwarp schon lange keiner mehr. Aus verständlichen Gründen. Ohne tun und machen kann sie keinen Satz vernünftig beenden. Normalerweise ist sie mit einem leichtgängigen Rollator unterwegs. Aber jetzt stützt sie sich schwer auf den Rollstuhl, in dem der Tarek wie das Leiden Christi sitzt.

»Kröger!«, jammert er mit dünner Stimme. »Plötzlich hatte ich kein Gefühl mehr in den Beinen. Die sind einfach weg gesackt, weissu …?«

Nee, das weiß ich nicht. Aber irgendwie habe ich doch Mitleid mit ihm. Weil ich ein ganz kleines bisschen Schuld daran habe, dass es dem Tarek nicht so besonders gut geht. Aber das würde nun zu weit führen. Viel schlimmer ist, dass seine Eltern ausgerechnet jetzt eintreffen, da es plötzlich wieder schlechter um ihn steht. Die stehen auch schon um seinen Rollstuhl herum und drücken ihm anatolische Johnny-Cash- und Gute-Miene-Küsse auf Haare, Stirn und Backen. Nur die taubstumme Cousine bleibt etwas reserviert. Die müsste zum Knutschen natürlich auch ihre hellblauen Zeltplanen lupfen. So weit geht die Wiedersehensfreude dann anscheinend doch nicht.

Dafür wird Oma Machentut anschließend mit anatolischer Herzlichkeit überschüttet.

»Moin, Moin!«, schnarrt Johnny Cash und drückt Oma Machentut an sich. »Wilhelm. Wilhelm Capanoglu …«

»Erna Kröger«, erwidert Oma Machentut mit gedämpfter Stimme an Johnny Cashs Brust. Wie sie es sagt, klingt es, als spräche sie von einer anderen Person. Aber in Wahrheit ist sie ja auch eine andere Person: Oma Machentut und nicht Erna Kröger.

»Mein armer Junge«, seufzt die gute Miene und kneift dem Tarek wie einem Kleinkind in die Wange. »Und wir dachten, es würde dir wieder gut gehen!«

»Das dachte ich auch«, antwortet er gequält. »Allahs Wege sind unergründlich.«

»Wollen wir nicht ins Haus gehen tun?«, fragt Oma Machentut und stiert durch ihre neue schwarze Nerd-Brille von einem zum anderen. »Ein ganz lieber Nachbar, der Hermann Kirchner, tut auch extra rübergekommen sein, um dem Tarek seine Verwandten zu begrüßen!«

Der Kirchner?! Ein »ganz lieber Nachbar«? Mir bleibt die Spucke weg. Und auch nichts erspart. Der Kirchner ist so eine Art Lebensgefährte von Oma Machentut. Die beiden tun sogar noch Sex machen. Seniorensex. Wahrscheinlich mit Rollatoren und Rheumasalbe. Außerdem verschenkt der Kirchner bei jeder Gelegenheit kostenlos hochtrabende Zitate von irgendwelchen toten Philosophen, die kein Mensch hören will. Zumindest ich nicht. Auf den und seine Zitate würde ich jetzt gerne verzichten. Aber ich habe wohl keine Wahl. Der Tarek kann auch nicht davonlaufen, wenn ihm seine Mutter wie einem Kleinkind in die Wange kneift.

Im Wohnzimmer des Kapitänshauses erwartet uns dann nicht nur der Kirchner, sondern auch eine Überraschung. Dort, wo normalerweise unser Esstisch steht, den mein verstorbener Opa Herbert noch selbst aus alten Schiffsplanken gezimmert hat, steht jetzt nichts mehr. Auch die schweren Herrenzimmerstühle sind weggeräumt. Dafür liegen auf dem Boden bunte Kissen und Decken. Und über dem Kronleuchter hängen seidenartige Tücher wie in einem 50er-Jahre-Bordell. Es würde mich nicht wundern, wenn gleich die Plüschke als Haremsdame hereintanzen würde. Aber Allah hat Mitleid mit dem Tarek und seinen Verwandten. Allein der Kirchner thront wie ein Sultan auf einem der bunten Kissen und strahlt uns aus seinen Murmelaugen vorfreudig an. Seine Backen sind feurig rot erhitzt. So ein Besuch aus Anatolien ist ganz offensichtlich nichts für seinen Blutdruck.

Als wir das Wohnzimmer betreten, springt er wie ein junger Hüpfer auf und macht vor Tareks Eltern eine untertänige Geste, die er sich wahrscheinlich beim *Dieb von Bagdad* abgeschaut hat. Ein wenig bin ich schon enttäuscht, dass er eine seiner üblichen knallbunten Fliegen trägt und kein Lawrence-von-Arabien-Gewand.

»*Salem Aleikum*«, blubbert er pathetisch.

»Moin, Moin!«, erwidert Johnny Cash schwungvoll.

Der Kirchner runzelt die Stirn. Ich weiß, was jetzt kommen wird. Deshalb versuche ich, den Kirchner durch eine hektische Handbewegung davon abzuhalten. Aber wenn es um die semantischen Belange seiner Heimat geht, ist er nicht zu stoppen.

»Kompliment!«, näselt er in einem professoralen

Ton. »Sie sind offenbar exzellent auf den Besuch in der neuen Heimat Ihres Sohnes vorbereitet. Aber wenn Sie mir erlauben würden, Sie untertänigst zu verbessern …?«

Das sollte Johnny Cash besser nicht tun. Aber Tareks Vater ist ein höflicher Gast. Er nickt gütig.

»Moin, Moin ist die legere Begrüßung unter den friesischen Stämmen an der Nordsee und seit einigen Jahrhunderten auch unter den Bürgern der freien Hansestadt Hamburg üblich«, erklärt der Kirchner und presst seine Fingerspitzen zusammen. »Bei uns am Haff reicht ein einfaches *Moin*, das im Übrigen zu jeder Tageszeit gesagt werden darf. Moin ist bei uns der universelle Begriff, um einen guten Morgen, einen schönen Abend oder auch eine gute Reise zu wünschen. Es ist schlicht der sprachliche Kodex, der in unseren Adern fließt!«

Kleiner hat er es wohl nicht. Na ja. Eben der Kirchner.

»Aha.« Johnny Cash lässt sich nichts anmerken. Zunächst. Aber dann schlägt er unbarmherzig zurück.

»*Salem Aleikum* ist vor allem in der arabischen Welt die allgemein gültige religiöse Begrüßungsformel«, erwidert er mit zusammengekniffenen Augen. »*Wir* dagegen halten es eher mit einem weltlichen *Merhaba* oder *Iyi günler*!«

Er lässt dabei offen, ob er mit »wir« den gesamten türkischen Kulturkreis meint oder einfach nur sich selbst. Beides scheint mir möglich.

»Was wir wissen, ist ein Tropfen, was wir nicht wissen, ein Ozean«, erwidert der Kirchner zerknirscht. Der Rotton seiner Wangen ist noch ein wenig dunkler geworden. Wahrscheinlich hat er mit einem anatolischen Bauern gerechnet und nicht mit einem Konversationslexikon in Gestalt von Johnny Cash. Das bringt ihn in Bedrängnis. »Dieser Meinung war zumindest der verehrte Sir Isaac Newton.«

»Cok bilen, cok yanilir«, schnarrt Tareks Vater.

Damit kann der Kirchner nichts anfangen. Ich aber auch nicht.

»Wer viel weiß, irrt viel«, flüstert mir der Tarek zu. »Dieser Meinung ist zumindest der verehrte Wilhelm Capanoglu, weissu.«

Es ist gut, dass er flüstert, denn noch mehr Öl auf die erhitzten Wangen von dem Kirchner wäre jetzt sicher nicht gut.

Das erkennt auch Oma Machentut. Sie reibt ihre Hände an ihrer geblümten Kittelschürze und verkündet mit einer gewissen Strenge, die keinen Widerspruch duldet: »Dann wollen wir jetzt mal essen tun. Nach so einer langen Reise tut man sicher Kohldampf schieben!«

»Kohldampf schieben?«, wiederholt Johnny Cash und zuckt etwas ratlos mit den Achseln.

»Hunger«, erkläre ich schnell, lege meine Hände auf Oma Machentuts Schultern und schiebe sie wie bei einer Polonaise vor mir her aus dem Harem-Wohnzimmer in die Küche.

»Sag mal, was ist hier eigentlich los?«, frage ich sie dabei leise. »Was soll der Unsinn mit den Kissen? Wo ist Opas Tisch? Das ist hier doch kein Harem, sondern ein denkmalgeschütztes Kapitänshaus! Was sollen denn die Eltern vom Tarek von uns denken?«

»Die sollen sich wohl fühlen bei uns«, erwidert Oma Machentut trotzig. »Der Kirchner hat gesagt, dass man in Anatolien beim Essen auf dem Boden sitzen tut. Deshalb haben wir die Stühle und den Tisch zu der Plüschke rübergebracht …«

Zu der Plüschke. Ausgerechnet! Da werden sie nun auch bleiben. Weil ich ganz sicher nicht rübergehen werde, um sie wieder abzuholen. Das fehlte noch!

»Oma!«, sage ich. »Die Eltern vom Tarek sind nicht irgendwelche Bergbauern. Das sind ganz vornehme Leute. So was muss man doch sehen! Der Kirchner soll mal seine Vorurteile runterschrauben!«

»Ganz vornehme Leute. Ja, da tust du recht haben, Kröger!« Sie schlurft zum Herd und hebt den Deckel von einem Topf, in dem eine seltsame grüne Masse blubbert.

»Was ist das?«, frage ich irritiert. »Willst du bei *Jugend forscht* mitmachen? Bist du dafür nicht schon etwas zu alt?«

»Ach, Kröger!«, brummt Oma Machentut geduldig. »Das ist Kichererbsenmus. Das tut man in ganz Anatolien futtern!«

Kichererbsenmus! Gut, dass die Siebenhaar nicht dabei ist. Die könnten wir mit den Füßen voran aus dem Kröger'schen Harem schaffen. Aber auch mein Bedarf an Kichererbsen für diesen Tag ist gedeckt.

»Oma! Wir sind hier nicht in Anatolien, sondern in Altwarp! Da isst man Fischsuppe oder Gänsespickbrust. Die kannst du besser als jede andere Oma am Haff!«

»Aber vielleicht tun die Verwandten vom Tarek keinen Fisch mögen«, erwidert sie trotzig. »Oder sie sind Vegetarier.«

»Hat dir den Quatsch der Kirchner wieder eingeredet?«

»Tu nicht immer auf dem Kirchner herumhacken,

Kröger!«, murrt sie und droht mir mit dem grün beschmierten Kichererbsenmuskochlöffel. »Der wollte, dass ich Königsberger Klopse machen tu …«

Okay. Alles kann man dem Kirchner also auch nicht in die Schuhe schieben. Schade eigentlich. Aber irgendwie komme ich hier nicht richtig weiter. Deshalb gehe ich zurück ins Wohnzimmer.

Dort haben sich die Wogen wieder geglättet. Der Kirchner und Johnny Cash haben offenbar stillschweigend einen Waffenstillstand geschlossen. Damit das so bleibt, lasse ich mich wie die anderen auf einem der bunten Kissen nieder und übernehme die Konversation. Solange ich quatsche, können der Kirchner und Johnny Cash keinen neuen Bildungskrieg anzetteln.

Ich berichte also von dem abgerissenen Damenfuß. In allen Einzelheiten. Ein paar gruselige Einzelheiten dichte ich auch dazu. Die Verwandten vom Tarek sollen ruhig glauben, dass das hier ein ganz heißes Pflaster ist, auf dem ich als staatstreuer deutscher Polizeibeamter meinen Dienst schiebe. Nicht nur entlaufene Hunde und so. Nein – auch abgerissene Füße und gefährliche Wildtiere. Die gute Miene wird tatsächlich etwas bleich. Das kann allerdings auch daran liegen, dass Oma Machentut gerade ihr Kichererbsenmus präsentiert, als ich detailgenau die Möglichkeit in Betracht ziehe, dass die zu dem Fuß gehörige Frau von einer Schiffsschraube zerhäckselt wurde.

»Vielleicht sollten Sie uns nicht alle Einzelheiten aus Ihrem interessanten Berufsleben verraten, Herr Kröger. Es gibt sicher Dienstgeheimnisse, die nicht für fremde Ohren gedacht sind«, sagt Johnny Cash und verzieht leicht das Gesicht. Das liegt jetzt aber ganz sicher an Oma Machentuts anatolischer Experimentalküche. Denn Tareks Vater hat gerade den ersten Löffel im Mund. »In den Bergen Anatoliens gibt es Braunbären. Dort kommt es alle Jahre vor, dass einem bedauernswerten Menschen ein Fuß abgebissen wird.«

»Ja.« Ich nicke und überlege, wo ich meinen Teller mit der grünen Masse unbemerkt verschwinden lassen kann. »Aber dann fehlt der Fuß, und der bedauernswerte Mensch ist noch da. In unserem Fall ist es aber genau anders herum. Der Fuß ist da, aber der bedauernswerte Mensch fehlt. Außerdem gibt es am Haff keine Braunbären. Habe ich recht, Kirchner?«

Ich sehe zu Oma Machentuts Rollatorsex-Partner hinüber. Aber der ist nicht in der Lage, zu antworten. Sein Gesicht ist nicht mehr rot, sondern so grün wie die Pampe, die er sich in den Mund zwingt.

»Kröger«, flüstert der Tarek und sieht von seinem Rollstuhl auf mich hinunter. »Was ist mit deiner Oma los? Will die uns vergiften? Ich habe meinen Eltern erzählt, dass sie die besten Königsberger Klopse von ganz Deutschland macht. Mein Vater liebt Königsberger Klopse. Natürlich nur, wenn sie aus Kalbfleisch gemacht sind, weissu ...«

Natürlich. Wahrscheinlich hat schon der Urgroßvater von Tareks Vater am Hof von Kaiser Wilhelm Königsberger Klopse gefuttert. Schon damals aus Kalbfleisch. Seitdem tragen seine Nachfahren das Königsberger-Klopse-Gen in sich. Immerhin liegen Johnny Cash und der Kirchner damit zumindest kulinarisch auf einer Wellenlänge.

Ob die verhüllte Sue Königsberger Klopse mag, bleibt zunächst ihr Geheimnis. Aber auch Oma Machentuts grüne Pampe bleibt von ihr unberührt. Obwohl sie wahrscheinlich die Einzige im Kröger'schen Harem ist, die Kichererbsen mag. Aber um Oma Machentuts anatolischen Kochkünste zu testen, müsste sie ihre hellblauen Zeltplanen lupfen. In Anwesenheit ungläubiger Kartoffelnasen wie dem Kirchner und mir ist das offensichtlich nicht möglich. Oma Machentut erkennt das Problem und gibt Sue mit einer einfachen Handbewegung zu verstehen, mit ihr in die Küche zu kommen. Die Verhüllte folgt ihr tatsächlich wie ein kleines Hündchen. Falls Oma Machentut mal etwas nebenher verdienen möchte, könnte sie sicher im Zirkus Ravelli bei Pavel und Pavel, den Königen der Raubtierdressur, anheuern.

Jetzt wäre eigentlich eine günstige Gelegenheit, meinen Teller Kichererbsenmus dem Kirchner unter sein Sitzkissen zu schieben. Der könnte im Herbst seine undichten Fenster damit abdichten. Aber dann bietet sich eine noch viel bessere Gelegenheit, dem kulinarischen Wahnsinn zu entkommen: Mein Diensthandy klingelt. Das geschieht nicht so häufig, was mir normalerweise nicht unangenehm ist. Aber jetzt passt es bestens.

»Polizeimeister Boris Kröger«, nehme ich den Anruf mit dem erforderlichen Ernst in der Stimme an. »Was kann ich für Sie tun?«

»Was du für mich tun kannst?«, bellt eine Stimme wütend am anderen Ende. »Das kann ich dir genau sagen, Kröger! Du wischst dir jetzt den Mund ab, setzt deine Mütze auf und bewegst deinen dicken Hintern zu mir auf die Wache! Und zwar plötzlich! Wir haben hier ein verdammtes Problem!«

Mein Dienststellenleiter Friedbert König. Sein Problem kann ich mir bildlich vorstellen. Ihm sind die Mehlwürmer beim Angeln ausgegangen, und jetzt soll ich ihm mit der Ape neue am Hafen besorgen. Aber nicht mit mir! Und vor allem nicht mit meinem dicken Hintern. Soll sich der König mal seinen eigenen ansehen. Im Vergleich dazu haben die Elefanten aus dem Zirkus Ravelli Ärsche wie magersüchtige Models.

»Dienststellenleiter König«, sage ich förmlich, damit Johnny Cash und der guten Miene nicht entgeht, dass es sich um ein wichtiges dienstliches Gespräch handelt. »Ich habe mir den Nachmittag extra freigenommen, um ein paar Überstunden abzufeiern. Das steht doch alles im Dienstplan. Außerdem komme ich später sowieso noch vorbei, um einen Bericht für Kriminalhauptkommissarin Simone Siebenhaar in Anklam zu schreiben …«

»Den Dienstplan kannst du dir sonst wohin stecken, Kröger!«, röhrt der König in den Hörer und hustet asthmatisch. »Und den Bericht für die Siebenhaar genauso! Wir haben hier ein beschissenes Kapitalverbrechen!«

»Ein was?«, frage ich ungläubig. Mir scheint, dass der König entlaufene Hunde etwas überbewertet.

»Bist du inzwischen genauso taub wie euer dementer Bürgermeister, Kröger?«, bellt der König. »Ein Kapitalverbrechen! Eine Mitarbeiterin der Stadtverwaltung wurde im Keller des Rathauses überfallen. Die hat ordentlich was auf den Schädel bekommen!«

Mir schwant nichts Gutes. Die Plüschke arbeitet im Ueckermünder Rathaus. Aber das wäre jetzt schon ein seltsamer Zufall, wenn ausgerechnet Mandy Plüschke das Opfer eines Kapitalverbrechens geworden sein sollte.

»Wer?«, frage ich deshalb knapp.

»Wie *wer*?«, fragt der König knurrend zurück. »Woher soll ich das wissen? Der Täter ist flüchtig!«

»Ich meine, wer ist das Opfer?« Eine gewisse Ungeduld kann ich jetzt nicht mehr abstreiten.

»Die Freundin von deinem Kumpel Tarek«, erwidert der König genauso ungeduldig.

»Die *Freundin* vom Tarek?«, wiederhole ich ungläubig. Kaum habe ich es ausgesprochen, wird der Tarek von Johnny Cash und der guten Miene mit frostigen Blicken durchbohrt. Sofort wird er um die Nase noch eine Spur blasser.

»Na, die mit den Cellulitestampfern«, sagt der König. »Du weißt doch, wen ich meine, Kröger!«

Ja, das weiß ich.

»Die Plüschke«, sage ich noch, bevor ich ihn wegdrücke.

Da muss ich wohl wirklich nach Ueckermünde auf die Wache. Der Einzige, der ein Motiv hätte, der Plüschke eins überzubraten, ist der Tarek. Der hätte ganz sicher ein schöneres Leben, wenn sie ihm nicht weiter mit ihren unerwiderten Gefühlen auflauern könnte. Aber der Tarek kann es wohl kaum gewesen sein. Der hat den besten Alibizeugen, den man sich am Haff wünschen kann: Polizeimeister Boris Kröger. Außerdem sitzt er momentan im Rollstuhl. Wie sollte er da der Plüschke eins überbraten können?

Johnny Cash und die gute Miene bedauern es, dass ich sie schon wieder verlassen muss, obwohl ich doch noch gar nichts gegessen habe. Der Kirchner bedauert es sicher nicht. Der stochert mit seinem Löffel abwesend in der grünen Pampe und träumt wahrscheinlich von Königsberger Klopsen, die Immanuel Kant persönlich mit weisen Zitaten gewürzt hat. Dafür bedauert der Tarek meinen Aufbruch.

»Nimm mich mit, Kröger«, flüstert er flehentlich. »Ich überlebe den Wahnsinn hier nicht alleine.«

»Welchen Wahnsinn?«, flüstere ich zurück. »Deine Eltern sind doch entzückende Leute. Du musst ihnen nur erklären, was es mit deiner Freundin auf sich hat …«

»Kröger! Mach keine Scherze!« Ein bisschen tut er mir inzwischen doch leid. Aber ich kann ihn nicht zu einem dienstlichen Einsatz mitnehmen. Das versteht sich. Schon gar nicht im Rollstuhl.

»Ist die Plüschke …?« In seinem Gesicht ist ein Hoffnungsschimmer zu erkennen, der berühmte Silberstreif am Horizont. »Ist sie tot?«

»Ich fürchte, nein«, antworte ich. Aber ich meine es nicht so. So schlimm ist die Plüschke nun auch wieder nicht. In Wahrheit mache ich mir sogar ein paar Sorgen um sie. Nicht viele. Aber immerhin ein paar.

Deshalb tippe ich zur Verabschiedung lässig mit dem rechten Zeigefinger an meine Stirn und gehe in den Flur des Kapitänshauses, um mir Uniformjacke und Mütze anzuziehen. Das bleibt leider nicht unbemerkt von Oma Machentut. Wie ein junges Reh kommt sie mit ihrem Rollator aus der Küche geschossen.

»Wo tust du hinwollen, Kröger?«, krächzt sie wütend. »Wir haben Gäste! Da kannst du nicht einfach tun und machen, was du willst!«

»Ein dienstlicher Einsatz«, erwidere ich ruhig. »Tut mir leid. Aber ich muss jetzt wirklich los.«

»Ich denke, du tust dir den Nachmittag freigenommen haben?« Sie stiert mich durch ihre schwarze Nerd-Brille an wie der griechische Millionär Aristoteles Onassis in seinen besten Zeiten.

»Die Plüschke wurde im Keller des Rathauses überfallen«, erkläre ich ungeduldig.

»Warum im Keller?«

Was ist das für eine Frage? Viel wichtiger ist doch, von wem sie überfallen wurde. Und warum.

»Keine Ahnung«, antworte ich. »Warum interessiert dich das?«

»Nur so«, sagt sie und sieht verlegen zu Boden.

Irgendetwas stimmt da nicht.

»Hast du mir etwas zu sagen, Oma?«

Wir stehen uns schweigend gegenüber. Nase an Nase. Dafür muss ich ordentlich in die Knie gehen, weil sie doch ein ganzes Stück kleiner ist als ich. Das geht ziemlich auf die Oberschenkel. Lange halte ich das nicht durch. Deshalb richte ich mich wieder auf.

»Nichts?«

Sie schüttelt den Kopf. Gut. Dann muss ich mir später den Kirchner vornehmen. Falls Oma Machentut etwas weiß, dann weiß es auch der Kirchner. Und der kann seine Klappe nicht halten. Das ist kriminaltechnisch von großem Vorteil.

Ich bin schon fast zur Haustür raus, als sie sich räuspert. Na also. Geht doch!

»Ich muss dir was sagen tun, Kröger!«

»Ich höre …«

»Es ist … also … wie soll ich sagen …?«

»Komm endlich in die Gänge, Oma! So schlimm wird es schon nicht sein«, sage ich ungeduldig.

Aber es ist noch viel schlimmer.

»Die nächsten Tage tust du bei dem Tarek übernachten«, erklärt Oma Machentut und grinst mich fröhlich an. Wie bitte? Warum das?

»In dem Rollstuhl tut der Tarek alleine nicht klarkommen«, sagt sie und hebt ihren Zeigefinger, um jeglichen Widerstand meinerseits bereits im Keim zu ersticken. »Da tut er jemanden brauchen, der ihm hilft. Das bist du ihm schuldig, Kröger. Das weißt du. Und der Kirchner hat gedacht, dass dann die Eltern vom Tarek in deinem Zimmer übernachten können und seine Cousine unten auf dem Sofa im Wohnzimmer!«

Das hat sich also der Kirchner gedacht. Die kleine Zitaten-Ratte. Der kann sich jetzt schon mal darauf freuen, dass ich ihm auf die Füße steigen werde.

Mit ordentlich Wut und sonst nichts im Bauch mache ich mich auf den Weg nach Ueckermünde.

Natürlich fahre ich nicht direkt zur Wache. Der König soll nicht denken, dass ich springe, wenn er pfeift. Schließlich bin ich kein Zirkuspferd von den Ravellis. Das ist wohl klar. Nein, ich fahre zur Stadtverwaltung, wo die Plüschke einem Kapitalverbrechen zum Opfer gefallen sein soll. Zumindest nach den Worten meines Kollegen König.

So kapital ist das Verbrechen dann aber auch wieder nicht. Wenn man der Kollegin von der Plüschke, Geli Guggenmoos, glauben darf. Die sitzt in dem Büro, das sie sich mit der Plüschke teilt und feilt sich in aller Ruhe ihre Zehennägel. Aber warum auch nicht? Sie hat ja keins über den Schädel bekommen. Mit ihrem Namen hat sie leider weniger Glück gehabt. Ich meine, wer will schon Guggenmoos heißen? So heißt man, wenn man in den Alpen wohnt, Seppelhosen trägt und ein Jodeldiplom in der Tasche hat. Vielleicht hat sie das sogar. Nach der Schulzeit hat sie sich eine Zeitlang in der Welt umgesehen. Möglicherweise hat sie es auch bis in die Alpen geschafft, wo sicher mehr mit ihrem Namen herumlaufen.

»Du kennst doch die Plüschke, Kröger«, sagt sie gelangweilt und sieht kurz auf. Ihr dunkler Pony wippt dabei leicht vor und zurück. Die Guggenmoos ist der blasseste Mensch, den ich je gesehen habe. Die muss ein seltenes Enzym in ihrem Körper haben, das ihre Pigmente unempfänglich für Sonnenstrahlen macht. In der Grufti-Szene könnte sie als Göttin verehrt werden. Wenn die mal stirbt, wird man den Tod nur sehr schwer feststellen können. Die wird genauso tot aussehen wie zu ihren Lebzeiten. »Die Plüschke ist hart im Nehmen. Die haut so schnell nichts aus den Latschen!«

»Offensichtlich doch«, widerspreche ich und sehe aus dem Bürofenster. Auf dem Festplatz steht das gelb-rote Zelt des Zirkus Ravelli. Warum dieser Dorfzirkus so lange bei uns gastiert, ist mir vollkommen unklar. Vielleicht ist die Standmiete nicht besonders hoch. Aber das geht mich eigentlich nichts an. Das ist Sache der Stadtverwaltung.

»Ich wollte damit sagen, dass die Plüschke wieder auf die Beine kommt«, plappert die Guggenmoos munter und feilt weiter an ihren Nägeln. Deren Job würde ich auch gerne machen. Allerdings kann man es sich auch bei uns auf der Wache gemütlich machen. Man braucht nur die richtigen Gene dafür. Der König hat sie. Und die Guggenmoos auch.

»Was wollte denn die Plüschke im Keller?«, frage ich.

Die Guggenmoos zuckt mit den Achseln und holt ein Fläschchen Nagellack aus ihrer Handtasche. Altrosa. Na ja, muss sie selbst wissen.

»Keine Ahnung. Wahrscheinlich irgendwelche Zirkusakten im Archiv abheften.«

»Welche Zirkusakten?«

»Na, die Plüschke ist doch für die Standgenehmigungen bei uns zuständig«, sagt die Guggenmoos, als ob ich das wissen müsste. Muss ich aber nicht. Weil ich ganz allgemein weniger über die Plüschke wissen möchte, als ich ohnehin schon weiß.

»Ja, ich weiß«, lüge ich. Weil die Guggenmoos nicht wissen muss, was ich über die Plüschke alles nicht weiß. Etwas irritiert bin ich aber trotzdem. Dass die Plüschke die verlorengegangene Wanderlust des Zirkus Ravelli im Namen der Stadt unterstützt, muss ich erst einmal verarbeiten.

»Kann ich den Tatort besichtigen?«, frage ich dienstlich.

»Den *Tatort*?«, wiederholt die Guggenmoos und gluckst. »Nun mach mal nicht so einen Wind, Kröger! Die Plüschke ist wahrscheinlich im Keller gegen eine Wand gelaufen. Jetzt hat sie Kopfweh und liegt im Krankenhaus. Wo ist das verdammte Problem?«

Ich trete vor den Schreibtisch der Guggenmoos und sehe ihr fest in die Augen. Zumindest versuche ich das. So ganz funktioniert das nicht, weil die Guggenmoos ein wenig schielt. Da kann einem schnell schwindelig werden.

»Sehe ich das richtig, dass Sie gerade versuchen, eine polizeiliche Ermittlung zu behindern, Frau Guggenmoos?«, frage ich und konzentriere mich lieber auf ihre Nase.

»Was ist los mit dir, Kröger?« Die Guggenmoos tippt sich gegen die Nase. »Stimmt irgendwas mit meiner Nase nicht? Die kennst du doch schon ein paar Jahre!«

Das ist allerdings richtig. Mit der Guggenmoos und der Plüschke bin ich gemeinsam in den Kindergarten gegangen. Zwei wie Feuer und Wasser. Daran hat sich wohl bis heute nichts geändert. Als Kind mochte ich weder Feuer noch Wasser. Auch daran hat sich nichts geändert.

»Hier«, sagt die Guggenmoos, zieht eine Schreibtischschublade auf und wirft mir einen Sicherheitsschlüssel zu. »Dann mach mal deine *Tatortbesichtigung*, Sheriff! Aber alleine!«

Anschließend widmet sie sich wieder der Pflege ihrer Zehennägel. Die Audienz bei der Grufti-Königin ist damit zu Ende, soll das wohl heißen. Ich gehe zur Bürotür, bleibe aber noch eine Weile im Raum stehen.

»Is noch was, Sheriff?«, fragt die Guggenmoos und sieht auf.

»Altrosa trägt meine Oma, wenn sie Rollatorsex mit dem Kirchner machen tut«, sage ich lässig.

Das Fläschchen Nagellack knallt gegen die Bürotür. Aber da bin ich schon draußen.

Die Tatortbesichtigung ergibt dann leider keine neuen Erkenntnisse. Das Kellerarchiv unterscheidet sich kaum von meiner romantischen Vorstellung von einem Kellerarchiv. Rollschränke, Stahlregale, jede Menge Akten und flackernde Leuchtstoffröhren. Nur den altrosafarbenen Sarg vermisse ich, in den sich die Grufti-Queen bestimmt nach Feierabend zurückzieht.

Aber ganz umsonst ist meine kriminaltechnische Erkundung der Kellerräume dann doch nicht. Auf dem Weg nach unten bin ich einem Dutzend Menschen begegnet. Die kannten mich alle, und ich kannte sie. Das bleibt in einer kleinen Stadt wie Ueckermünde nicht aus. Anonymität ist bei uns eher selten. Aber das hat natürlich auch Vorteile. Ein Unbekannter hätte nicht unbemerkt in den Keller schleichen können, um der Plüschke eins über den Schädel zu ziehen. Das bedeutet, dass die Plüschke den Täter sehr wahrscheinlich kennen muss. Meine alte Ausbilderin Simone Siebenhaar wäre sicher stolz auf meine schnelle Auffassungsgabe und mein exzellentes Kombinationstalent. Ich bin es jedenfalls.

Beschwingt gebe ich den Kellerschlüssel beim Pförtner ab und verlasse das Rathaus. Auf dem Parkplatz laufe ich dann ausgerechnet dem Verweyen in die Arme. Leider. Der fehlt mir jetzt gerade noch. Meine beginnende gute Laune sackt wieder in den Keller. Der Verweyen ist nicht nur der Lebensgefährte von Kriminalhauptkommissarin Simone Siebenhaar, sondern auch der Chef unserer Haffbank. Mit Banken und Bankangestellten habe ich es nicht so. Außerdem wollte der Verweyen mich mal verscheißern. Weil ich nicht schwimmen kann, obwohl mein Großvater einer der letzten Kapitäne von Altwarp war. Wasser ist ganz allgemein nicht so meine Sache. Aber das geht den Verweyen nun rein gar nichts an. Aber so was von gar nichts!

»Moin, Kröger!«, grinst er mich wie George Clooney für Arme an, als er seinen Porsche Cayenne selbstverliebt umrundet. Solche Angeberkarren fahren nur Typen, die auf dicke Hose machen wollen, aber zu kleine Eier haben.

»Moin«, antworte ich in der Hoffnung, einem längeren Gespräch aus dem Weg gehen zu können.

»Will das mal ein Auto werden, wenn es groß ist?«, fragt der George Clooney mit den kleinen Eiern und zeigt auf meine neue Dienstkutsche. Der findet das wirklich komisch. Dabei ist er das komische Element hier.

»Ich lache später. Im Moment fehlt mir die Zeit«, erwidere ich knapp und schiebe mir die Dienstmütze aus der Stirn.

»Verstehe.« Er nickt ernst mit dem Kopf. »Vermutlich ein wichtiger Einsatz …« Dann macht er eine kleine Pause. Damit er die kleine Pointe, die er sich zurechtgelegt hat, auch wirklich genießen kann. »Falls Sie wieder im Wasser auf Verbrecherjagd gehen wollen, hoffe ich doch sehr, dass Sie Ihre Schwimmflügel dabeihaben?«

Ja. Was soll man dazu sagen? Am besten gar nichts. Das tue ich dann auch. Weil Humor doch sehr individuell ist. Und der eine nicht unbedingt das lustig findet, worüber der andere lachen kann.

Der Verweyen verschwindet mit seinem kleinen Aktenköfferchen lachend um die Ecke. Den habe ich zumindest mit guter Laune versorgt. Die Haffbank ist nur ein paar Schritte vom Rathaus entfernt. Die Chancen stehen also gut, dass er die Schalterhalle noch lachend betreten kann. »Ihre Haffbank: Hier lacht der Chef noch selbst.« Da könnten sie mit werben.

Seine Angeberkarre ist ordnungsgemäß mit einem gültigen Parkausweis ausgestattet. Und auch sonst kann ich an dem Protzschlitten nichts finden, was einer saftigen Strafe würdig wäre. Aber stört mich das? Nein, natürlich stört mich das nicht.

Ich schiebe dem Verweyen ein 30-Euro-Knöllchen unter den linken Scheibenwischer seines Porsches. In das Feld mit der zu beklagenden Ordnungswidrigkeit male ich einen großen Stinkefinger mit zwei sehr kleinen Eiern. Darüber kann ich lachen. So unterschiedlich ist Humor.

Dann fahre ich mit meiner Dienstkutsche ins Ueckermünder Krankenhaus zu der Plüschke. Obwohl Begegnungen mit der Plüschke nicht zu meinen Lieblingsbeschäftigungen gehören, steht es um meine Laune gar nicht so schlecht. Daran kann auch die Plüschke nichts ändern, obwohl sie sich redlich Mühe gibt. Bevor ich das Krankenzimmer betrete, informiert mich der behandelnde Arzt allerdings zunächst über ihren gesundheitlichen Zustand. Eine Platzwunde am Hinterkopf, die mit acht Stichen genäht werden musste, und eine mittelschwere Gehirnerschütterung.

»Nichts Dramatisches«, sagt der Arzt und tätschelt beruhigend meine Schulter. »Reine Routine. In ein paar Tagen ist Ihre Freundin wieder auf den Beinen!«

Ihre Freundin? Der hat sie wohl nicht mehr alle, der blöde Sack.

»Damit wir uns richtig verstehen«, erwidere ich

knurrend und tippe auf das Dienstabzeichen an meiner Uniform. »Ich bin im Auftrag des Staates hier!«

»So, so«, sagt der schleimige Schultergrabscher. »Im Auftrag des Staates? Dann besuchen Sie die Frau Plüschke eben im Auftrag des Staates! Ich bin hier lediglich für die ärztlichen Belange zuständig.«

Und das ist gut so. Würde ich gerne sagen. Sage ich aber nicht. Wer weiß, vielleicht lande ich irgendwann einmal als angefressenes Raubtieropfer auf seinem OP-Tisch. Und wenn er dann meine Einzelteile zusammenflicken muss, ist es sicher besser, dass er mich nicht als cholerischen Stinkstiefel in Erinnerung hat.

Ich drehe mich deshalb schweigend um und betrete das Krankenzimmer von der Plüschke. Was ich dann sehen muss, lässt das Verhalten des Arztes ohnehin in einem milderen Licht erscheinen.

Die Plüschke liegt in pinkfarbenen, violett gepunkteten Spitzendessous auf dem metallenen Krankenzimmerbett und markiert den sterbenden Schwan. Die Bettdecke hat sie weggeschlagen, damit man ungehinderte Sicht auf ihre Beine hat. Um ihren Kopf hat sie einen turbanartigen Verband geschlungen. Damit könnte sie der verschleierten Sue Konkurrenz machen. Allerdings nur, was den Kopf betrifft. Unter dem Turban ragen noch ein Paar weiße Plastikohrringe hervor. Die erinnern verdächtig an diese Dinger, die zum Befestigen von Duschvorhängen gedacht sind.

»Liebster«, röchelt sie theatralisch mit geschlossenen Augen und breitet ihre Arme aus. »Bist du endlich gekommen, um mir in der Stunde meines Todes deine Liebe zu gestehen? Es ist spät, aber noch nicht zu spät ...«

Ich räuspere mich laut, um der elenden Schmierenkomödie ein schnelles Ende zu machen. Das funktioniert auch wunderbar. Sie reißt die Augen auf und fährt ruckartig mit dem Oberkörper nach oben.

»Kröger!«, kreischt sie leicht hysterisch. »Was willst *du* denn hier?«

»Ist dir nicht kalt?«, frage ich ängstlich zurück. Der Anblick des silbernen Tigeranhängers, der als Piercing an ihrem Bauchnabel baumelt, ist gerade etwas zu viel für mein angeschlagenes Nervenkostüm.

»Ich habe darum gebeten, dass der Tarek kommen soll«, jammert die Plüschke und deckt sich dankenswerterweise zu. Ich atme auf. Aber nicht zu sehr. Schließlich will ich sie nicht verärgern und ihren Genesungsprozess gefährden.

»Der Tarek kann nicht kommen«, sage ich ruhig. »Der hatte einen kleinen Rückfall ...«

Natürlich würde er auch ohne kleinen Rückfall nicht zu der Plüschke ins Krankenhaus kommen. Nicht in hundert Jahren. Und auch nicht in tausend. Der hatte zwar eine schwere Kopfverletzung, doch deshalb ist er noch lange nicht wahnsinnig.

»Aber mach dir keine Sorgen«, setze ich schnell hinzu, als ich die angstvoll geweiteten Augen von der Plüschke sehe. »Der ist sicher bald wieder auf den Beinen. Genauso wie du! Was ist da eigentlich passiert in dem Folterkeller vom Rathaus?«

Die Plüschke zuckt mit den Achseln.

»Du kannst Fragen stellen, Kröger ...« Die Plüschke sieht mich mitleidig an. Obwohl es eigentlich umgekehrt sein müsste. Ich müsste sie mitleidig ansehen, weil sie mit Platzwunde und Gehirnerschütterung im Bett liegt. Aber so ist das eben mit der Plüschke: verkehrte Welt.

»Es ist mein Job, Fragen zu stellen«, sage ich nüchtern.

»Du bist als Bulle hier, Kröger«, stellt sie etwas enttäuscht fest und seufzt leicht.

Ja, was glaubt die denn? Dass ich sie im Krankenhaus besuche, weil sie zufällig unsere Nachbarin in Altwarp ist und weil wir zufällig fast mal etwas miteinander gehabt hätten?! Das bereitet mir heute manchmal noch schlaflose Nächte. Nicht die Nachbarschaft, sondern das andere.

»Die Guggenmoos hat ausgesagt, du wärst in den Keller gegangen, um Akten bezüglich des Zirkus Ravelli abzuheften«, erläutere ich sachlich.

»Wenn die Guggenmoos das ausgesagt hat, dann wird es wohl so gewesen sein«, antwortet die Plüschke in einem gereizten Ton.

»Sag mal, was ist das eigentlich für ein Film zwischen dir und der Guggenmoos?«, frage ich und gehe vor dem Bett der Plüschke auf und ab. »Ihr habt euch als Kinder nicht besonders gut verstanden. Okay. Aber heute sind wir alle erwachsen. Da kann man sich doch wohl ein bisschen zusammenreißen!«

Die Plüschke schmollt und schweigt.

»Jetzt hör mir mal gut zu«, sage ich, bleibe stehen und sehe sie streng an. Nun kann die Plüschke mal erleben, dass ich nicht nur eine Uniform besitze, sondern auch die dazugehörige Autorität. »Deine Zickereien mit der Guggenmoos gehen mich vielleicht nichts an. Aber du wurdest mit einer Platzwunde am Hinterkopf und einer Gehirnerschütterung im Keller des Rathauses gefunden. Das muss ich aufklären. Vielleicht steckt da ja irgendeine Psychogeschichte hinter. Du bist mit den Zirkusakten in das Archiv gegangen und hast deinen Schädel mutwillig gegen die Wand gehauen, um hier im Krankenhaus zu landen und den Tarek durch Mitleid gefügig zu machen. Das wäre Irreführung der Staatsgewalt, was nun ganz und gar kein Kavaliersdelikt mehr ist, meine liebe Mandy Plüschke!«

»Irgendeine Psychogeschichte?!«, krakeelt die Plüschke und starrt mich wütend an. Sogar der kleine silberne Sticker in ihrem linken Nasenflügel vibriert vor zorniger Erregung. »Du drehst wohl jetzt komplett am Rad, Kröger? Ich bin mit den Akten in den verdammten Keller gegangen. Das hat die Guggenmoos doch schon erzählt. Und dann schließe ich die Tür auf, gehe rein und will das Licht anmachen. Aber so weit kommt es gar nicht. In dem Moment haut mir irgendein Volltrottel was über den Schädel und beklaut mich nicht mal!«

Ich nicke zufrieden. Geht doch. Allerdings macht die Aussage des Opfers den Sachverhalt noch mysteriöser. Der Täter hat demnach in dem verschlossenen Keller auf die Plüschke gewartet und ihr nicht mal den silbernen Bauchnabeltiger gemopst.

»Hast du jemanden erkannt?«, frage ich nach.

»Kröger!« Die Plüschke stöhnt auf und verdreht die Augen. »Hörst du mir nicht zu, Bulle? Es war stockdunkel in dem Archiv. Ich hatte doch das Licht noch nicht angemacht!«

»Schon gut«, erwidere ich und gehe langsam zur Tür. »Nur eines noch, Mandy Plüschke …«

Sie sieht mich skeptisch an. Recht hat sie.

»Lass den Turban auf! Der steht dir besser als die dunklen Flusen mit den rosa Strähnchen!«

Eine Blumenvase kracht scheppernd gegen die Krankenzimmertür. Aber auch da bin ich schon draußen auf dem Flur.

Feuer und Wasser. Die nehmen sich nicht viel. Wenn ihnen die Argumente ausgehen, dann wird geworfen, was das Zeug hält.

Natürlich ist der König nicht mehr auf der Wache. Der wird seinen voluminösen Luxuskörper irgendwo ans Ufer der Uecker gewuchtet haben. In der einen Hand eine Angel, in der anderen eine Flasche Küstennebel. So sieht Glück bei dem aus. Aber ich bin nicht unzufrieden, ihm nicht begegnen zu müssen. Begegnungen mit dem König sind so angenehm wie entzündete Hühneraugen. Aber allzu oft begegnen wir uns auch nicht. Zumindest nicht auf der Wache. Er ist froh, dass ich die Arbeit mache, und ich bin froh, ihn nicht sehen zu müssen. Mein anderer Kollege, Rico Malchow, baut sich gerade ein Haus am Stadtrand von Ueckermünde. Aus Kostengründen in Eigenleistung. Da fehlt ihm natürlich die Zeit für den zermürbenden Streifendienst. Dafür habe ich Verständnis. Zumal der Bruder von dem Malchow vor nicht allzu langer Zeit von einer Kriminalschriftstellerin aus Berlin ins Jenseits befördert wurde. Aber das ist eine andere Geschichte. Der Malchow hat seit der Geschichte ein erhöhtes Sicherheitsbedürfnis. Für die Fertigstellung seines Eigenheims ist dieses Sicherheitsbedürfnis nicht besonders förderlich. Weil jetzt noch hier ein hoher Zaun hin muss und da die neuesten Überwachungsanlagen. Und so weiter. Jedenfalls sehe ich den Malchow nur noch, wenn er sich die Dienst-Ape ausleiht, um irgendwelche Materialien aus dem Baumarkt zu besorgen. Anschließend muss ich die Ladefläche der neuen Dienstkutsche mühsam von eingetrockneten Zementresten befreien. Macht ja sonst keiner.

Ich verfasse ein Protokoll über meine Begegnung mit Sweety am Altwarper Strand und den Fund des abgerissenen Damenfußes. Bevor ich es an die Siebenhaar nach Anklam faxe, füge ich noch handschriftlich hinzu, dass ich leider keinen Ermessensspielraum hatte, was den Strafzettel für ihren George Clooney angeht.

Bei der muss man vorsichtig sein. Die versteht auch nicht jeden Spaß. Der Fahrzeughalter hätte die Parkkarte leider so unglücklich auf dem ledernen Armaturenbrett platziert, dass man durch die edel getönten Scheiben nichts habe lesen können.

Anschließend notiere ich ein Gedächtnisprotokoll über die Befragungen der Zeuginnen Geli Guggenmoos und Mandy Plüschke. Erst dann widme ich mich dem hastig hingeschmierten Zettel, den mir der König hinterlassen hat:

»Kröger!
Wenn du mit der Plüschke fertig bist, schieb deinen dicken Hintern zum Zirkus!
Da gibt es Beschwerden wegen der Titten-Weiber!
Petri Heil!
König.«

Der hat sie wohl nicht mehr alle! Ich habe schon genug mit dem Überfall auf die Plüschke und dem abgerissenen Damenfuß zu tun. Außerdem wäre ich heute beinahe von einer wilden Bestie in Stücke gerissen worden. Und dann auch noch die Eltern vom Tarek. Und seine verhüllte Cousine. Und der Tarek selbst im Rollstuhl. Das ist alles ein bisschen viel. Manchmal wäre ich gerne irgendwo an einem abgelegenen Ort, am Arsch der Welt, wo sich kein Mensch hin verirrt. Aber eigentlich bin ich da ja schon.

Die WOPO-Amazonen werden auch morgen noch da sein. Da muss sich der König keine Sorgen machen. Ich brauche jetzt dringend etwas zu essen. Oma Machentuts Fischsuppe von heute Mittag hat es dank des abgerissenen Damenfußes nicht lange bei mir ausgehalten. Und die Stulle von Tareks verschleierter Cousine war mehr was für den hohlen Zahn.

Deshalb fahre ich zurück nach Altwarp. In Hajo Melthins *Klabautermann* werde ich hoffentlich noch etwas bekommen. Keine grüne Pampe, sondern ein saftiges Stück Fleisch. Darauf freue ich mich.

Allerdings muss ich zuerst den Tarek aus der Obhut seiner Verwandten befreien. Schließlich soll ich heute Nacht bei ihm pennen. Und die folgenden Nächte wahrscheinlich auch.

Es ist dann aber gar nicht so schwer, den Tarek aus dem Kapitänshaus zu lotsen. Johnny Cash und die gute Miene haben sich bereits hingelegt, weil die Reise doch lang und anstrengend war. Und Oma Machentut unternimmt mit der verschleierten Sue einen abendlichen Strandspaziergang. Da scheinen sich zwei gefunden zu haben. Aber wahrscheinlich ist es gar nicht so verkehrt, den Strandspaziergang im Schutze der Dämmerung zu machen. Wenn die beiden dem Semmler oder dem Duchow im Hellen begegnen würden, käme es garantiert zu unangenehmen Komplikationen mit Tareks taubstummer Schleier-Cousine. Lars Semmler und Kalle Duchow wurden in Altwarp eher mit Kittelschürzen sozialisiert. Da gibt es Klärungsbedarf, wenn die Kittelschürzen plötzlich auch über dem Kopf getragen werden.

»Endlich frische Luft!« Der Tarek atmet auf, als ich ihn mit dem Rollstuhl aus dem Kröger'schen Kapitänshaus schiebe.

»Was meinst du damit?«, frage ich ihn streng. »Willst du damit sagen, dass es bei uns müffelt?«

»Nein, Kröger!«, versichert der Tarek schnell. »Aber du warst nicht dabei. Mein Vater und der Kirchner ... das geht gar nicht. Die sind wie Feuer und Wasser, weissu!«

»Da sind sie nicht die Einzigen«, erwidere ich und grinse vor mich hin.

»Wie?« Der Tarek dreht den Kopf zu mir um und sieht mich fragend an.

»Nicht so wichtig«, sage ich und schiebe den Rollstuhl weiter die Seestraße entlang. »Was hältst du von einem saftigen Rindersteak im *Klabautermann*? Ganz ohne Kichererbsen!«

»Und Küstennebel«, erwidert der Tarek nickend und leckt sich voller Vorfreude über die Lippen.

»*Einen* Küstennebel«, sage ich mit Bestimmtheit. »Ich habe wenig Lust, dich später aufs Klo tragen zu müssen. So weit geht die Freundschaft nicht.«

»Mach dir keine Sorgen, Kröger!«, erwidert er heiter. »Ich habe meine Blase unter Kontrolle. Die ist wie von einem Kamel. Kamele pissen nämlich nicht. Oder nur ganz selten. Es gibt bei uns sogar ein Sprichwort: Ich habe das Kamel pissen gesehen! Das sagt man, wenn etwas passiert ist, was eigentlich gar nicht passieren konnte!«

Aha. Das gibt es bei uns auch. Da sind es allerdings Pferde, die vor der Apotheke kotzen.

Nach der dritten Runde Küstennebel im *Klabautermann* kommt Hajo Melthin mit gut gespieltem Bedauern im Gesicht an unseren Tisch.

»Tut mir leid, Jungs«, sagt er mit seiner tiefen Bassstimme und zwirbelt seinen maritimen Vollbart. »Rindersteaks gibt es nicht mehr. Nur noch Fischomelett!«

Der Tarek stöhnt enttäuscht auf. Mir ist inzwischen alles egal. Das Loch in meinem Bauch ist so groß, dass ich sogar Oma Machentuts Kichererbsenpampe heißhungrig in mich reinstopfen würde.

»Dann zwei Mal Fischomelett«, sage ich müde.

»Und noch eine Runde«, fügt der Tarek hinzu und schlägt mit dem leeren Schnapsglas auf den Holztisch.

»Jau!« Der Melthin grinst. Dem ist es jedes Mal ein sadistisches Vergnügen, seinen Gästen das Fischomelett aufzuschwatzen, das seine Mutter noch mit ihrem einen Zahn futtern kann.

»Wie kommt die Plüschke darauf, dass ich sie im Krankenhaus besuchen würde?«, fragt der Tarek und schüttelt sich leicht.

»Absoluter Realitätsverlust«, erwidere ich. »Die hat tausend rosarote Brillen übereinander auf, wenn es um dich geht. Aber irgendwer muss ihr eins über den Schädel gebraten habe. Das kann sie sich nicht ausgedacht haben.«

»So ein perverses Schwein!«, grunzt der Tarek.

»Immerhin hast du noch Mitleid mit ihr. Ganz egal ist sie dir also doch nicht!«

»Kröger!« Der Tarek schlägt jetzt mit der geballten Faust auf den rustikalen Kneipentisch. »So habe ich das nicht gemeint! Ich wollte damit sagen, dass man ganz schön pervers sein muss, wenn man die Plüschke freiwillig überfällt!«

»Vielleicht war es nicht freiwillig. Vielleicht wurde der Täter dazu gezwungen, sie zu überfallen«, sage ich.

»Das könnte natürlich auch möglich sein«, erwidert der Tarek beruhigt.

»Vielleicht wurde der Täter von jemandem gezwungen, der ein berechtigtes Interesse daran hat, die Plüschke aus dem Weg zu räumen, weil er in naher Zukunft eine enge Verwandte ehelichen möchte«, sinniere ich. Mein Grinsen gefällt dem Tarek jetzt gar nicht. Das ist ihm deutlich anzumerken.

»Kröger!« Er schlägt mit beiden Fäusten auf den Holztisch. Wie dramatische Steigerung funktioniert, weiß er zumindest. »Spinnst du jetzt total?! Ich will nichts von der Asena, und die will nichts von mir! Damit das mal klar ist!«

Asena. Also doch nicht Sue. Eigentlich schade.

»Und was will sie dann hier?«, frage ich.

»Die Asena habe ich das letzte Mal vor fünfzehn Jahren gesehen«, erwidert der Tarek und sieht schräg an mir vorbei. »Da war sie noch ein Kind, hatte aber schon einen Damenbart, mit dem sie in der Moschee bei den Männern hätte hocken können. Kein Wunder, dass sie heute diese bescheuerte Burka trägt …«

»Du weichst mir aus, mein Freund«, sage ich und schlage mit der geballten Faust auf den Tisch. Das kann ich auch. Soll der Tarek ruhig wissen. »Was will deine Cousine hier?«

»Ach, Kröger«, brabbelt der Tarek leise. Sein schlechtes Gewissen kann ich fast körperlich spüren. »Vielleicht war das doch keine so gute Idee …«

»Was?!« Ich schlage mit beiden geballten Fäusten auf den Tisch. »Rede endlich!«

»Bleib jetzt ganz ruhig, Kröger«, bittet der Tarek. Dann zeigt er auf den Rollstuhl unter sich. »Ich bin hilflos und kann mich nicht wehren, weissu. Das solltest du bei deiner Reaktion berücksichtigen.«

»Rede!«

»Also … Deine Oma hat gesagt, dass es dir sicher guttun würde, mal wieder eine Frau kennenzulernen. Und weil du alleine ja keine kennenlernen tust …«

Ich schlage mit beiden geballten Fäusten auf den Tisch. Und dann mit der Stirn. Ich hoffe, der Tarek bemerkt die Steigerung. Anschließend springe ich auf, um ihn am Kragen zu packen.

»Seid ihr komplett wahnsinnig geworden?!«, brülle ich dabei. Die seltsame Vertrautheit zwischen Oma Machentut und der verschleierten Asena-Sue ergeben plötzlich einen Sinn.

Zum Glück kommt der Melthin zum richtigen Zeitpunkt mit den Fischomeletts und geht dazwischen.

»Schämst du dich nicht, Kröger?«, fährt er mich

an. »Mit einem, der im Rollstuhl sitzt, willst du dich kloppen? Also, das geht wirklich nicht!«

Scham würde ich das Gefühl, das ich gerade empfinde, nicht unbedingt nennen. Aber ich lasse den Kragen vom Tarek los, setze mich brav wieder hin und spüle den frischen Küstennebel runter.

»Bring uns noch einen«, sage ich zu dem Melthin. »Oder besser gleich die Flasche!«

Er nickt brummend und geht.

Dann fange ich an, das Fischomelett zu futtern. Schweigend. Der Tarek auch. Futtern und Schweigen.

Als die Flasche Küstennebel auf dem Tisch steht, frage ich leise: »Warum muss es ausgerechnet eine mit Vollbart sein?«

»Nein, kein Vollbart wie der Melthin«, sagt der Tarek schnell. »Das hast du falsch verstanden, Kröger! Nur so ein paar Haare auf der Oberlippe. Gar nicht schlimm, weissu. Die Asena hatte echt ein hübsches Gesicht vor fünfzehn Jahren!«

Ein hübsches Gesicht. Vor fünfzehn Jahren. Ich fasse es nicht.

»Ich will nicht mit deiner Schleier-Cousine verkuppelt werden«, erkläre ich und gieße uns nach. »Und auch nicht mit irgendeiner anderen!«

»Ich habe deiner Oma gesagt, dass es schwierig werden wird«, antwortet der Tarek mitfühlend und stochert leicht angewidert in seinem Fischomelett herum. »Aber deine Oma hat gesagt, dass man dich zu deinem Glück zwingen tun muss!«

»Die kann was erleben«, knurre ich.

»Die Asena ist …«, beginnt der Tarek. Aber ich falle ihm sofort ins Wort.

»Kein Wort mehr über diese Geschichte! Verstanden?!«

Der Tarek nickt gehorsam.

Danach futtern wir wieder und schweigen.

Endlos schweigen können wir natürlich nicht. Wir sind schließlich nicht taubstumm wie meine zukünftige Verlobte.

Doch erst beim Tarek zu Hause setzen wir unser Gespräch fort. In der Zwischenzeit hatte jeder genug Gelegenheit, seine Gedanken zu ordnen. Bei mir ist das jedenfalls so. Wie es beim Tarek im Kopf aussieht, weiß ich nicht. Wenn es dort so aussieht wie in seiner Bude, dann bin ich in ernsthafter Gefahr, auch noch mit dem König verkuppelt zu werden.

Der Tarek hat seinen Haushalt nämlich nicht im Griff. Das muss man leider feststellen. Überall liegen getragene Klamotten herum, und in der Küche stapelt sich dreckiges Geschirr bis zur Decke. Die Plüschke könnte ihren Putzfimmel hier ordentlich austoben. Aber der Tarek will sie und ihre hartnäckige Zuneigung ja nicht. Dabei wäre hier durchaus Platz für zwei Verliebte. Der Tarek bewohnt die romantischste Hütte, die wir in Altwarp haben: eine alte Windmühle. Die steht etwas abseits von den alten Fischerhütten und Kapitänshäusern auf einem kleinen Hügel. Flügel hat sie leider keine mehr. Und auch sonst ist ihr ursprünglicher Zweck nur noch schwer auszumachen. Eigentlich erinnert sie mehr an einen Kegel, dem man die Spitze flach gedrückt hat. Leider macht das Dach auf der flach gedrückten Spitze seiner naturgemäßen Bestimmung wenig Ehre. Wenn es regnet, regnet es auch in der Mühle. Deshalb hat der Tarek nach einem ausgeklügelten System überall Blecheimer stehen, die das durchsickernde Wasser auffangen sollen. Auch das kann natürlich romantisch sein. Aber so wie der Tarek flucht, wenn Regen aufzieht, ist es das wohl nicht immer.

Wir sitzen in seinem Wohnzimmer. Ich auf einem abgewetzten Ledersofa, das mir im Übrigen auch als Nachtlager dienen soll, und er in seinem Rollstuhl mir gegenüber.

»Meine Familie kommt dir wahrscheinlich echt komisch vor«, sagt der Tarek und öffnet eine Flasche Bier, die ich ihm aus seinem keimigen Kühlschrank geholt habe.

»Du kennst meine Familie«, erwidere ich und proste ihm mit meiner Flasche zu. »Da habe ich kein Recht, über andere zu urteilen. Meine tantrischen Eltern betreiben eine Surfschule in Florida. Von Senioren für Senioren. Und meine eigene Großmutter will mich mit einer islamischen Vollbartattentäterin verkuppeln!«

»Die Asena ist wirklich nett«, widerspricht er. »Da tust du ihr unrecht.«

»Dann nimm du sie doch«, sage ich und trinke einen Schluck Bier. Normalerweise trinke ich kein Bier. Aber nach dem heutigen Tag ist mir alles egal.

»Das geht nicht«, erwidert der Tarek bitter. »Ich habe doch schon genug mit der Plüschke zu tun.«

Ich nicke gnädig.

»Was ist das eigentlich für eine Deutsch-Macke bei deinem Vater?«, frage ich.

Der Tarek zuckt mit den Achseln.

»Der glaubt eben, dass alles, was aus Deutschland kommt, gut ist. So wie sein Name. Deshalb hat er mich auch immer unterstützt, als ich von zu Hause fortwollte. Hauptsache Deutschland. Obwohl wir Moslems sind, haben wir früher in Anatolien sogar Weihnachten gefeiert.«

»Echt?« Das kann ich mir so gar nicht vorstellen. Aber der Tarek würde mich nicht verscheißern. Niemals.

»Wirklich«, bekräftigt er. »Mit einem richtigen Tannenbaum, Lametta und allem, was zu einem christlichen Weihnachtsfest dazugehört. Vor dem Auspacken der Geschenke hat meine Mutter gesungen …«

»›Stille Nacht‹?«, frage ich. »Oder ›Ihr Kinderlein kommet‹?!«

»›Mon cœur s'ouvre‹«, sagt der Tarek, und seine Augen bekommen einen seltsam verklärten Glanz. »Eine Arie aus einer Oper von Camille Saint-Saëns. Das war immer der Höhepunkt …«

Kenne ich nicht. Aber ein Weihnachtslied ist das bestimmt nicht.

»Sag mal, willst du mich gerade verscheißern?« Ich starre ihn mit forschendem Blick an.

»Niemals«, widerspricht er vehement. »Ich würde dich niemals verscheißern, Kröger! Meine Mutter war Opernsängerin. Die ist mal ein richtiger Star gewesen. Also zumindest in unserer Heimat. Aber ich habe sie nie auf der Bühne singen gehört. Nur an Weihnachten bei uns zu Hause. Und danach durfte ich *Ho! Ho! Ho!* sagen und die Geschenke auspacken!«

Soll ich das alles glauben? Die gute Miene als Opernsängerin? Besser, ich bleibe skeptisch.

»Und dein Vater ist sicher Gehirnchirurg, weil das ein anständiger deutscher Beruf ist?«, sage ich. Leicht gehässig. Aber ich will mich von meinem besten Kumpel nicht einfach verscheißern lassen.

Der Tarek schüttelt den Kopf.

»Nein, Kröger«, erwidert er gequält. »Wie kommst du darauf? Mein Vater ist Professor für Ingenieurwesen an der Universität in Eskisher.«

Ich fürchte, er sagt die Wahrheit. Das kann man sich nicht ausdenken. Nicht der Tarek.

»Warum hast du mir nicht viel früher von deinen Eltern erzählt?«, frage ich deshalb nachsichtig.

»Du hast nie gefragt«, erwidert der Tarek einsilbig. Aus seinem Gesicht ist alle Farbe gewichen. Irgendetwas stimmt mit dem nicht.

»Geht es dir nicht gut?« Ein bisschen mache ich mir tatsächlich Sorgen.

»Mir ist plötzlich total schlecht«, sagt er. Und das sieht man.

Ich habe wenig Lust, ihn gleich auf seine Toilette schleppen und ihm beim Kotzen helfen zu müssen.

»Das Fischomelett von dem Melthin«, stohnt er. »Das war nicht gut ...«

Das Fischomelett von dem Melthin ist *nie* gut. Das weiß jeder in Altwarp. Nur die stärksten Mägen vertragen das. Meiner zum Beispiel. Der vom Tarek nicht.

»Mach jetzt keinen Quatsch, Tarek«, sage ich und drohe ihm mit dem Zeigefinger. »Ich lege deinen Lieblingssong auf, und dann geht es dir gleich wieder besser. Versprich mir das!«

Der Tarek macht allerdings nicht den Eindruck, als könnte er irgendetwas versprechen.

Trotzdem gehe ich zu seinem CD-Player und drücke den Startknopf. Die CD mit Charles Trenet und »La mer« liegt bereits drin. Die liegt immer drin. Der Tarek hat gar keine andere CD. Normalerweise versorgt das beschwingte Chanson ihn immer mit guter Laune. Da könnte sogar die Plüschke an die Tür klopfen. Das würde ihm nichts ausmachen. Mit Charles Trenet und »La mer« hat der Tarek von Altwarp bis Ueckermünde gute Laune. Und das ist eine hübsche Strecke. Zumal mit einem Rollstuhl.

Aber heute kann der französische Troubadour mit seiner Hommage an das Meer keine Gute-Laune-Wunder vollbringen. Dafür medizinische. Bereits nach den ersten Takten springt der Tarek bleich wie ein Mehlsack, aber wesentlich agiler als ein solcher, aus seinem Rollstuhl auf und läuft zur Toilette, um das Fischomelett loszuwerden.

Ich bleibe mit Charles Trenet zurück und murmele ebenso fassungslos wie leise vor mich hin:

»Ich habe das Kamel pissen gesehen.«

Lange kann ich aber nicht fassungslos bleiben. Das Kamel kann ja auch nicht ewig pissen. Mein Diensthandy klingelt. Und wenn das klingelt, dann muss es wichtig sein. Wahrscheinlich ein entlaufener Hund. Da müssen Tareks Erklärung bezüglich seiner Spontanheilung und seine demütige Entschuldigung noch eine Weile warten. Obwohl das natürlich schade ist.

»Polizeimeister Boris Kröger«, melde ich mich förmlich.

Am anderen Ende schnappt einer vor Aufregung nach Luft. Das klingt nicht gut. Und ist es auch nicht, wie sich gleich herausstellen wird.

»Porky ist tot«, ächzt der Fremde in seinen Apparat. »Sie haben ihn getötet.«

»Wer hat wen getötet?«, frage ich möglichst ruhig. Die großen Ws: Wer hat was wo wann getan? Und möglichst noch warum. Das sollten die Bürger, die bei der Polizei anrufen, einfach mal parat haben. Wir sind schließlich keine Quizshow mit Frage- und Antwortrunden. Wer die großen Ws als Bürger nicht verinnerlicht hat, fliegt aus der Leitung. So würde ich das machen. Aber mit diesem radikalen Konzept käme ich bei der Siebenhaar in Anklam niemals durch.

»Porky«, sagt der andere. »Diese kranken Tierschützerinnen haben ihn getötet. Wo ist die Polizei, wenn man sie braucht?«

Wo. Ein großes W hat der Fremde immerhin drauf.

Ich kenne sie aber alle. Die großen Ws.

»*Wer* sind Sie überhaupt?«

»Ravelli. Direktor des Zirkus Ravelli.« Er sagt das in einem Ton, als müsste ich gleich strammstehen. Irrtum. Ich denke nicht daran. Direktoren waren für mich nie Autoritäten. Das war schon zu Schulzeiten so. Und immer auch ein kleines Problem. »Kommen Sie endlich, oder wir nehmen die Sache selbst in die Hand!«

»Soll das eine Drohung sein?«, frage ich. Aber da hat der Zirkusmann schon aufgelegt.

»Natürlich soll das eine Drohung sein«, beantworte ich mir die Frage selbst und sehe bereits den unbekannten Zirkusdirektor mit den Königen der Raubtierdressur gegen ein bis an die Zähne bewaffnetes Amazonenheer kämpfen.

Da muss ich wohl jetzt nach Ueckermünde. Hilft alles nichts. Obwohl ich ein paar Gläser Küstennebel und ein original Hajo-Melthin-Fischomelett intus habe. Das schränkt ganz sicher meine Fahrtüchtigkeit in gewissem Maße ein. Vor allem das original Hajo-Melthin-Fischomelett. Aber wer sollte mich anhalten? Die Polizei? Die bin ich selbst.

Ich setze meine Dienstmütze auf und verabschiede mich vom Tarek. Der kniet in seinem Badezimmer vor der Toilettenschüssel und gibt unwürdige Geräusche von sich.

»Du musst den Melthin verhaften«, würgt er zwischen seinen Spuckanfällen hervor. »Der will seine Gäste umbringen!«

»Dich sollte ich verhaften«, erwidere ich streng. »Wegen mutwilliger Irreführung der Staatsgewalt. Du spielst einem Polizisten den hilfsbedürftigen Kranken vor und bist in Wahrheit nur ein mieser Simulant! Du solltest dich schämen, mich so zu verscheißern! Das macht man nicht unter Freunden!«

»Kröger!«, ächzt er wehleidig. »Das tut mir echt leid, weissu. Aber ich musste in den Rollstuhl. Das war meine einzige Chance …«

»Deine einzige Chance? Du sprichst in Rätseln, mein Freund!«

»Ich erkläre es dir später, Kröger«, sagt er matt. Dann übermannt ihn der nächste Spuckanfall.

»Gut«, erwidere ich gelassen. »Ich bin gespannt auf deine Erklärung. Aber jetzt muss ich nach Ueckermünde, bevor der Krieg zwischen den Amazonen und den Königen der Raubtierdressur eskaliert.«

»Mhm«, macht der Tarek nach seinem letzten Gewürge.

Aber da bin ich wieder mal schon zur Tür raus.

»Diese selbsternannten Tierschützer sind nichts anderes als hundsgemeine Mörder«, brummt Ravelli und spuckt in den Manegensand, den ich mir ein klein wenig feiner vorgestellt hätte. So wie den Sand am Haffstrand. Aber ich bin kein Zirkusexperte. Bin ich nie gewesen. Schon als Kind ging mir die bunte Zirkuswelt sonst wo vorbei. Vor allem die Clowns. Als lustig habe ich die nie empfunden. Wenn der tote Porky ein Clown wäre, hielte sich mein Mitgefühl in Grenzen. Aber Porky ist kein Clown. Die Siebenhaar samt Spurensicherung werde ich nicht aus Anklam anrücken lassen müssen. Den toten Porky schaffe ich alleine. Der ist nicht schwieriger als ein entlaufener Hund.

»Porky war unser Publikumsliebling«, erklärt der Zirkusdirektor wütend und sieht auf das rosafarbene Ferkel hinab, das sein Leben im grobkörnigen Manegensand ausgegrunzt hat. Immerhin durfte es auf der Bühne sterben. Davon träumen zweibeinige Schauspieler. Die meisten trifft es dann leider als dementen König Lear im Altersheim.

»Wie ist es denn passiert?«, frage ich naiv.

»Wie es passiert ist?«, wiederholt Ravelli verächtlich und schüttelt seinen massigen Körper in der speckigen roten Zirkusdirektor-Uniform. »Wenn Sie sich früher um die verdammten Tierschützer gekümmert hätten, dann wäre es nie passiert!«

»Ich wollte nicht wissen, *warum* es passiert ist, sondern *wie*«, entgegne ich ruhig. Die großen Ws. Mit denen kenne ich mich aus. Aber da bin ich wahrscheinlich der Einzige hier.

»Die Tierschützerinnen haben blankgezogen«, sagt ein Mann, der in einer Art römischer Legionärsuniform zu uns tritt. Im Schlepptau hat er einen kleinen Jungen, der ebenfalls so eine Uniform trägt. Vielleicht haben die sich schon auf den Kampf mit dem Amazonenheer vorbereitet. »Wir haben gerade unsere Ben-Hur-Nummer aufgeführt ...«

»Entschuldigung«, unterbreche ich ihn ein wenig ungeduldig. »Darf ich fragen, wer Sie sind?«

»Jakob Schapiro«, antwortet der Legionär und verbeugt sich leicht. Dann klopft er dem Jungen neben sich leicht auf die Schulter. »Und das ist mein Sohn Sascha. Wir dressieren die Schweine im Zirkus Ravelli.«

»Schweinedressur?«, frage ich ungläubig nach. Vielleicht haben die Tierschützerinnen um Tante Weltraum gar nicht so unrecht mit dem, was sie machen.

»Die Schweinedressur ist ein Klassiker in der Welt des Zirkus«, erklärt Ravelli weihevoll. »Der kleine Schapiro wird in einem Streitwagen von sechs Schweinen durch die Manege gezogen. Das Publikum ist jedes Mal begeistert, das können Sie mir glauben!«

»Offenbar nicht das ganze Publikum«, entgegne ich.

»Die Tierschützerinnen sind mitten in der Nummer aufgesprungen und haben sich die Kleider vom Leib gerissen«, erzählt der große Legionär. Wahrscheinlich meint er Kittelschürzen, wenn ich an Tante Weltraum denke. »Auf ihre nackten Oberkörper hatten sie Sachen wie *Dressur ist Folter* und *Zirkus ist Mord* geschrieben.«

Von Bauer Weltzin aus dem Altwarper Sandweg weiß ich, dass Schweine ganz gegen ihren Ruf besonders intelligente Tiere sind. Aber von einem Schwein, das lesen kann, habe ich noch nicht gehört. Die Parolen der Tierschützer können Porky also nicht getötet haben.

»Und?«, frage ich. »Wie haben die Amazonen das Ferkel nun getötet?«

»Die waren ganz laut«, meldet sich der kleine römische Legionär zu Wort. Dann schluchzt er leise auf. Ich bin geneigt, ihm seine Trauer um den toten Porky abzunehmen. Aber eine innere Warnung flüstert mir zu, dass der mich verscheißern will.

»Schweine sind sehr sensible Tiere«, erklärt der große Legionär. »Ihr Herz gleicht dem des Menschen. Schon leichter Stress kann bei ihnen eine Art Herzinfarkt hervorrufen.«

»Eine Art Herzinfarkt?«, wiederhole ich skeptisch. »Wollen Sie mir erzählen, dass die Amazonen mit ihren blanken Brüsten das Ferkel in den Herzinfarkt getrieben haben?«

»Man müsste Porky obduzieren, um das endgültig zu beweisen«, brummt der Zirkusdirektor missmutig.

»Auf Staatskosten werden wir ganz sicher nicht irgendein Ferkel obduzieren«, sage ich streng. Diese Zirkusleute spinnen wohl! Was denken die sich?! So eine Obduktion ist keine billige Angelegenheit. Die muss ein Fachmann machen. Das kann ich nicht so nebenbei auf der Wache erledigen. Vor allem will ich das auch nicht.

»Prinzessin von die Verbrechensbekämpfung!«, schallt eine mir seit kurzem unangenehm vertraute Stimme durch die Manege. Der König der Raubtierdressur schlurft auf uns zu. In der linken Hand wedelt er mit irgendwelchen Fotos.

»Ich hätte nicht gedacht, dass wir uns so schnell wiedersehen, mein lieber Pavel«, sage ich. Und gehofft hatte ich es auch nicht.

»Sehen wir uns zum ersten Mal, Prinzessin.« Der König der Raubierdressur lacht über das ganze Gesicht. »Hast du heute gesprochen mit dem anderen Pavel, der mir gesagt hat, dass du gezittert hast vor die Sweety wie ein echte Prinzessin!«

Mir bleibt auch nichts erspart. Pavel und Pavel: Die Könige der Raubtierdressur sind Zwillinge.

»Sind auch gewesen die verdammte Tierschützer, wo den Käfig von die Sweety aufgemacht haben«, knurrt der zweite Pavel und hält mir die Fotos hin. »Vielleicht kennst du, Prinzessin?«

»Was sind das für Fotos?«, frage ich irritiert.

»Die wurden von unserer Überwachungskamera gemacht«, erklärt Ravelli mürrisch. »Damit wir Beweise gegen diese verfluchten Aktivistinnen haben.«

Mir wird etwas flau in der Magengegend. Besonders heiß bin ich nicht darauf, Tante Weltraum ohne Kittelschürze zu sehen. Aber wenn es diese Fotos gibt, muss ich wohl einen kurzen Blick darauf werfen. Der fällt dann allerdings noch kürzer aus, als ich es geplant hatte. Denn was ich sehen muss, ist noch schrecklicher als meine schlimmsten Befürchtungen. Wäre es doch nur die Küstrow, die mir barbusig und mit weit aufgerissenem Kriegsgeschrei-Mund auf dem Foto entgegenstarrt. Aber es ist nicht die Küstrow.

Vielleicht ist sie auch unter den WOPO-Aktivistinnen. Aber die anderen halbnackten Frauen, die aus dem Zuschauerraum in die Manege stürmen, nehme ich gar nicht wahr. Dafür fehlt mir momentan die psychische Stärke. Mir ist heiß und kalt zugleich. Denn nach allem, was der große römische Legionär über die Sensibilität von Schweinen und die Auswirkungen von übermäßigem Stress auf ihre Herzfunktion erzählt hat, lässt der Fotobeweis nur einen Schluss zu:

Oma Machentuts Brüste haben Porky getötet.

Donnerstag

Es ist nicht besonders verwunderlich, dass ich nicht wahnsinnig gut schlafe. Das liegt zum einen an dem durchgesessenen Sofa in Tareks Windmühle. Zum anderen liegt es an Hajo Melthins Fischomelett, das in meinem Magen rumort. Vor allem aber liegt es an den Fotos aus der Überwachungskamera, die ich nicht mehr aus dem Kopf bekomme. Mit dem Tarek konnte ich darüber nicht mehr quatschen. Der schnarchte bereits tief und fest, als ich nach Altwarp zurückkam.

Dafür ist er jetzt wieder putzmunter. Er sitzt in seinem Rollstuhl neben dem durchgesessenen Sofa und weckt mich mit einem tiefschwarzen Kaffee.

»Was soll das?«, ist das Erste, was ich sage, nachdem ich die Augen aufgeschlagen habe.

»Kein Kaffee?«, fragt der Tarek zurück.

»Du weißt genau, was ich meine«, erwidere ich und deute auf den Rollstuhl. »Du brauchst dieses Ding doch gar nicht!«

»*Du* weißt das, Kröger«, sagt er und sieht mich flehentlich an. »Aber die anderen müssen das doch nicht wissen.«

»Warum? Sag mir einfach, warum du diese Schmierenkomödie aufführst!«

»Es ist wegen meinem Job«, antwortet der Tarek vorsichtig. »Meine Eltern wissen, dass ich Fischer hier in Altwarp bin. Aber sie wissen nicht, dass ich im Winter im Ueckermünder Stahlwerk arbeite.«

»Was ist daran das Problem?«, frage ich und trinke einen Schluck Kaffee. »Stahlwerker ist ein ehrenwerter Beruf.«

»Natürlich«, sagt der Tarek und fährt sich durch die dunklen Locken. »Aber meine Eltern glauben, dass ich in Peenemünde an irgendwelchen Raketen herumschraube ...«

»In Peenemünde wird seit dem Ende des Zweiten Weltkriegs nicht mehr an Raketen herumgeschraubt«, unterbreche ich ihn irritiert. »Und das ist auch gut so!«

»Ja«, erwidert der Tarek kleinlaut. »Aber die deutsche Ingenieurskunst von Peenemünde hat in meiner Heimat noch immer einen guten Ruf, weissu. Vor allem bei meinem Vater. Er wollte mein Deutschlandabenteuer nur unterstützen, wenn ich in Peenemünde zum Ingenieur ausgebildet werde. Und heute sollen wir eigentlich einen Trip mit meinem Kutter übers Haff nach Peenemünde machen, um meine Arbeitsstelle zu besichtigen.«

Mir schwant langsam, dass die Familie vom Tarek noch seltsamer ist als wir Krögers. Und das will einiges heißen. Weil wir Krögers einiges zu bieten haben, was Skurrilität angeht.

»Nee, Tarek«, sage ich. »Da mache ich nicht mit. Du bist doch keine sechzehn mehr. Sag deinen Eltern einfach, was Sache ist. Das werden die schon verstehen.«

»Bitte«, fleht der Tarek. Aber da beißt er bei mir auf Granit.

»Nein!«

Auf dem Weg zum Frühstück ins Kröger'sche Kapitänsharem schweigen wir. Der Rollstuhl ist in der Windmühle geblieben. Tareks plötzliche Genesung werden wir als Spontanheilung erklären, wie sie an der frischen Seeluft Altwarps durchaus schon mal vorkommen kann.

Der Tarek schweigt, weil er beleidigt ist. Wahrscheinlich überlegt er sich gerade, mir die Freundschaft zu kündigen.

Ich schweige, weil ich gleich Oma Machentut gegenübertreten werde und nicht weiß, wie ich mich dabei verhalten soll. Ich kenne sie eigentlich nur in ihrer geblümten Kittelschürze. Aber auf dem Foto, das mir gestern unter die Nase gehalten wurde, trug sie diese Kittelschürze nicht. Niemand sollte seine eigene Großmutter so sehen müssen. Wirklich niemand.

»Vielleicht kannst du mit meinen Eltern reden, Kröger«, sagt der Tarek, als wir das Kapitänshaus betreten.

»Nein.« Ich bin doch nicht seine Gouvernante. Die Suppe hat er sich selbst eingebrockt. Die kann er auch alleine auslöffeln.

Das muss er dann aber gar nicht. Als ich im Kapitänshaus ausschweifend erkläre, dass der Tarek sich in letzter Zeit viele Gedanken bezüglich seiner beruflichen Zukunft gemacht hat und ihm dabei alles Blut aus den Beinen in den Kopf gestiegen ist, so dass er einfach nicht mehr stehen konnte, aber jetzt dank der guten Seeluft alles wieder gut wäre, ist die Freude bei den anatolischen Raketenfreunden groß. Die gute

Miene wuchtet sich vom Boden unseres plüschigen Haremwohnzimmers in die Höhe und umarmt ihren genesenen Sprössling glücklich.

Als sich Johnny Cash gleichfalls erheben will, entfährt ihm ein Geräusch, das in allen Kulturen der Welt gleichermaßen als Schmerzensschrei gedeutet werden würde. Er lässt sich zurück auf sein malvenfarbenes Sitzkissen plumpsen und hält sich mit grotesk verzerrtem Gesicht die Hände an den Rücken.

»Den Wilhelm tut die Hexe geschossen haben!«, stellt Oma Machentut nüchtern fest. Leider hat sie damit verdammt recht. Schuld ist natürlich der Kirchner. Der hat sich den Quatsch mit den orientalischen Sitzkissen schließlich ausgedacht. Hätte Johnny Cash auf einem unserer Herrenzimmerstühle gesessen, könnte er die nächsten Tage aufrecht die neue Heimat seines Sohnes erkunden. So aber muss der Tarek zurück zu seiner undichten Windmühlen-Bude und den Rollstuhl holen, der nun tatsächlich gebraucht wird. Der Hafftrip nach Peenemünde fällt damit natürlich ins Wasser. Und Tareks Stahlwerker-Coming-out auch. Ohne den notwendigen Druck denkt der natürlich gar nicht daran, seinen Eltern die kleine Notlüge zu beichten.

Aber was geht mich das an? Gar nichts. Deshalb schweige ich, während Oma Machentut dem leidenden Johnny Cash eine Schmerztablette einflößt und der Kirchner seinen philosophischen Zitaten-Senf dazugibt.

»Wenn ich die Wahl habe zwischen dem Nichts und dem Schmerz, dann wähle ich den Schmerz«, flötet er fröhlich. »Das sagte der große amerikanische Romancier William Faulkner.«

Auch dazu sage ich nichts. Ich sehe, wie Johnny Cash bei dem Zitat das Gesicht noch schmerzhafter verzieht. Der würde gerade ganz sicher das Nichts wählen. Wahrscheinlich setzt ihm der Kirchner mit seinen Zitaten noch mehr zu als die schussgewaltige Hexe.

Als sich Oma Machentut mit der taubstummen Schleier-Cousine in die Küche aufmacht, um frischen Kaffee aufzubrühen, ist meine Chance gekommen, ihr ein paar unangenehme Fragen hinsichtlich ihres nudistischen Tierschutz-Engagements zu stellen. Die Verschleierte stört mich dabei nicht weiter. Die versteht sowieso nichts.

Aber dann kommt es doch anders. Als ich den beiden hinterher will, klopft es aufgeregt an unserer Terrassentür. Claas Holthusen, unser Bürgermeister, steht draußen und macht aufgeregte Handzeichen. So aufgeregt habe ich den selten erlebt. Entweder seine Eleonore hat ihm nicht genug Plum un Tüffel auf den Teller geschaufelt, oder er hat eine Frau mit abgerissenem Fuß gefunden. Mehr Erklärungsmöglichkeiten für seine Aufgeregtheit fallen mir nicht ein.

»Moin, Kröger«, sagt er, als ich die Terrassentür öffne. »Wir haben ein verdammtes Problem!«

Das ist nichts Neues. Mit dem Holthusen hat man immer ein verdammtes Problem.

»Deine Eleonore hat dir nicht genug zu futtern gegeben«, erwidere ich. »Und jetzt knabbern sich deine Gehirnzellen gegenseitig auf. Ist das dein Problem, Bürgermeister?«

»Keine Scherze, Kröger«, sagt er und stiert mich ernst an. »Auf der Seestraße spaziert ein Löwe herum. Da musst du dich drum kümmern! Du bist der Bulle hier im Dorf!«

»Polizist«, antworte ich genauso ernst und nähere mich mit meiner Nase seinem ausladenden Zinken. »Nicht Bulle! Und dein Löwe ist ein verdammter Serval! Sweety! Der tut keinem was! Da kannst du meine Freunde Pavel und Pavel fragen, was sind die Könige von die Raubtierdressur!«

»Serval? Sweety? Pavel und Pavel?«, brabbelt der Bürgermeister. »Sag mal, tickt irgendwas unter deiner Mütze nicht mehr richtig, Kröger? Ich hab über fünfzig Jahre als Tierarzt in Ueckermünde geschuftet. Da werde ich wohl wissen, wie ein verdammter Löwe aussieht!«

Der Kirchner ist inzwischen zu uns an die Terrassentür getreten. Oma Machentut und ihr verschleiertes Schoßhündchen widmen sich in der Küche der Zubereitung frischen Kaffees. Die gute Miene und mein Kumpel Tarek versuchen währenddessen im Wohnzimmer, den rückengeplagten Johnny Cash bei Laune zu halten.

»Der Serval ist eine afrikanische Wildkatze aus der Unterfamilie der Kleinkatzen. Eine gewisse optische Ähnlichkeit mit dem europäischen Luchs ist dabei nicht zu übersehen«, doziert Professor Doktor Kirchner mit roten Bäckchen. Der könnte im Fernsehen auch Tierdokumentationen moderieren, die von den Krankenkassen als Ersatz für apothekenpflichtige Schlaftabletten verschrieben werden würden. »Servale ernähren sich hauptsächlich von kleinen Vögeln, Mäusen, Eidechsen und Insekten. Eine Gefahr für die Altwarper Bevölkerung würde ich deshalb wie bei dem artverwandten Luchs grundsätzlich ausschließen.«

»Kirchner!«, blökt der Bürgermeister und zieht unseren Nachbarn wie einen frechen Schuljungen am rechten Ohr. »Hast du deine Hörgeräte nicht drin?! Ich habe nicht gesagt, dass ein Fuchs die Seestraße entlangspaziert, sondern ein verdammter Löwe! Geht das in deine Birne rein?«

Man muss dazu sagen, dass der Bürgermeister immer ein wenig cholerisch wird, wenn ihm die Magensäure hochschießt. Normalerweise mümmelt er dann ein paar frisch gepflückte Pfefferminzblätter aus seinem Garten.

Ich habe keine Lust, mir den geriatrischen Kampf der beiden Silberlocken weiter anzuhören. Außerdem drückt meine Blase. Deshalb lasse ich die beiden Sturköpfe einfach stehen und verdrücke mich in den hintersten Winkel unseres Gartens. Hier zwischen den Himbeerbüschen kann mich niemand sehen. Glaube ich. Habe ich schon einmal geglaubt. Aber dann kam die Urenkelin vom Kirchner von der anderen Seite an den Zaun und wollte Konversation mit mir betreiben. Das ging nicht gut aus. Weil Pinkeln eine Sache ist, bei der man einfach mal den Mund halten sollte. So sehe ich das jedenfalls. Und man sollte dabei auch nicht von anderen zugetextet werden. Egal, wie alt oder jung sie sind. Heute kommt die Urenkelin vom Kirchner aber nicht an den Zaun. Dafür wird mein satter Strahl von einem anderen Augenpaar begutachtet. Dieses Augenpaar ist gelb und gehört zu einem ausgewachsenen Löwen, der mit zotteliger Mähne und schief gelegtem Kopf im Garten vom Kirchner steht.

»Das ist wirklich sehr mutig von Ihnen«, sagt die gute Miene und stützt sich auf Johnny Cashs Rollstuhl. Tareks Vater nickt gütig dazu. Das zumindest erlaubt ihm sein geschundener Rücken.

»Dass du mal ein Held werden tust«, murmelt Oma Machentut aufgeregt und tätschelt im Flur des Kapitänshauses meine Wangen. »Da tun sich einige in dir getäuscht haben!«

Der Kirchner steht neben ihr und nestelt nervös an seiner neongelben Fliege. Der gehört zu den einigen. Das ist ihm jetzt ein wenig peinlich. Mir natürlich nicht. Aber ich habe keine Zeit, diesen Triumph auszukosten. Stattdessen setze ich meine Dienstmütze auf, mache ein entschlossenes Gesicht und trete wie ein römischer Gladiator vor die Haustür.

»Ich tue nur meine dienstliche Pflicht«, sage ich mit fester Stimme. »Alle bleiben im Haus, bis Pavel und Pavel hier sind und das Monster in ihre Obhut gebracht haben. Lebt wohl!«

Dann schließe ich die Haustür und gehe langsam durch den kleinen Vorgarten zur Seestraße. Natürlich werde ich aus dem Haus beobachtet. Deshalb gehe ich besonders langsam. Keiner von denen soll meine Angst bemerken, die mir als kalter Schweiß den Rücken herunter läuft. Erst als meinen Beobachtern die Sicht durch eine Hecke genommen wird, sprinte ich los. Mit zittrigen Fingern hole ich im Laufen den Schlüssel der Ape aus der Uniformhose.

Als ich das neue Dienstfahrzeug erreiche, schließe ich auf, werfe mich auf den Sitz und schlage die Tür zu. Dann atme ich heftig ein und aus. Heldentum fühlt sich irgendwie anders an. Obwohl so heldenhaft mein Job gar nicht ist. Ich muss lediglich mit der Ape durch die Gemeinde gurken und über den Außenlautsprecher meine Nachbarn auffordern, in ihren Häusern zu bleiben. Bis Pavel und Pavel in Altwarp eintreffen, um den Löwen dorthin zurückzubringen, wo er hingehört. Eigentlich kann nicht viel passieren. Die Raubkatze ist im Garten vom Kirchner gefangen. Oma Machentuts zitierfreudiger Lover hat sein Grundstück bereits vor Jahren mit Zaunelementen gesichert, die eines Hochsicherheitstrakts für inhaftierte Terroristen würdig wären. Und das Gartentor hat die Urenkelin vom Kirchner geistesgegenwärtig geschlossen, nachdem der Löwe auf das Gelände marschiert war. Das war sehr mutig und klug von der kleinen Sandy Raschke. Das muss ich dem frechen Knödel lassen. Dafür werde ich der Sandy vielleicht sogar einen Kuchen backen. Denn Kuchen mag der kleine Knödel. Das weiß ich zufällig.

Ich knattere gerade zum dritten Mal den Altwarper Sandweg hoch und leiere meine dringende Aufforderung, in den Häusern zu bleiben, durch den Außenlautsprecher, als mein Diensthandy klingelt. Das passt mir jetzt gar nicht. Immerhin bin ich gerade damit beschäftigt, ein ganzes Dorf vor dem Blutrausch einer afrikanischen Bestie zu retten. Trotzdem gehe ich ran. Vielleicht ist es ja einer der Pavels.

»Ich habe die Situation unter Kontrolle«, sage ich schnell. »Aber es wäre verdammt schön, wenn ihr eure dicken Dompteursärsche endlich hierher bewegen würdet!«

Der König könnte stolz auf mich sein.

»Kröger?«, höre ich eine dunkle Frauenstimme. Kriminalhauptkommissarin Simone Siebenhaar. Mir bleibt auch nichts erspart. »Was ist denn schon wieder los bei Ihnen? Erst eine islamistische Selbstmordattentäterin und jetzt …«

»Ein Löwe, Frau Hauptkommissarin«, unterbreche ich sie. »Wahrscheinlich aus dem Zirkus in Ueckermünde ausgebrochen. Oder von den Amazonen befreit!«

»Welche Amazonen?«

»Das würde jetzt zu lange dauern«, erwidere ich knapp. »Glauben Sie mir, Frau Hauptkommissarin, ich habe alles im Griff. Gleich müssen die beiden Raubtierdompteure vom Zirkus Ravelli bei uns eintreffen. Dann ist der Spuk vorbei.«

»Kröger?«, fragt die Siebenhaar, als ich am Haus der Marquards vorbeifahre.

»Ja?«

»Sie fordern Ihre Nachbarn bitte auf, dringend in ihren Häusern zu bleiben!«

»Nichts anderes tue ich gerade«, erwidere ich und knirsche mit den Zähnen. Die glaubt wohl noch immer mit einem ihrer Polizeischüler zu sprechen. Ich bin doch keine sechzehn mehr!

»Sie dürfen auf gar keinen Fall etwas von dem Löwen erwähnen! Es darf keine unnötige Panik ausbrechen!«

Ja. Was bildet die sich ein! Ich mache den Job hier nicht erst seit gestern. Im gleichen Augenblick sehe ich den Marquard am geöffneten Wohnzimmerfenster. Mit einer doppelläufigen Schrotflinte winkt er mir finster zu. Zur selben Zeit biegen der Semmler und der Duchow, mit Mistgabel und Knicker bewaffnet, auf den Sandweg. Erst jetzt bemerke ich, dass ich den Außenlautsprecher der Ape nicht abgeschaltet habe. Das mache ich dann mal schnell. Scheiße.

»Was ich Ihnen eigentlich sagen wollte, Kröger«, sagt die Siebenhaar.

»Mhm«, mache ich nur.

»Der Fuß ist männlich«, knarzt die Siebenhaar dunkel. »Außerdem hat mein Lebensgefährte kein Auto. Ich weiß also nicht, was das mit dem Strafzettel bedeuten soll.«

Das sind jetzt eindeutig zu viele Informationen auf einmal. Zum Glück taucht im Rückspiegel ein rostiger Transporter des Zirkus Ravelli auf. Hinter der Frontscheibe sitzen Pavel und Pavel.

»Ich muss mich um den Löwen kümmern«, schnulze ich ins Handy. Dann drücke ich die Siebenhaar einfach weg. Das ist nicht sehr höflich, aber die Umstände erfordern es.

Als ich an dem Semmler und dem Duchow vorbeifahre, kurbele ich die Seitenscheibe herunter und rufe: »Geht nach Hause, Jungs! Das ist nichts für euch!«

»Löwen! Islamistische Selbstmordattentäterinnen!«, brüllt der Semmler mit krebsrotem Gesicht zurück. »Wir lassen uns von dir doch nicht verscheißern! Das geht uns sehr wohl etwas an!«

Der Duchow nickt grimmig dazu und zieht seinen ständigen Begleiter aus dem hinteren Hosenbund: eine reichlich zerfledderte Ausgabe vom *Fänger im Roggen*.

»Der Fänger!«, krakeelt er und klopft auf den Buchdeckel. »Der hätte sich das auch nicht gefallen lassen.«

Dann stapfen die beiden entschlossen weiter. Von wegen Panik. Die haben nicht mehr alle Kerzen auf der Torte.

Ich hole meine Dienstwaffe aus dem Halfter, halte sie durch die geöffnete Seitenscheibe in die Luft und drücke ab. Dass ich dabei die einzige noch funktionierende Straßenlaterne im Sandweg erwische, ist eher Zufall, erhöht aber die Wirkung auf den Semmler und den Duchow. Die beiden bleiben tatsächlich stehen.

»Du bist doch komplett wahnsinnig, Kröger«, brabbelt der Semmler aufgeregt. Jetzt ist er nicht mehr rot im Gesicht. Sondern bleich. »Da kann doch sonst was passieren!«

Dann dreht er mit seinem Kumpel Duchow um.

Na also.

Der Pavel und der Pavel verstehen ihr Handwerk. Das muss man den beiden Raubtierclowns lassen. Furchtlos betreten sie mit zwei Betäubungsblasrohren den Garten vom Kirchner.

»Du nach links und ich nach rechts«, sagt der erste Pavel zum zweiten. »Und du Prinzessin, machst Wache vor die Gartentor! Verdammte Tierschützer!«

Dann stapfen die beiden Seite an Seite in Richtung Löwe los.

»Wenn ich sage links, meine ich andere links, das ist wie rechts«, flüstert der erste Pavel dem zweiten zu. Der trennt sich daraufhin von ihm, und sie nehmen den Löwen mit ihren Blasrohren in die Zange.

Im ersten Stock des Kirchner-Hauses öffnet sich ein Fenster. Die kleine Sandy Raschke sieht zu mir nach unten. Sie trägt ein rotes Hello-Kitty-Kleidchen und eine rosafarbene Baseballkappe mit Glitzersteinen.

»Hallo!«, ruft sie und winkt mir fröhlich zu.

»Moin«, antworte ich. »Mal wieder Ferien?«

»Mhm«, macht sie. »Ganz schön was los bei euch.«

»Mhm«, mache ich.

Bei Gesprächen mit der Urenkelin vom Kirchner muss man vorsichtig sein. Die hat nah am Wasser gebaut. Ein falsches Wort und sie plärrt los.

»Das mit dem Gartentor war sehr tapfer von dir, Sandy!«

Der kleine Hello-Kitty-Knödel grinst bei jedem einzelnen Wort stolz wie ein Honigkuchenpferd. Der könnte auch eine Karriere als Lobschwamm machen. Sobald irgendwo Lob durch die Luft schwirrt, saugt es der Knödel gnadenlos auf.

»Ach, gar nicht.« Die kleine Sandy winkt ab. »Ich hab doch in Hamburg *König der Löwen* als Musical gesehen. Deshalb weiß ich, dass Löwen eigentlich ganz sanfte Tiere sind.«

Sie ist eben doch nur ein achtjähriges Kind, das aus Unkenntnis die Gefährlichkeit der Situation vollkommen unterschätzt hat. Deshalb muss ich mir die Sache mit dem Kuchen noch einmal gut überlegen. Man sollte ein Kind aus rein erzieherischen Maßnahmen nicht für etwas belohnen, das es aus falschen Beweggründen nur zufällig zu einem guten Ergebnis gebracht hat.

»Der Löwe aus *König der Löwen* ist ein industrielles Phantasieprodukt aus den Schmalztöpfen der Walt-Disney-Studios«, sage ich streng. »Der hat mit der Zirkusbestie so viel zu tun wie dein Urgroßvater mit Brad Pitt!«

In den Augen der kleinen Sandy glitzern schon wieder Tränen. Irgendwie habe ich im Umgang mit der Urenkelin vom Kirchner einfach nicht das richtige Händchen.

»Aber der Löwe in Uropas Garten sieht aus wie Simba aus dem *König der Löwen*«, widerspricht sie schmollend. Im gleichen Augenblick brüllt der Löwe im Garten vom Kirchner. Kurz darauf kommen Pavel und Pavel zu mir ans Tor.

»Simba schläft jetzt«, sagt der erste Pavel und deutet auf sein Blasrohr.

»Simba?«, wiederhole ich.

»Ja, Prinzessin von die Verbrechensbekämpfung«, antwortet der zweite Pavel. »Heißt unser Löwe Simba, weil er aussieht wie der Simba aus *König von die Löwen*. Wirst du doch kennen *König von die Löwen*. Kennt jedes Kind sogar! Unser Simba ist ganz sanftes Tier. Wie Simba aus *König von die Löwen*!«

Ich fasse es nicht. Bin ich denn nur von Wahnsinnigen umgeben?

»Hast du Schubkarre, Prinzessin von die Verbrechensbekämpfung?«, fragt der erste Pavel.

»Wofür braucht ihr eine Schubkarre?«, frage ich. »Wollt ihr jetzt Gartenarbeit machen?

»Denk doch nach, Prinzessin«, sagt der zweite Pavel und tippt sich gegen die Stirn. »Ist Simba sanftes Tier, aber schwer. Müssen wir ihn aus dem Garten bringen, bevor er wieder aufwacht.«

Ich nicke und hole brav eine Schubkarre aus der Scheune vom Kirchner.

»Gehst du links, gehe ich rechts«, sagt der erste Pavel zum zweiten Pavel.

Dann stoßen sie allerdings beim Versuch zusammen, die Schubkarre beide am rechten Handgriff zu greifen.

»Meine ich das andere links, wo rechts ist«, nölt der erste Pavel. Daran kann man sie zumindest auseinanderhalten: Der erste Pavel hat eine gepflegte Links-rechts-Schwäche.

Die beiden machen sich erneut in die hintere Region des Kirchner'schen Gartens auf. Damit ist der Zirkus-Spuk endlich vorbei.

Glaube ich.

Doch ich täusche mich. Der Zirkus-Spuk fängt gerade erst an. Weil sich der Zirkus Ravelli erkenntlich zeigt, was die Unannehmlichkeiten mit Simba betrifft. Obwohl sie für die Unannehmlichkeiten natürlich nicht verantwortlich wären, sondern die kriminellen Tierschützerinnen, die den Raubtierkäfig geöffnet hätten. Das verstehe sich wohl. Trotzdem sind die beiden Pavels befugt, mir einige Freikarten für die heutige Abendvorstellung auszuhändigen. Wer sich nur ein bisschen mit so einem lausigen Wanderzirkus auskennt, weiß natürlich, dass die Abendvorstellungen ohnehin nie ausverkauft sind. Ich will die Freikarten sowieso nicht haben. Und schon gar keine vom Zirkus Ravelli, deren Publikumsliebling Porky ein Opfer von Oma Machentuts Brüsten wurde. Aber natürlich habe ich die Rechnung ohne Hermann Kirchner gemacht. Der besteht darauf, dass wir die Abendvorstellung des Zirkus Ravelli besuchen.

»Es mag sein, dass du keine Freude an kulturellen Genüssen empfindest, Kröger«, sagt er und rutscht auf dem violetten Sitzkissen in unserem Wohnzimmer-

Harem hin und her. »Aber meiner tapferen Urenkelin Sandy und unseren anatolischen Gästen kannst du diese Freude unmöglich vorenthalten. Vor allem, da nun auch der Hafftrip von Tareks Eltern buchstäblich ins Wasser gefallen ist.«

»Zirkus ist doch ganz okay«, bestätigt der Tarek. »Da kannst du auch mal entspannen, Kröger! Weissu, wie ich meine?«

Nein, das weiß ich nicht. Aber ich weiß, dass ich dem Simulanten bei nächster Gelegenheit den Hals umdrehen werde.

»Du hast doch heute deinen freien Tag, Kröger«, legt der Kirchner nach. »Da kann die ganze Familie doch mal etwas zusammen unternehmen. Wir sind doch wie eine große Familie.«

»Ihr müsst das nicht machen«, sage ich zum Kirchner.

Er sieht mich leicht verwirrt an.

»Wie? Was meinst du, Kröger?«

»Du und Oma Machentut«, antworte ich ruhig. »Ihr müsst nicht wegen mir zusammenbleiben. Wirklich nicht. Man kennt das doch: Da haben sich zwei auseinandergelebt, die sich nur noch auf die Nerven gehen. Aber sie können sich nicht trennen, weil es noch ein Kind im Haus gibt, dem sie das glückliche Paar vorspielen müssen. Aber ich bin kein Kind mehr. Ich bin schon ein großer Junge. Für mich ist es okay, wenn ihr euch ein wenig Abstand gönnen wollt ...«

Dem Kirchner verschlägt es die Sprache. Der wird puterrot im Gesicht. Seine neongelbe Fliege am Hals wirkt dabei wie ein Pommes-frites-Stäbchen, über dem gleich eine dickbauchige Ketchupflasche explodieren wird.

»Kröger!«, sagt Oma Machentut in einem Ton, der keinen Widerspruch erlaubt. »Tu mal mit mir mitkommen!«

Dann schiebt sie sich mit ihrem Rollator aus dem Wohnzimmer in die Küche. Ich folge ihr gerne. Denn ich hätte da noch ein paar dringende Fragen, was einige unappetitliche Fotos aus einer Überwachungskamera angeht. Die Gelegenheit ist günstig, weil ansonsten ständig meine verschleierte Zukünftige an Oma Machentuts Rockzipfel hängt.

»Lass endlich den Kirchner zufrieden«, poltert sie los, als wir alleine sind. »Der tut dir nichts getan haben! Und ich mag ihn, auch wenn dir das nicht passen tut!«

»Mir passt etwas ganz anderes nicht«, antworte ich. »Ich habe da ein paar Fotos gesehen, die ich lieber nicht gesehen hätte!«

»Was denn für Fotos?« Sie stiert mich verwundert durch ihre schwarze Nerdbrille an.

»Fotos von dir und ein paar anderen Damen im Zirkus Ravelli«, sage ich. »Und auf diesen Fotos habt ihr obenrum nicht besonders viel an!«

»Solche Fotos tust du dir angucken, Kröger!«, antwortet sie empört. »Das hätte ich nicht von dir gedacht!«

»Freiwillig habe ich mir die auch nicht angesehen«, sage ich. »Was denkst du dir überhaupt dabei, in deinem Alter bei so einer Sache mitzumachen?«

»Das tut mit dem Alter gar nichts zu tun haben, Kröger! Außerdem stehe ich noch gut im Strumpf!«

»Aber es kam bei eurer Aktion zu einem Todesfall«, erwidere ich streng. »Dieser Sache muss ich nachgehen. Das ist meine Pflicht.«

»Das arme Schwein tut gestorben sein, weil es nicht artgerecht gehalten wurde«, brummt Oma Machentut wütend. »Kein Tier wird in diesem Zirkus artgerecht gehalten. Du solltest dir mal die Käfige ansehen tun, Kröger! Dagegen tun die Zellen in deiner Wache in Ueckermünde richtige Wellnessoasen sein!«

»Lenk nicht vom Thema ab«, sage ich. »Was ihr macht, ist schwer kriminell! Und dazu noch verdammt gefährlich. Die Raubkatzen aus den Käfigen zu lassen, ist kein Kinderscherz mehr.«

»Ach, Kröger!«, stöhnt sie auf. »Mit der Sache tun wir doch gar nichts zu tun haben! Wir tun ganz bestimmt keine Raubtiere aus den Käfigen lassen. Nee! Das musst du schon anderen in die Schuhe schieben!«

Ich fixiere sie genau. Aber so, wie sie mich anstarrt, bin ich geneigt, ihr zu glauben.

»Und die Sache mit der Plüschke? Habt ihr da auch nichts mit zu tun?«, frage ich. Die Gelegenheit ist günstig. Oma Machentut scheint einen Moment der Wahrhaftigkeit erwischt zu haben. »Die ist schließlich dafür verantwortlich, dass der Zirkus noch immer in Ueckermünde ist.«

»Na ja«, brummt Oma Machentut unwillig und sieht verlegen auf unseren Küchenboden. »Die Hannelore Küstrow sollte der Plüschke nur ein bisschen ins Gewissen reden, dass das so mit dem Zirkus nicht weitergehen tut. Wegen der armen Tiere und so. Aber die Küstrow tut der Plüschke ganz sicher nicht eins über den Schädel gehauen haben. Die tut gar nicht im Rathaus gewesen sein. Das kannst du mir glauben, Kröger! So eine wie die Küstrow tut man nicht übersehen. Das hätten dir die Kollegen von der Plüschke bestimmt gesagt, wenn sie der Küstrow im Rathaus begegnet wären.«

Da hat sie allerdings recht. Tante Weltraum ist wirklich nicht zu übersehen. Deshalb kann ich guten Gewissens ausschließen, dass sie im Keller des Rathauses war und der Plüschke eins übergebraten hat. Außerdem hätte Tante Weltraum es gar nicht nötig, der Plüschke eins überzubraten. Die könnte sich einfach auf die Plüschke draufsetzen und würde damit viel mehr erreichen.

»Jedenfalls ist es besser, wenn du heute Nachmittag nicht mit in den Zirkus gehst«, sage ich. »Die Zirkusleute sind nicht besonders gut auf euch zu sprechen. Und wenn dich einer von denen wiedererkennt, kann ich nichts mehr für dich tun.«

Sie nickt.

»Ich tu doch auch gar nicht mit wollen in diesen blöden Zirkus«, erwidert sie. »Tut ihr euch mal schön amüsieren an dem Leid der armen Tiere!«

Dann sieht sie mich an, als wäre ich schuld daran, dass die Ravellis ihr abgerichtetes Vieh nicht artgerecht halten. Daran bin ich aber nicht schuld. Und zwar so was von nicht!

Deshalb lasse ich sie einfach in der Küche alleine. Schließlich muss ich noch ein geeignetes Gefährt für unseren Zirkusausflug organisieren, in das wir alle reinpassen. Die gute Miene, Johnny Cash im Rollstuhl, der Tarek, die kleine Sandy Plüschke, der Kirchner, die verschleierte Asena-Sue und ich. Dafür ist mein Dienstdreirad eindeutig zu klein.

Ich sitze auf Bauer Weltzins altertümlichem Lanz-Bulldog und fahre der Sonne in Ueckermünde entgegen. Hinten habe ich einen Herrentag-Kremserwagen angekoppelt, in dem meine Fahrgäste Platz genommen haben. Eigentlich könnte der Ausflug schwer romantisch werden. Wenn eine attraktive Frau neben mir sitzen würde, die ich mit meinen Fahrkünsten beeindrucken könnte. Aber es sitzt nicht einmal meine vollbärtige Braut in spe neben mir. Sondern leider der Kirchner. Und leider singt er.

»Hoch auf dem gelben Wagen sitz ich beim Schwager vorn!«

Der Lanz-Bulldog von Bauer Weltzin ist rot. Und wenn ich der Schwager vom Kirchner wäre, dann müsste ich der Bruder von Oma Machentut sein. Also wirklich. Vielleicht sollte ich die Dinge gelassener sehen. Aber beim Gesang vom Kirchner gelassen zu bleiben ist nahezu unmöglich. Um den sollte sich Oma Machentut mit ihren Amazonen einmal kümmern. Da würde ich sogar mitmachen und mir das Uniformhemd vom Leib reißen. Aber die WOPO-Aktivistinnen haben eben mehr den Tierschutz im Visier.

»Könntest du bitte mit diesem furchtbaren Gesang aufhören?«, flehe ich den Kirchner an. »Dem Tarek seinen Verwandten bluten schon die Ohren!«

Meine verschleierte Vollbart-Braut ist davon natürlich ausgenommen. Die darf sich glücklich schätzen, nicht hören zu können.

»Ehret die Lieder! Sie sind gleich den guten Taten!«, frohlockt der Kirchner und sieht mich mit seinen kleinen Murmelaugen herausfordernd an. »Kein Geringerer als der größte aller deutschen Dichter Johann Wolfgang von Goethe hat das gesagt.«

»Auch nur eine Meinung von vielen«, erwidere ich matt. »Aber wenn dir gute Taten so wichtig sind, dann halte einfach die Klappe!«

Bis Ueckermünde schweigt der Kirchner beleidigt. Ab und zu dreht er sich um und winkt unseren Fahrgästen im Kremserwagen zu. Seine Urenkelin Sandy Raschke und die gute Miene winken fröhlich zurück. Der Tarek und Johnny Cash im Rollstuhl stieren hingegen apathisch vor sich hin. Die haben sich wohl nicht viel zu sagen. Vielleicht irgendein ungelöster Vater-Sohn-Konflikt. Oder sie versuchen gerade, sich ihrer Umgebung anzupassen. Hier am Haff wird gerne geschwiegen. Manche Ehen werden nur deshalb nicht geschieden. Weil zu zweit schweigen immer noch besser ist als alleine. Insofern würde Asena-Sue natürlich gut hierher passen. Wir könnten schweigend alt zusammen werden. Aber eigentlich möchte ich nicht mit einer verschleierten, vollbärtigen, fundamental-islamistischen Fast-Selbstmordattentäterin alt werden. Da bin ich eigen.

In Ueckermünde lenke ich den Bulldog am Hafen entlang zum Festplatz. Vor der Kasse des Zirkus Ravelli hat sich bereits eine kleine Schlange gebildet. Da stehen auch zwei an, denen ich mit meiner illustren Begleitung lieber nicht begegnen würde: Kalle Duchow und Lars Semmler. Aber es ist zu spät. Sie haben uns bereits gesehen, scheren aus der Schlange aus und stiefeln zu uns rüber.

»Wir wollen nur sichergehen, dass der Löwe auch wirklich wieder da ist, wo er hingehört«, quakt der Semmler mit seiner original Kermit-der-Frosch-Stimme zu mir. Er sieht dabei aber nicht mich an, sondern Asena-Sue, die neben mir steht.

»Ist das die islamische Selbstmordattentäterin?«, fragt er und verengt seine Augen zu kleinen Schlitzen. »Will die sich hier im Zirkus in die Luft sprengen?«

»Der Fänger!«, krächzt Kalle Duchow und holt sein Lieblingsbuch, das er nie gelesen hat, aus seinem hinteren Hosenbund. »Der Fänger würde es verhindern!«

»Du bist aber nicht der Fänger im Roggen, Kalle Duchow«, erwidere ich. »Kapier das endlich! Du bist unser Kalle Duchow. Der mit den zu engen Röhrenhosen, dem Bierwanst und den dunklen Flusen auf der Fontanelle! Außerdem wird sich hier ganz sicher niemand in die Luft sprengen!«

Der Duchow schweigt mit leicht offen stehendem Mund.

»So, so, Kröger«, quakt der Semmler und macht einen Schritt auf mich und Asena-Sue zu. »Und warum hat deine neue Freundin dann eine alte Tischdecke über dem Kopf hängen, dass man ihr Gesicht nicht sehen kann? Hat sie etwas zu verbergen, oder ist sie einfach nur hässlich!?«

Und dann macht er etwas, das er besser nicht machen sollte. Mit seinen Fingern, unter deren Nägeln dunkler Schmutz klebt, greift er nach dem blauen Schleier von Tareks Cousine.

»Wollen wir doch mal sehen, wie hässlich du wirklich bist«, quakt er dazu.

Im gleichen Augenblick holt Asena-Sue mit ihrem rechten Fuß zu einem Karatetritt aus, gegen den auch Simba, der König der Löwen, machtlos gewesen wäre.

»Fick dich, Alter!«, brüllt sie dazu und trifft Semmler an der Stelle, an der es Männern besonders weh tut. Danach stehen wir alle ein wenig schockiert und ratlos da. Außer dem Semmler natürlich. Der liegt auf dem Boden und krümmt sich. Das dämliche Tattoo in seinem Nacken kann man jetzt besonders gut sehen: »Wir müssen alle sterben« steht da in Frakturschrift. Jetzt wäre vielleicht der richtige Zeitpunkt für ihn, mit gutem Beispiel voranzugehen.

»Siebter Dan«, sagt Tareks Cousine und hebt mit Blick auf den Semmler entschuldigend die Schultern. Die meint damit wahrscheinlich irgendeinen Karategrad. Wer weiß, welche Talente noch unter dem Schleier schlummern. Stumm ist sie jedenfalls nicht. Und unsere Sprache scheint sie auch zu beherrschen.

»Diese Schande!«, stöhnt Johnny Cash und schlägt sich beide Hände vors Gesicht. Doch was er damit meint, lässt er offen. Das schäbige Verhalten von Lars Semmler? Die Reaktion von Asena-Sue? Oder unsere allgemeine Ratlosigkeit?

Viel Zeit habe ich allerdings nicht, darüber nachzudenken. Denn dann geschieht das nächste Unfassbare: Ohne jede Vorankündigung zieht Tareks Cousine ihren Schleier vom Kopf. Und was darunter zum Vorschein kommt, hätte wohl kaum jemand von uns erwartet. Zumindest ich nicht. Eine wunderschöne Frau mit langen dunklen Locken und Augen, in denen man versinken könnte, falls man möchte. Aber das weiß ich noch nicht. Immerhin bleibt auch mir der Mund offen stehen. Nicht besonders lange allerdings. Denn dann dämmert mir, dass ich in dieses Gesicht schon einmal gesehen habe. Zugegebenermaßen recht kurz. Denn zu dem Gesicht gab es noch einen wunderschönen unverhüllten Körper, der es ebenfalls wert war, beachtet zu werden. Es gibt keinen Zweifel: Tareks Cousine ist eine der Frauen, die auf den

Bildern der Überwachungskamera direkt neben Oma Machentut in die Zirkusmanege stürmten.

»Machen wir es noch einmal offiziell«, sagt Asena-Sue und streckt mir die Hand hin. »Doppelt hält besser. Ich bin Asena, nicht Sue!«

»Kröger«, sage ich matt und lasse meine Hand von Tareks Cousine wie einen Brunnenschwengel schütteln. So eine Scheiße. Die hat alles verstanden, was ich in ihrer Gegenwart so vor mich hin geblubbert habe.

»Ich weiß, Kröger«, erwidert sie und grinst, dass man ihre strahlend weißen Zähne sehen kann. »Falls Sie es noch nicht wissen sollten: Ich bin die Vorsitzende der antirassistischen, antifaschistischen und antiimperialistischen femininen Tierschutzorganisation *Women Power.*«

Nein, das wusste ich noch nicht. Mir bleibt auch nichts erspart. Aber das war schon immer so.

»Diese Schande!«, stöhnt Johnny Cash erneut auf. Dieses Mal ist recht eindeutig zu erkennen, dass er seine Nichte Asena meint.

»Ach, Onkel«, erwidert Tareks Cousine gelassen. »Tierschutz ist eine gute deutsche Tugend. Das müsste deinem Germanenstolz eigentlich gefallen.«

»Du lebst in Kreuzberg, Asena«, widerspricht er. »Das ist nicht Deutschland. Da leben zu viele Türken, die einen schlechten Einfluss auf dich haben. Mein Sohn Tarek macht es richtig. An ihm solltest du dir ein Beispiel nehmen. Er macht das, was die Deutschen besonders gut können: dort wohnen, wo sonst keiner wohnen will und Raketen bauen!«

Ich sehe zum Tarek rüber. Der wird bei den Worten seines Vaters ein wenig bleich.

»Raketen?«, wiederholt der Kirchner und kräuselt irritiert die Stirn.

»Ja, Raketen«, sage ich. Irgendwie fühle ich mich nun doch verpflichtet, dem Tarek zu helfen. »Aber die ganze Sache scheint mir eine familiäre Angelegenheit zu sein. Da sollten wir uns raushalten, Kirchner!«

»Natürlich.« Der Kirchner nickt. Aber das Fragezeichen ist noch immer in seine Stirn gemeißelt.

»Ich danke Ihnen, Kröger«, sagt die gute Miene gütig. Anschließend wird anatolischer Familienrat gehalten. Das Ergebnis ist ganz einfach. Johnny Cash und die gute Miene beschließen, samt ihrer Nichte mit einem Taxi nach Altwarp zurückzufahren. Wegen der Schande. Und weil Johnny Cash keine zwei Stunden mit seinem Rollstuhl in einem Provinz-Zirkus hocken will. Das hätte er allerdings auch vorher schon sagen können. Der Kirchner schließt sich aus Solidarität an. Und weil es ihm ohnehin nicht recht war, Oma Machentut alleine in Altwarp zurückzulassen. Auch das hätte er schon vorher sagen können.

Ich würde mich ebenfalls gerne anschließen. Aber der Tarek und ich müssen jetzt als Ersatzeltern mit der kleinen Sandy Raschke in den verdammten Zirkus. Weil in deren Augen schon wieder Tränen schimmern.

Scheiße.

»Hast du nicht erzählt, dass deine Cousine einen Vollbart hätte?«, frage ich den Tarek, als wir uns mit der kleinen Sandy Raschke dem Zirkuseingang nähern.

»Von einem Vollbart war nie die Rede«, entgegnet

der Tarek mürrisch. »Das hast du dir eingebildet, Kröger! Aber lass mal die Finger von der Asena! Die ist nichts für dich, weissu!«

»Wie soll ich das jetzt bitte verstehen, mein Freund?«, frage ich und mustere ihn streng. »Du und meine Großmutter! Ihr wolltet mich doch mit ihr verkuppeln!«

»Da wusste ich noch nicht, dass die Asena einigermaßen passabel aussieht«, entgegnet er. »Das letzte Mal habe ich sie doch mit fünfzehn gesehen. Da war nicht mit zu rechnen, dass sie mal so hübsch wird ...«

»Sag mal, Tarek! Was willst du mir gerade eigentlich erzählen?«, frage ich. Langsam geht unser Gespräch in eine Richtung, die mir gar nicht gefällt. »Soll das heißen, deine Cousine würde zu mir passen, wenn sie hässlich wäre und einen Vollbart hätte?«

»Nein, Kröger!«, widerspricht er. »Das wollte ich damit nicht sagen. Aber ... Die Asena ist einfach nicht deine Kragenweite!«

»Aber deine?«

Der Tarek schweigt. Alles klar. Jetzt weiß ich, was Sache ist. In seiner Cousine sieht der Tarek eine äußerst attraktive Chance, den Fangarmen der Plüschke zu entkommen. Den hat keine Hexe in den Rücken geschossen wie seinen Vater, sondern Amor höchstpersönlich.

»Du bist verknallt, Tarek«, sage ich und grinse.

»Und du bist ein Arsch, Kröger«, erwidert er wütend. Dann eilt er der kleinen Sandy Raschke und mir mit großen Schritten davon.

»Ist der Tarek wütend, weil er verknallt ist?«, fragt Sandy Raschke verwirrt. »Das ist doch etwas Schönes, wenn man verknallt ist.«

»Es kommt darauf an, in wen man verknallt ist oder wer in einen verknallt ist«, erwidere ich väterlich. »Das ist dann nicht immer schön.«

»Aha«, macht die Urenkelin vom Kirchner nur. Mehr Erwachsenenweisheiten über das Miteinander der Geschlechter braucht sie anscheinend nicht. Ihr kindliches Interesse gilt ohnehin mehr dem anstehenden Zirkusspektakel. Für Kinder ist so ein heruntergekommener Wanderzirkus mit seinen bunten Gestalten und exotischen Tieren eben immer noch die große weite Welt.

Um in die große weite Welt zu kommen, müssen wir am Eingang unsere Karten vorzeigen. Der Tarek muss das auch. Deshalb wartet er dort auf uns. Weil ich die Karten in der Tasche meiner Uniformjacke habe. Anscheinend hat er sich bereits mit den Einlasskontrolleuren unterhalten. Dem kleinen und dem großen Schweinelegionär. Und anscheinend ist diese Unterhaltung nicht besonders glücklich verlaufen. Jedenfalls ist die Stimmung am Einlass nicht besonders herzlich.

»Gehört der Typ zu dir?«, fragt mich der große Legionär und nickt zum Tarek rüber. »Der wollte einfach ohne Karte rein. So geht das natürlich nicht!«

»Der ist verknallt«, sage ich und hebe entschuldigend die Schultern. »Da ist man mit seinen Gedanken schon mal woanders!«

»Arsch«, brummt der Tarek nur und schiebt sich an dem großen Legionär vorbei in den Zuschauerraum.

»Hallo«, quiekt die kleine Sandy Raschke und gibt dem kleinen Legionär mit leuchtenden Augen die Hand. »Ich bin Sandy Raschke aus Hamburg.«

»Und ich bin Sascha Schapiro«, erwidert der kleine Legionär und grinst.

Sandy Raschke grinst auch, und ich glaube, dass es jetzt noch jemanden gibt, der sich schwer verknallt hat. Alle Achtung. In dem Alter war ich allenfalls in meine hölzernen Bauklötze verknallt.

»Es wäre uns eine große Ehre, wenn Sie uns nach der Vorstellung noch bei einem kleinen Grillabend Gesellschaft leisten würden«, sagt der große Legionär weihevoll. »Als Entschädigung fur die Aufregung wegen des entlaufenen Löwen … Ihr hitziger arabischer Freund ist übrigens auch willkommen.«

»Der Tarek ist kein Araber, sondern kommt aus Anatolien«, stelle ich richtig.

»Für einen Juden aus der Ukraine ist das kein Unterschied«, erwidert der große Legionär gelassen.

»Ich könnte dir unsere Schweine zeigen«, sagt der kleine Legionär zu Sandy Raschke.

»Oh ja«, flötet sie mit leicht geröteten Wangen. Früher zeigte man seine Briefmarkensammlung, heute sind es Schweine. Zumindest beim Zirkus.

»Vielen Dank für die Einladung«, sage ich. »Aber ich fürchte, dafür fehlt uns die notwendige Zeit.«

Gesellige Grillabende rangieren auf meiner persönlichen Beliebtheitsskala so ziemlich auf der gleichen Stufe mit Hühneraugen und Herpespickeln.

»Ich will aber«, blökt die kleine Sandy Raschke trotzig und stampft mit dem rechten Fuß auf. Ihre Augen füllen sich bereits wieder mit Tränen.

Ich sehe den großen Legionär an. Und er sieht mich an. Und da weiß ich, dass ich aus der Grillnummer nicht herauskomme.

Irgendwie scheinen es die Ravellis mit ihrem Manegensand besonders gut zu meinen. Jedenfalls ist die erste Stufe, die zu den Zuschauerrängen führt, bereits überspült. Wahrscheinlich müssen sie nach jeder Aufführung ein paar Schippen drauflegen, um die natürlichen Hinterlassenschaften ihrer Simbas und Sweetys zu überdecken. Ein Löwen- oder Servalklo werden die wohl kaum haben. Das sind so ziemlich meine letzten Gedanken, bevor ich auf den harten Sitzbänken der Zuschauertribüne in einen wohligen Schlaf falle. Von der Vorstellung bekomme ich so gut wie gar nichts mit. Allerdings rammt mir in regelmäßigen Abständen die kleine Sandy Raschke ihren Ellenbogen in die Seite.

»Schnarch nicht so, Kröger!«, zischt sie dazu.

Das ist nicht schön. Weil kleine dicke Knödel in rosafarbenen Hello-Kitty-Kleidern ein wenig mehr Respekt vor Staatsdienern in Uniform haben sollten. Aber meine Müdigkeit ist größer als mein Verdruss. Ich nicke deshalb nur kurz und dämmere gleich wieder weg. Erst der Schlussapplaus holt mich endgültig zurück in die traurige Realität eines heruntergekommenen Wanderzirkus.

»Du hast echt was verpasst«, sagt die kleine Sandy Raschke. Ihre Wangen glühen so rot wie sonst nur die Fleischtomatenbacken vom Kirchner.

»Sie hat verdammt recht«, bestätigt der Tarek und nickt Sandy Raschke zu. »Diese Pavel-Zwillinge haben es mit ihren Raubtieren wirklich drauf!«

Sein Ärger ist scheinbar wieder verraucht. Lange kann der Tarek einem ohnehin nicht böse sein.

»Und die Schweine von dem Sascha und seinem Papa sind so niedlich«, flötet Sandy Raschke aufgeregt. »Der Sascha will sie mir gleich zeigen!«

Ich verzichte auf den naheliegenden Vergleich zwischen rosafarbenen Hello-Kitty-Kleidern und niedlicher Schweinehaut. Das fällt mir nicht leicht, aber ich schaffe es. Stattdessen gebe ich leger mein dienstliches Hintergrundwissen preis.

»Leider ist das niedlichste Schwein namens Porky gestern den Heldentod in der Manege gestorben. Das wird dir dein neuer Freund kaum mehr zeigen können.«

»Oh«, macht die kleine Sandy erschrocken. »Warum ist es denn gestorben?«

»Es hatte ein schwaches Herz«, erwidere ich sachlich. Mehr dienstliches Hintergrundwissen will und kann ich nicht preisgeben. Das versteht sich. »Aber die Schapiros haben ja noch genug andere Schweine.«

Sandy Raschke nickt. Als sie den kleinen Legionär am Zeltausgang erspäht, läuft sie auf ihren kleinen dicken Stampfern zu ihm.

»Was wird das, Kröger?«, fragt der Tarek. »Müssen wir uns jetzt die Schweine anglotzen?«

»Die Schapiros und die anderen Zirkusleute haben uns zum Grillen eingeladen«, erwidere ich und steige mit den anderen Zuschauern die hölzerne Tribüne hinunter. »Ich konnte das nicht ablehnen. Die kleine Freude müssen wir der Urenkelin von dem Kirchner lassen. Sonst setzt sie uns auf der Rückfahrt den Kremserwagen von Bauer Weltzin mit ihren Tränen unter Wasser. Das willst du doch auch nicht, oder?«

Der Tarek schüttelt den Kopf. Etwas anderes scheint ihn viel mehr zu interessieren.

»Sag mal, Kröger«, wispert er mir zu, während wir das Zirkuszelt auf dem Weg zu den Wohnwagen der

Ravellis umrunden. »*Schapiro* … das klingt doch irgendwie jüdisch.«

»Das könnte unter Umständen daran liegen, dass der Schweinedompteur Jude ist«, antworte ich gelangweilt. »Da kann das dann schon mal passieren, dass man einen jüdischen Namen trägt.«

»Der Schweinedompteur ist Jude?« Dem Tarek läuft ein Schweißtropfen über die Stirn.

Ich nicke.

»Aber … Aber das geht doch nicht«, stottert er.

»Warum soll das nicht gehen?«

»Die Juden sind wie wir«, antwortet er aufgeregt. »Die wollen mit Schweinen nichts zu tun haben, weissu.«

»Tarek«, sage ich milde. »Du bist Moslem, aber säufst Küstennebel wie eine Hafennutte. Das geht dann auch nicht.«

»Das ist etwas ganz anderes«, widerspricht er hitzig. »Küstennebel ist eine saubere Sache. Aber Schweine sind unreine Tiere. Die suhlen sich gerne im Dreck.«

»Kann es sein, dass du einfach irgendein Problem mit Juden hast?«, frage ich und mustere ihn eindringlich.

»Natürlich nicht, Kröger«, erwidert der Tarek und schüttelt vehement den Kopf. »Aber die machen sich da unten in Palästina ganz schön breit, weissu …«

»Der Schapiro kommt aus der Ukraine«, sage ich ruhig. »Außerdem … Was interessiert es dich als Anatolier, was da unten los ist? Wenn mein Kollege Malchow Ärger mit seinen Nachbarn in Ueckermünde hat, dann mischst du dich doch auch nicht ein! Dabei liegt Altwarp viel näher an Ueckermünde als Anatolien an Israel!«

Ich finde, das klingt logisch. Aber der Tarek will mich anscheinend nicht verstehen.

»Du bist doch der mit den Vorurteilen, Kröger«, schießt er zurück. »Du glaubst doch, wir fahren in Anatolien alle noch mit Eselskarren durch die Gegend!«

»Du verwechselst mich mit dem Kirchner, mein Freund«, sage ich. Das muss ich sagen, sonst verliere ich unseren kleinen Disput. Was ich natürlich nicht will. Außerdem weiß ich ja inzwischen, dass es Anatolier gibt, die deutscher leben als die meisten Deutschen. »Versprich mir, dass du dich zurückhältst, wenn wir bei den Schapiros sind! Ich habe heute Abend keine Lust, noch dienstlich werden zu müssen.«

Der Tarek kommt allerdings nicht mehr dazu, irgendetwas zu versprechen. Dafür müsste er seinen Mund benutzen. Aber der steht genauso offen wie meiner.

»Ist irgendwas mit euch Jungs?«, fragt die Guggenmoos und schreitet mit einer Schale Kartoffelsalat an uns vorbei wie eine Grufti-Göttin. Um ihre Hüfte liegt der behaart männliche Arm des Schweinedompteurs.

»Die Geli macht den besten Kartoffelsalat westlich des Urals«, sagt der große Schapiro und schmatzt der Guggenmoos einen Kuss auf die Wange. »Und das Schweinchenrosa passt einfach hervorragend zu ihrer vornehmen Blässe.«

Der Tarek und ich starren auf die lackierten Fußnägel der Guggenmoos, die in braunen Riemchensandalen stecken. Dann nicken wir stumm. Mehr ist gerade nicht drin. Der Schweinedompteur und die Kollegin von der Plüschke – wer hätte das gedacht?

»Du bist mir vielleicht einer«, sagt die Guggenmoos und wackelt dem Tarek mit ihrem Zeigefinger vor der Nase herum. »Deine Freundin liegt im Krankenhaus, und du vergnügst dich hier! Das würde der Jakob niemals machen …«

Dann glotzt sie den Schweinedompteur mit Sternchen in den Augen an. Noch jemand, der anscheinend schwer verknallt ist.

»Das Fleisch liegt schon auf dem Rost«, sagt der große Schapiro in einem Tonfall, als hätte er das Grillgut eigenhändig erlegt und ausgeweidet.

Wieder nicken der Tarek und ich nur stumm. So ein Zirkus ist eben doch eine andere Welt. Auch wenn es nur ein schmieriger kleiner Wanderzirkus ist. Die Faszination scheint sich zumindest auch auf Erwachsene wie die Guggenmoos zu übertragen.

»Bis gleich, ihr zwei«, flötet die verliebte Grufti-Königin. Dann tippelt sie mit dem Kartoffelsalat und dem behaarten Schweinedompteurarm um ihre Hüfte davon.

»Hast du das gewusst, Kröger?«, fragt der Tarek leise.

»Was?«

»Du weißt, was ich meine! Dass die Guggenmoos was mit dem Typen am Laufen hat!«

»Nein«, erwidere ich. »Das geht mich auch nichts an.«

»Natürlich geht dich das was an, Kröger!«, widerspricht der Tarek hitzig. »Die Guggenmoos ist die Kollegin von der Plüschke. Und die Plüschke wurde an ihrem Arbeitsplatz niedergeschlagen. Vielleicht hat der Typ was damit zu tun, weissu?«

»Machst du jetzt einen auf Verschwörungstheorien

wie der Kirchner?«, frage ich und sehe ihn schief an. »Das meinst du doch nicht im Ernst? Warum sollte der Schapiro der Plüschke eins überbraten?«

»Keine Ahnung«, antwortet der Tarek etwas kleinlaut. »Vielleicht hatte er auch was mit der Plüschke, und jetzt wurde sie ihm lästig ...«

»Bist du etwa eifersüchtig auf den Schweinedompteur?«, frage ich grinsend. »Ich dachte, du hast dich gerade erst in deine Cousine verknallt?!«

»Du bist echt ein Arsch, Kröger«, erwidert er. Und so, wie er es sagt, meint er das auch so. Dann stiefelt er mit großen Schritten zu der Wohnwagensiedlung der Zirkusleute, dass ich einigermaßen Mühe habe, ihm zu folgen.

Die Wohnwagen der Zirkusleute sind zu einem Kreis zusammengeschoben. Wie in einem Western aus den 60er-Jahren. Nur dass die Ravellis keine abenteuerlustigen Siedler sind, die sich gegen skalpwütige Rothäute zur Wehr setzen müssen, sondern zumeist osteuropäische Artisten, deren Auffassung von Tierhaltung den WOPO-Amazonen ein Dorn im Auge ist.

In der Mitte der Wohnwagentrutzburg steht die Feuerstelle. Allerdings kein romantisches Lagerfeuer wie bei den Siedlern im Wilden Westen, sondern ein moderner Monstergrill mit allen Schikanen, bei dessen Anblick unsere Hobbygriller hier am Haff vor Neid erblassen würden.

»Prinzessin Kröger von die Verbrechensbekämpfung«, höre ich eine inzwischen leider wohlvertraute Stimme hinter mir. Dann schlägt mir die Pranke des Raubtierdompteurs auf die Schulter. Welcher Pavel es ist, weiß ich allerdings nicht. »Hast du dich gut amüsiert bei unsere Vorstellung?«

»Euer Serval ist wirklich ein großes Talent«, lüge ich, um einer weiteren Konversation aus dem Weg zu gehen.

Der Raubtierdompteur runzelt skeptisch die Stirn.

»Die Sweety?«, wiederholt er und sieht mich schräg von unten an. »Die ist heute gar nicht gewesen in die Manege …«

»Eben«, erwidere ich trocken. »Hast du hier irgendwo ein kleines Mädchen mit einem rosa Kleid gesehen?«

»Ist deine Tochter? Habe ich gar nicht gewusst, dass du bist Papa, Prinzessin.« Er lächelt mich schmierig an.

»Das bin ich auch nicht«, antworte ich. »Ich bin nur die Mutter. Vater ist der Tarek. Aber nur heute. Und nur ausnahmsweise …«

Der Raubtierdompteur glotzt mich irritiert an. Das ist jetzt eindeutig zu viel für ihn.

»Ein Mädchen mit rosa Kleid war mit dem jungen Schapiro bei die Schweine«, sagt er verwirrt. »Jetzt sie sitzt mit ihm links vor die Wohnwagen von die Schapiros.«

Dann zeigt er nach rechts, wo tatsächlich der rosa Knödel mit dem kleinen Schapiro und dem Tarek vor einem Wohnwagen hockt. Es ist also der andere Pavel, mit dem ich es zu tun habe. Der mit der Links-rechts-Schwäche. Diese Erkenntnis verdanke ich meiner kriminalistisch geschulten Auffassungsgabe.

»Danke, mein lieber Pavel«, sage ich und tippe lässig gegen meine Dienstmütze. »Grüßen Sie mir Ihren Bruder!«

Dann lasse ich ihn einfach stehen und gehe zu meiner kleinen Leihfamilie rüber, um mich von dem großen Schapiro mit Bergen von gegrilltem Fleisch versorgen zu lassen. Die kleine Sandy Raschke und der Tarek haben die gleichen Mengen auf ihren Tellern liegen. Die Guggenmoos begnügt sich hingegen mit ihrem besten Kartoffelsalat westlich des Urals.

»Fleisch ist nicht gut für meinen Teint«, sagt sie leger.

Darauf antworte ich besser nichts. Obwohl mir einiges dazu einfallen würde.

Der Tarek stochert lustlos in seinem Fleischberg herum. Wahrscheinlich gönnt er dem Schweinedompteur seine Grillkünste nicht.

»Schmeckt dein Fleisch auch so komisch?«, mault er leise.

»Wenn du mit komisch saugut meinst, dann ja«, erwidere ich kauend. Das Grillgut von den Schapiros ist wirklich schmackhaft. Das muss man dem großen und dem kleinen Schweinedompteur lassen. Obwohl ich sonst kein Freund geselliger Grillrunden bin, kann ich mich kaum satt essen.

»Saugut! Das passt«, sagt der kleine Schapiro, grinst und sieht dem Tarek zu, wie er skeptisch auf einem Stück Fleisch herumkaut. »Porky war ein glückliches Schwein. Deshalb ist sein Fleisch auch so zart.«

»Porky?!«, krächzt der Tarek und spuckt einen dicken Batzen halb zerkautes Fleisch aus. Der ist mit einem Schlag bleich wie ein Stück Kreide geworden. Oder so bleich wie die Guggenmoos. Obwohl das für einen waschechten Anatolier natürlich nahezu unmöglich ist.

»Was hätten wir denn sonst mit ihm machen sollen?«, fragt der große Schapiro. »So dient er wenigstens noch einem guten Zweck.«

Ich bezweifele, dass der Tarek diesen guten Zweck zu würdigen weiß. Er springt auf und verschwindet hinter dem Wohnwagen der Schapiros. Die Geräusche, die er von sich gibt, lassen keinen Zweifel daran, was er gerade macht.

»Porky scheint ihm nicht zu schmecken«, stellt der große Schapiro sachlich fest.

»Er hat ganz allgemein ein Problem mit Schweinen«, erkläre ich und hebe bedauernd die Schultern.

»Lebt er etwa halal?«, fragt der große Schapiro.

Ich sehe ihn leicht verwirrt an. Was meint er?

»Halal ist das Gleiche wie bei uns koscher«, erwidert er. »Man isst nur bestimmte Lebensmittel und meidet andere. Aus religiösen Gründen.«

Ich schüttele den Kopf.

»Nein, der Tarek trinkt Alkohol. Aber er hält Schweine für unreine Tiere.«

»Unreine Tiere?«, wiederholt der kleine Schapiro und lacht. »In Anatolien fährt man wahrscheinlich noch mit Eselskarren durch die Gegend.«

Die kleine Mistbacke weiß, wie man Salz in die Wunden streut.

»Das solltest du besser nicht erwähnen, wenn der Tarek dabei ist«, flüstere ich ihm zu. »Nur so als kleiner Tipp.«

Der kleine Schapiro nickt. Aber ich fürchte, die zarte Annäherung zwischen meinem anatolischen Kumpel und den beiden ukrainischen Schweinedompteuren wurde durch den kross gegrillten Porky zunichtegemacht.

Der Tarek zieht nach seiner Rückkehr in unsere Runde jedenfalls ein Gesicht, das ganz unzweifelhaft zum sofortigen Herzinfarkt bei allen Schapiro'schen Schweinen führen würde. Zum Glück schweigt er aber. Der Makel, ein unreines Tier gegessen zu haben, schwelt stumm in ihm.

»Haben diese Tierschützerinnen sich auch schon an euren Schweinen vergriffen?«, frage ich den großen Schapiro und mache ein dienstliches Gesicht.

»Sie haben Porky getötet«, erwidert der Schweinedompteur. »Aber sonst? Nein. Sie müssen wissen, dass wir noch nicht lange mit Schweinen unterwegs sind. Wir Schapiros sind eigentlich Messerwerfer in der vierten Generation ...«

»Messerwerfer?«, unterbricht ihn die Guggenmoos und krault verträumt in seinen kurzgeschnittenen dunklen Haaren. »Davon hast du mir noch nie etwas erzählt.«

»Weil es eine traurige Geschichte ist«, erwidert der große Schapiro und räuspert sich. Seine Stimme flattert leicht. »Bei meinem letzten Auftritt als Messerwerfer habe ich meine Frau getötet ...«

»Was?«, krächzt die Guggenmoos und starrt den Schweinedompteur fassungslos an.

»Es war nicht Papas Schuld«, beeilt sich der kleine Schapiro zu sagen. Auch seine Stimme flattert leicht. »Es war ein Unfall ...«

»Ein Unfall?«, wiederhole ich ungläubig.

»Sie trug die falschen Schuhe«, antwortet der große Schapiro traurig. »Rote Pumps mit hohen Absätzen. Die hat sie sonst nie getragen. Ein paar Zentimeter mehr oder weniger können beim Messerwerfen über Leben und Tod entscheiden. Das hat sie gewusst …«

»Sie wollte sterben?«, fragt der Tarek skeptisch.

Der Schweinedompteur nickt stumm.

»Mama war sehr krank«, erklärt der kleine Schapiro an seiner Stelle.

»Rote Pumps«, sage ich nachdenklich. »Was ist mit ihnen passiert?«

»Mit den Pumps?« Der große Schapiro starrt mich verwirrt an. »Warum ist das wichtig?«

»Vielleicht ist es nicht wichtig«, antworte ich kryptisch. »Vielleicht aber doch.«

»Was soll das, Kröger?«, mischt sich der Tarek ein. »Was gehen dich die Schuhe einer toten Frau an?«

»Ich mache nur meinen Job«, erwidere ich langsam. »Die Schuhe könnten in gewisser Hinsicht im Zusammenhang mit einem Verbrechen stehen. Deshalb noch einmal: Was ist aus den Pumps geworden?«

»Keine Ahnung.« Der große Schapiro zuckt mit den Achseln. »Wahrscheinlich habe ich sie nach der Beerdigung meiner Frau weggeworfen.«

Das wäre nicht weiter verwunderlich. Was sollte er auch mit roten Damenpumps anfangen? Es wäre ohnehin ein seltsamer Zufall, wenn die Schuhe der toten Messerwerfergattin irgendetwas mit dem Pumps aus dem Maul von Sweety zu tun hätten. Mehr als ein seltsamer Zufall wäre das sogar. Aber fragen schadet schließlich nichts. Ich habe das Kamel bereits einmal pissen gesehen.

»Spiel dich doch nicht so auf, Kröger«, sagt die Guggenmoos und stellt den Teller mit dem besten Kartoffelsalat westlich des Urals zur Seite. »Nur weil du eine Uniform trägst, musst du den Leuten noch lange keine Löcher in den Bauch fragen.«

Dann steht sie auf, nimmt den großen Schapiro an die Hand und verschwindet mit ihm im Wohnwagen.

»Was machen die beiden?«, frage ich den Tarek leise.

»Du fragst schon wieder Sachen, die dich nichts angehen, Kröger«, antwortet er genervt. Dann sieht er verlegen zu Boden.

»Kuscheln«, antwortet an seiner Stelle der Sohn des Schweinedompteurs und grinst über das ganze Gesicht. »Die kuscheln!«

»Das machen alle Erwachsenen. Das ist ganz normal. Da ist nichts Schlimmes dabei«, sagt Sandy Raschke mit der Ernsthaftigkeit einer Biedermeier-Gouvernante und sieht mich erwartungsvoll an. »Tust du das nie, Kröger?«

Nun. Was soll ich dazu sagen? Am besten wohl gar nichts.

»Früher hätte man so was nicht gefragt«, antworte ich und denke, dass ich bis vor einer Minute noch jeden erschlagen hätte, der mir mit früher und was man da nicht alles tun durfte gekommen wäre. Aber die Zeiten ändern sich eben. Manchmal von einer Minute auf die nächste. Mit Kindern diskutiert man keine ernsthaften Erwachsenendinge. So war das in meiner Kindheit. Und so sollte das auch heute noch sein.

»Früher hätte man so was nicht gefragt«, grinst Sandy Raschke und bläst die Backen auf, wie es der Kirchner gerne macht, wenn er empört ist. »Das sagt mein Uropa auch immer.«

Mit dem Kirchner auf eine Stufe gestellt zu werden ist nicht besonders schmeichelhaft. Schon gar nicht von seiner Urenkelin. Andererseits muss ich ihr zugutehalten, dass sie sich über ihren Uropa lustig macht. Das versöhnt mich in gewisser Hinsicht. Trotzdem ist es jetzt wohl an der Zeit, sich auf den Heimweg zu machen. Die erwachsenen Gastgeber haben sich bereits zurückgezogen. Ob sie tatsächlich das machen, was sich die beiden Kinder so vorstellen, geht mich nichts an. Niemanden geht das etwas an. Aber der kleine Raschke-Knödel gehört jetzt ins Bett. Und ich auch. Wobei man das durchgesessene Sofa in Tareks feuchter Windmühle nicht unbedingt als Bett bezeichnen kann.

Beim Abschied verabreden sich der kleine Schapiro und die Urenkelin vom Kirchner zum Schweinefüttern am nächsten Tag. Sandy Raschke hat dabei fiebrig glänzende Augen. So sieht anscheinend wahre Romantik aus: ein Rendezvous im Schweinegehege eines schmierigen Wanderzirkus. Da können Facebook, Twitter und all die anderen modernen Kommunikationsplattformen noch etwas lernen.

Auf dem Kremserwagen von Bauer Weltzin kuschelt sich die Urenkelin vom Kirchner in eine Decke und schließt die Augen. Wahrscheinlich will sie ungestört von ihrem Schweineprinzen träumen. Der Tarek schwingt sich hingegen zu mir auf den Traktor.

»Erzähl es nicht meinen Eltern«, sagt er leise. »Die sind nicht ganz einfach, weissu …«

»Natürlich«, nicke ich. »Das weiß ich. Aber was soll ich ihnen nicht erzählen? Dass du den Rollstuhl gar nicht brauchtest und auch keine Raketen in Peenemünde zusammenschraubst?«

»Nein.« Der Tarek stöhnt merklich auf. »Das mit dem Schweinefleisch.«

Ich verkneife mir das Lachen. Aber etwas grinsen muss ich doch.

»Versprich es, Kröger!«

Ich beiße mir auf die Backen und nicke. Dann fahre ich los.

Der Himmel über dem Haff ist sternenklar. Und niemand singt von Schwagern und gelben Wagen. Allerdings müffelt der Tarek leicht nach Schwein. Besser, ich sage nichts dazu.

Ganz sicher besser.

Freitag

Mit einem gemütlichen Frühstück am nächsten Morgen wird es leider nichts. Darauf hatte ich mich gefreut. Aber manchmal bleibt es eben bei der Vorfreude. So wie heute. Dem Tarek kann ich die Schuld dafür nicht geben. Sein Kühlschrank ist mit allerlei Leckereien gefüllt. Und im Notfall würde ich sicher auch etwas bei Oma Machentut bekommen. Allerdings müsste ich dort wieder mit Tareks Verwandten und dem Kirchner zusammentreffen. Das bleibt mir nun erspart. Weil mein Diensthandy klingelt und meinen morgendlichen Tagesplan über den Haufen wirft.

»Kriminalkommissariat Anklam, Außenstelle Ueckermünde«, melde ich mich und mache ein dienstliches Gesicht dazu, obwohl mich der Anrufer gar nicht sehen kann.

»Sind Sie dieser Kröger?«, fragt eine Stimme, die ich nicht sofort zuordnen kann.

»Nee«, antworte ich. »*Dieser* Kröger bin ich nicht, sondern der Polizeimeister Boris Kröger.«

»Sehr witzig«, sagt die Stimme. »Wenn es Ihnen recht ist, lache ich ein anderes Mal. Jetzt ist mir gerade nicht danach. Wir haben hier einen toten Clown …«

»Wer ist *wir*?«, frage ich. Die großen Ws. Die Leute werden es wohl nie begreifen. »Und *wo* sind *wir*? Und *warum* ist der Clown tot?«

»Das herauszufinden ist doch wohl Ihre Aufgabe, Kröger«, entgegnet der Anrufer mit einer gewissen Aggressivität in der Stimme, die mir wenig behagt. »Erst ein totes Schwein und jetzt ein toter Clown …«

»Ravelli«, unterbreche ich ihn. »Sie sind der Zirkusdirektor!«

»Wer soll ich denn sonst sein?«, poltert er ungehalten. »Igor Bronski sicher nicht.«

»Wer bitte schön ist Igor Bronski?«, frage ich.

»Der tote Clown natürlich«, antwortet Ravelli. »Das habe ich doch gerade eben gesagt: Igor Bronski ist tot.«

»Das haben Sie nicht gesagt«, verbessere ich ihn. »Sie haben gesagt: Wir haben hier einen toten Clown …«

»Wollen Sie mir die Worte im Mund umdrehen, Kröger?«, brüllt Ravelli durch die Leitung. »Was soll das?! Wahrscheinlich behaupten Sie gleich noch, ich hätte Bronski eigenhändig getötet!«

»Haben Sie?«

Geduld scheint eindeutig nicht Ravellis Stärke zu sein. Jedenfalls antwortet er nicht auf meine Frage, sondern unterbricht die Verbindung. Wahrscheinlich ist sein Kopf vor Wut so rot wie seine Zirkusdirektor-Uniform.

Davon werde ich mir gleich selbst ein Bild machen können. Weil ich wegen des toten Clowns natürlich nach Ueckermünde muss. So ein toter Clown ist nicht mit einem toten Schwein zu vergleichen. Bei einem toten Clown muss die Staatsgewalt eindeutig mehr unternehmen. Das versteht sich. Ich hoffe nur und bete, dass Oma Machentuts Brüsto nichts damit zu tun haben. Das käme mir doch sehr ungelegen.

Der Tarek schläft noch, als ich seine flügellose Windmühle verlasse und in meine Dienst-Ape einsteige. Der würde wahrscheinlich am liebsten mitkommen, um dem Frühstück mit seinen Eltern aus dem Weg zu gehen. Aber ich kann nicht wildfremde Leute einfach so mit an einen Tatort nehmen. Die Siebenhaar würde mir ordentlich den Kopf waschen. Auch wenn der Tarek so wildfremd nun nicht ist. Aber aus Sicht der Siebenhaar gehört er ganz sicher nicht an einen Tatort. Und das kann ich sogar verstehen.

Auf halber Strecke nach Ueckermünde klingelt schon wieder mein Handy. Ich scheine ein gefragter Mann zu sein. Zumindest heute.

»Polizeimeister Boris Kröger«, melde ich mich.

»Sag mal, tickst du noch ganz richtig, Kröger?!«, brüllt eine hysterische Frauenstimme in mein Ohr. »Du bist doch echt so ein Riesenarsch!«

Ich muss nicht lange überlegen, wer das ist. Verbale Liebkosungen dieser Art kenne ich nur von der Plüschke.

»Du musst dich verwählt haben«, antworte ich ruhig und erstaunlich gelassen. »Der Tarek hat eine andere Nummer.«

»Ich will nicht mit dem Tarek sprechen, sondern mit dir, Kröger!«, krakeelt sie weiter. »Der Tarek hat mir ganz sicher keinen Strafzettel mit einem Stinkefinger unter den Scheibenwischer gesteckt!«

»Du bist raus aus dem Krankenhaus?«, versuche ich, Zeit zu gewinnen. Denn was die Plüschke gerade gesagt hat, muss ich erst mal verarbeiten. Falls ich sie richtig verstanden habe, gehört der protzige Porsche auf dem Parkplatz vor dem Ueckermünder Amt ihr. Ich wusste nicht einmal, dass sie einen Führerschein hat. Wie sie sich so eine Kutsche leisten kann, ist mir schleierhaft. Die Plüschke hat in ihrer Lohntüte ganz sicher nicht viel mehr als ich. Und mein Polizeimeistergehalt reicht gerade so für eine alte Simson. Besser gesagt: reichte. Weil die Simson inzwischen nur noch ein Haufen Schrott ist. Aber das ist eine andere Geschichte.

»Lenk nicht vom Thema ab, Kröger!«, brüllt sie weiter in ihr Handy. »Mein Wagen war ordnungsgemäß abgestellt. Mit gültigem Parkschein!«

»Reg dich nicht auf«, erwidere ich so kühl, wie es die tropischen Temperaturen in der kleinen Fahrerzelle meiner Dienst-Ape zulassen. »Das ist sicher eine Verwechslung. Wahrscheinlich hat Friedbert König gedacht, das wäre der Wagen von dem Haffbank-Chef. Der König kann den Verweyen nämlich nicht leiden. Aber keine Sorge, ich bringe das in Ordnung!«

Dann drücke ich die Plüschke ohne Abschiedsgruß weg. Bei Gelegenheit werde ich mich umhören, ob sie im Lotto gewonnen oder eine Erbschaft von einem reichen Onkel in Amerika gemacht hat. Vielleicht würde das Tareks Herz für ihre Liebe doch noch öffnen. Auch wenn er im Augenblick wohl mehr Sympathien für seine Cousine Asena hegt. Was ich durchaus verstehen kann. Weil die nun wirklich so mordsmäßig gut aussieht, dass sie sogar einen buschigen Schnauzbart tragen könnte, ohne an Attraktivität einzubüßen. Davon kann ich mich dann auch gleich selbst überzeugen. Weil Tareks Cousine vor dem Zirkus in eine hitzige Diskussion mit diesem Ravelli verwickelt ist, als ich mit der Ape vorfahre. Statt ihrer Vollschleier-Maskerade trägt sie Jeans und ein dunkelgraues Top. Das steht ihr ganz ausgezeichnet.

»Gut, dass Sie endlich da sind, Kröger!«, brüllt

mir der Zirkusdirektor bereits aus der Entfernung zu. »Nehmen Sie diese wild gewordene Tierschützerin endlich fest!«

»Moin erst mal!«, sage ich, tippe lässig mit dem rechten Zeigefinger gegen den Schirm meiner Dienstmütze und mustere Tareks Cousine kritisch. »Darf ich fragen, wie Sie hierherkommen?«

»Sie dürfen, Kröger«, erwidert sie souverän und nickt in Richtung Parkplatz. »Mit dem Wagen von Hannelore Küstrow. Vielleicht kennen Sie die?«

»Natürlich kenne ich Hannelore Küstrow«, antworte ich und sehe zum Parkplatz rüber. Da steht tatsächlich der Pick-up von Tante Weltraum. Den verleiht sie eigentlich so gut wie nie. Da ist die Küstrow normalerweise eigen. »Ich meine, *warum* Sie hier sind!«

In Gegenwart der unverschleierten Asena geraten sogar bei mir die großen Ws ein wenig durcheinander.

»Weil sie unseren Clown auf dem Gewissen hat«, antwortet der Zirkusdirektor an ihrer Stelle. »Das kennt man doch aus Fernsehkrimis. Der Täter kehrt immer wieder an den Tatort zurück.«

»Ich weiß nicht, welche Fernsehkrimis Sie sehen«, sagt Tareks Cousine und schüttelt leicht den Kopf. »Bei denen, die ich kenne, ist das jedenfalls nicht so.«

»Schluss jetzt mit dem Unsinn«, sage ich energisch und sehe der Karatemeisterin tief in ihre wunderschönen Augen. »*Warum* sind Sie hier, Asena?«

»Als staatlich geprüfte Tierärztin wollte ich mir einen Einblick über die artgerechte Tierhaltung in diesem Zirkus verschaffen«, erwidert sie.

»Es gibt einen Tierarzt, der das ganz offiziell im Auftrag der Stadt längst getan hat und nichts zu beanstanden hatte«, schnaubt der Zirkusdirektor wütend.

»Ja«, antwortet Tareks Cousine und verdreht ihre schönen Augen. »Ein vergesslicher alter Mann, dem es ganz recht ist, wenn ein Tiere quälender Zirkus für fragwürdige Attraktivität hier in der Gegend sorgt.«

»Holthusen?«, frage ich vorsichtig nach.

Tareks Cousine nickt.

»Sie kennen diesen Tierarzt, Kröger?«

Natürlich kenne ich den Holthusen. Wenn man in Berlin lebt, ist das vielleicht nicht ganz einfach zu verstehen. Aber hier auf dem Land kennt eben jeder jeden. Hier wohnen in einem Dorf so viele Menschen wie in Berlin in einem einzigen Mietshaus. Jedenfalls stelle ich mir das so vor.

»Wenn Claas Holthusen von der Gemeinde beauftragt wurde, die artgerechte Tierhaltung in diesem Zirkus zu überprüfen, dann wird das wohl seine Richtigkeit haben«, sage ich dienstlich. »Herr Holthusen ist ein erfahrener Tierarzt, auf dessen Urteil man sich verlassen kann.«

»Glauben Sie wirklich, was Sie da sagen?«, schnaubt mich Tareks Cousine wütend an. Jetzt ist Vorsicht geboten. Wenn ich nicht aufpasse, geht es mir wie dem Semmler. Weil die Kreuzberger Tierschützerin natürlich recht hat. Der Holthusen mag zwar debil und schwerhörig sein, aber über den Weg darf man ihm deshalb noch lange nicht trauen. Doch das kann ich aber natürlich nicht zugeben. Schließlich hat ihn das zuständige Veterinäramt mit der Überprüfung betraut. Und in die Angelegenheiten einer anderen Behörde will ich mich als Polizist sicher nicht einmischen. Dafür habe ich auch gar keine Zeit. Immerhin soll es hier irgendwo einen toten Clown geben.

»Wo ist denn nun dieser Bronski?«, frage ich den Zirkusdirektor.

»Vor seinem Wohnwagen«, antwortet Ravelli und fordert mich mit einer Handbewegung auf, ihm zu folgen.

Das mache ich dann auch. Zuvor ermahne ich allerdings Tareks Cousine, an Ort und Stelle zu bleiben, um meine Ermittlungen nicht zu behindern.

»Ich bin Tierärztin, Kröger«, mault sie beleidigt. »Vielleicht kann ich helfen ...«

»Falls ich den Zirkusdirektor richtig verstanden habe, dann ist der Clown mausetot«, erwidere ich. »Dem kann nicht mehr geholfen werden. Außerdem fallen Clowns wohl kaum in Ihr Ressort. Oder kümmern Sie sich auch um die artgerechte Haltung von Clowns in Zirkussen?«

»Nein«, antwortet sie trocken und wirft mir einen wütenden Blick zu. »Aber anscheinend haben Sie heute einen gefrühstückt!«

Sicher nicht. Gefrühstückt habe ich heute noch gar nicht. Das wird mir spätestens beim Anblick des toten Clowns bewusst. Weil dieser Anblick nicht besonders angenehm ist. Wie der Anblick von Ermordeten ganz allgemein nicht besonders angenehm ist. Der Clown liegt mit dem Bauch nach unten vor der kleinen Treppe zu seinem Wohnwagen. Dass er der Clown des Zirkus ist oder besser war, lässt sich nicht direkt erkennen. Weil er kein buntes Kostüm wie in der Manege trägt, sondern einen abgewetzten Trainingsanzug aus Ballonseide. Seinen Hinterkopf ziert eine unschöne dunkelrot verkrustete Wunde. Da muss ihm ordentlich eine übergezogen worden sein. So viel Glück wie die Plüschke hatte er dabei nicht.

Aber wer immer mit dem Kopf durch die Wand will wie die Plüschke, braucht eben einen dicken Schädel. Den hatte der Clown wohl nicht.

»Haben Sie ihn so abgelegt?«, frage ich den Zirkusdirektor.

»Ich?« Er glotzt mich verwirrt an.

»Ja, wer denn sonst?« Ich sehe mich leicht theatralisch nach allen Seiten um. »Oder ist hier sonst noch jemand?«

»Ich habe Bronski nicht einmal angefasst«, erwidert Ravelli eingeschüchtert. »Ich wollte keine Spuren vernichten. Das weiß man doch aus den Fernsehkrimis …«

»Jetzt lassen Sie mal Ihre Fernsehkrimis aus dem Spiel«, sage ich ernst. »Das hier ist ein verdammt echter Toter. Und erschlagen wurde er ganz sicher nicht hier vor seinem Wohnwagen!«

»Wie kommen Sie darauf?«

Gute Frage. Aber ich habe noch eine viel bessere Antwort darauf. Ich gehe auf die Knie und zeige auf kleine rote Sprenkel im Sand, die sich bis zu den Raubtierkäfigen von Pavel und Pavel ziehen.

»Blut«, brumme ich sachlich. »Der Clown wurde vermutlich vor den Raubtierkäfigen erschlagen und hat sich noch bis zu seinem Wohnwagen geschleppt, wo er schließlich zusammengebrochen ist.«

»Das Blut ist mir gar nicht aufgefallen«, erwidert der Zirkusdirektor beeindruckt. »Ich habe nur auf Bronski geachtet.«

»Das glaube ich Ihnen gerne«, sage ich und nicke leicht mit dem Kopf. »Und genau das ist der Grund, warum Sie diese Operettenuniform tragen und sich in der Manege zum Affen machen müssen, während ich in einer staatlichen Uniform für Recht und Ordnung sorgen darf.«

Der Zirkusdirektor bläst seine Backen auf und läuft rot an.

»Ich werde mich über Sie beschweren, Kröger!«, poltert er los. »Sie sind ein ganz schlimmes Subjekt, eine Schande für Ihren Berufsstand …!«

Und dann sagt er noch ein paar Dinge, die nicht besonders charmant sind, aber lässig an mir und meiner staatlichen Uniform abprallen. Der tote Clown geht mich ohnehin nichts weiter an. Der fällt eindeutig in den Zuständigkeitsbereich meiner alten Ausbilderin und neuen Vorgesetzten Frau Hauptkommissarin Simone Siebenhaar in Anklam. Die hat mir deutlich klargemacht, wo meine Ermittlungsgrenzen sind. Tote Clowns liegen eindeutig jenseits dieser Grenzen. Deshalb zücke ich mein Handy und rufe die Siebenhaar an. Soll die sich mit dem Zirkusdirektor herumschlagen und herausfinden, warum der Clown nicht mehr unter uns weilt. Geht mich schließlich ganz offiziell und von höherer Stelle verordnet nun wirklich rein gar nichts an.

Ganz so einfach ist es dann aber doch nicht. Als die Siebenhaar samt Spurensicherung im großen Konvoi aus Anklam anrückt, ist sie ganz schön sauer. Weil ich noch nicht einmal herausgefunden habe, ob der tote Clown irgendwelche Verwandte hat. Und auch ein paar andere Fragen hätte ich dem Zirkusdirektor im Vorfeld stellen sollen.

»Ich dachte, ich halte mich da lieber raus«, versuche ich, mich zu erklären. »Immerhin geht es doch um einen toten Menschen. Auch wenn Bronski nur ein Clown war, so war er doch immerhin ein Mensch.«

»Was faseln Sie da, Kröger?«, fährt mich die Siebenhaar mit ihrer dunklen Bassstimme an. »Natürlich sind Clowns auch Menschen!«

»Eben«, sage ich und nicke mit dem Kopf. »Das sage ich ja. Es ist nur so, dass ich Clowns nicht besonders gut leiden kann. Das war schon in meiner Kindheit so ...«

»Kröger!«, unterbricht mich die Siebenhaar harsch. »Ihre Kindheit interessiert mich kein bisschen. Es gibt in Ihrem Dienststellenbereich einen Menschen, der aller Wahrscheinlichkeit durch Gewaltausübung zu Tode gekommen ist. Als Polizist hätten Sie sich ganz und gar dieser Sache widmen müssen.«

Das sagt sie und sieht auf den toten Clown hinunter, der von vier Kollegen der Spurensicherung umzingelt ist.

»Natürlich«, antworte ich brav. Obwohl es natürlich schade ist, dass meine Kindheit der Frau Kriminalhauptkommissarin Siebenhaar so vollkommen gleichgültig erscheint. Weil die nämlich gar nicht so übel war. Bis auf die Geschichte mit dem Clown natürlich. Da war ich ungefähr vier Jahre alt. Wir waren mit unserer Kindergartengruppe im Zirkus. An der gleichen Stelle, an der heute die Ravellis ihr Zelt aufgeschlagen haben. Bei der Clownsnummer mussten zwei Kinder als Anspielpartner in die Manege. Leider fiel die Wahl des Clowns auf die Plüschke und mich. Die Plüschke hat sich prächtig amüsiert bei seinen albernen Späßen. Der kullerten die Tränen vor Lachen die Wangen herunter. Bei mir liefen auch Tränen. Allerdings vor Angst. Ich hatte panische Angst vor dem blöden Clown mit seinem geschminkten Gesicht. Leider liefen vor Angst nicht nur Tränen. Durch mein kurzes Hosenbein plätscherte dann noch etwas anderes in den Manegensand. Das konnten alle sehen. Und alle lachten darüber, mehr als über die albernen Späße des Clowns. Deshalb ist mein Verhältnis zu Zirkusclowns bis heute ein wenig schwierig. Und falls sich herausstellen sollte, dass dieser Igor Bronski der Clown von damals sein sollte, dann dürfte ich schon aus Befangenheitsgründen keine näheren Ermittlungen anstellen. Aber die Siebenhaar will ja nichts über meine Kindheit wissen.

»Vielleicht waren seine Witze einfach schlecht«, sage ich. »Jemand im Publikum hat sich darüber geärgert und ihm nach der Vorstellung eins übergebraten. Soll alles schon vorgekommen sein.«

Die Siebenhaar fasst sich an den Kopf, als hätte man ihr eins übergebraten.

»Mann, Kröger!«, brummt sie verärgert. »Wenn schlechte Witze ein ernsthaftes Tatmotiv wären, dann müssten Sie schon lange tot sein.«

»Die schlechten Witze habe ich alle auf der Polizeischule gelernt«, sage ich und grinse sie an. »Wir hatten da ein paar Ausbilder, die waren echte Experten in Sachen schlechte Witze.«

Frau Hauptkommissarin Siebenhaar grinst zurück. Aber so, wie sie grinst, findet sie meine Antwort nicht besonders lustig.

»Was macht eigentlich Ihre Freundin vor dem Eingang des Zirkus?«, fragt sie spitz.

»Das ist doch nicht meine Freundin«, erwidere ich

und werde leider ein bisschen rot dabei. »Das ist eine Tierärztin aus Berlin, die sich über die artgerechte Tierhaltung in diesem Zirkus informieren wollte.«

»Ich meine nicht Dr. Asena Capanoglu«, erwidert die Siebenhaar streng. Dann zucken ihre Mundwinkel leicht, als sie bemerkt, dass mir die Kinnlade herunterkracht. »Sie glauben doch wohl nicht, dass es mir entgehen würde, wenn die Vorsitzende der antirassistischen, antifaschistischen und antiimperialistischen feministischen Tierschutzorganisation *Women Power* bei uns in der Gegend zu Besuch ist?!«

Für einen kurzen Moment befürchte ich, dass sich die Siebenhaar ihre Bluse vom Leib reißen könnte und ich auf ihren nackten Brüsten »Tod allen sexistischen Dorfbullen« lesen müsste. Diese Vorstellung ängstigt mich derart, dass ich mich schwer konzentrieren muss, dass nicht wieder etwas in den Sand plätschert wie beim Zirkuserlebnis in meiner Kindheit.

»Die andere Frau«, sagt die Siebenhaar kühl.

Welche andere Frau? So viele gibt es da nicht in meinem Leben. Das ist manchmal schade. Und manchmal eben nicht. Weil ich, so wie es ist, tun und lassen kann, was ich will. Obwohl Oma Machentut durchaus darauf achtet, dass mein Wille in bestimmte Bahnen gelenkt wird. So gesehen, gibt es also doch eine Frau in meinem Leben: Oma Machentut. Aber warum sollte ausgerechnet die jetzt vor dem Eingang des Zirkus stehen? Die einzige Erklärung, die ich dafür hätte, lässt den Schweiß unter meiner Dienstmütze kochen: Sie will sich wieder ihre Kittelschürze vom Leib reißen, um mit ihren blanken Brüsten im Namen der WOPO-Amazonen für eine artgerechte Tierhaltung im Zirkus Ravelli zu demonstrieren. Das gilt es natürlich unter allen Umständen zu verhindern.

»Warten Sie einen Augenblick, Frau Hauptkommissarin«, sage ich mit bemüht ruhiger Stimme. »Ich bin gleich zurück.«

Dann mache ich mich auf den Weg zum Eingang. Ein totes Schwein und ein toter Clown reichen mir vorläufig vollkommen.

Wie Frau Hauptkommissarin Siebenhaar die Plüschke mit Oma Machentut verwechseln konnte, ist mir schleierhaft. Andererseits hat sie ja nicht explizit von Oma Machentut gesprochen, sondern ich habe es aus ihrer Bemerkung geschlossen. Das ist ein feiner Unterschied. Jedenfalls steht die Plüschke am Eingang des Zirkus und ist in eine heftige Diskussion mit Tareks Cousine verwickelt. Statt des Krankenhausturbans trägt sie jetzt eine Art Mütze aus weißen Mullbinden.

»Sieht auch nicht besser aus«, sage ich zur Begrüßung und zeige auf das Ding. »Ist aber nur meine Meinung. Da musst du nichts drauf geben!«

»Du warst auch schon mal witziger, Kröger«, erwidert sie und schenkt mir einen Blick, der wohl abschätzig sein soll.

»Machst du jetzt auch bei den Amazonen mit?«, frage ich leicht dahin.

»Wir sind keine Amazonen«, antwortet Tareks Cousine an Stelle der Plüschke und sieht mich mit einem Blick an, der tatsächlich abschätzig ist. »Wir sind eine

Gruppe von Frauen, die sich für die artgerechte Haltung von Tieren einsetzen.«

»Dann sollten Sie mal beim Tarek unter dem Sofa nachsehen«, sage ich. »Da gibt es ein paar Hausstaubmilben, die bestimmt nicht artgerecht gehalten werden.«

Allein die Erwähnung von Tareks Namen erweist sich als elegante Finte, um aus der Schusslinie zu geraten. Denn natürlich steigt die Plüschke darauf ein.

»Was wollen Sie vom Tarek?«, faucht sie die Ober-Amazone wütend an.

»Nichts«, erwidert Tareks Cousine knapp. »Ich bin nur seine Cousine.«

»*Nur* seine Cousine«, wiederholt die Plüschke und lacht hysterisch auf. »Dann seid ihr doch schon so gut wie verheiratet!«

»Nicht alle Anatolier heiraten ihre Verwandten! Die wenigsten von uns tun das!«, antwortet Asena mit ungewohnter Heftigkeit. »Das ist leider ein unausrottbares Vorurteil.«

»Sie hat es anders gemeint«, sage ich versöhnlich und nicke zu der Plüschke rüber. »In gewisser Hinsicht liegen die Wurzeln des Vorurteils hier bei uns. Auch wenn es bei uns am Haff anders aussieht, sind eigentlich wir die Anatolier. Jedenfalls gefühlt …«

Tareks Cousine sieht mich an, als wäre ich einer Nervenheilanstalt entsprungen. Ein bisschen fühle ich mich auch so. Dabei wollte ich der Plüschke nur aus dem Fettnäpfchen helfen. Aber gut gemeint ist eben doch meistens das Gegenteil von gut.

»Sag du es ihr«, bitte ich die Plüschke deswegen und sehe ein wenig verschämt zu Boden.

»Was ist so schlimm daran?«, kreischt sie wütend.

»Meine Eltern sind Cousin und Cousine zweiten Grades! Na und? Warum musst du ständig darauf herumreiten, Kröger?!«

»Oh«, macht Tareks Cousine nur. Aber so, wie sie es macht, ist ihr deutlich anzumerken, dass sie damit nun nicht gerechnet hat. Dafür schimmern in den Augen der Plüschke Tränen. Ob aus Scham oder Wut wage ich nicht zu beurteilen.

»Das Haff ist recht dünn besiedelt«, erkläre ich. »Da ist es nicht immer leicht, den richtigen Partner zu finden. Und in der Familie weiß man doch zumindest, was einen erwartet …«

»Hören Sie auf, Kröger«, sagt Tareks Cousine streng. »Sie machen alles nur noch viel schlimmer!«

Den Spruch kenne ich von Kriminalhauptkommissarin Siebenhaar. Damit komme ich klar. Aber bei der Plüschke fließen jetzt tatsächlich Tränen. Das wollte ich nun doch nicht. Schließlich soll Tareks schöne Cousine keinen ganz schlechten Eindruck von mir bekommen. Immerhin will sie ihren Cousin wohl nicht heiraten. Und weil das Haff doch so dünn besiedelt ist und ich Oma Machentut schon aus Respekt gegenüber dem Kirchner nicht ehelichen will, gäbe es da jetzt noch eine andere mögliche Konstellation.

»Ich habe es nicht so gemeint«, sage ich demütig.

Aber die Plüschke hat anscheinend keine Lust auf große Versöhnungsgesten.

»Doch«, widerspricht sie. »Du meinst es immer so. Das ist ja das Schlimme an dir, Kröger!«

Das sehe ich natürlich anders. Aber ich sage nichts dazu. Tareks Cousine soll ruhig mitbekommen, dass ich nicht nur austeilen, sondern auch einstecken kann.

»Was willst du überhaupt hier beim Zirkus?«, frage ich stattdessen.

»Abkassieren«, antwortet die Plüschke kühl und wischt sich die Tränen aus den Augen. Dann marschiert sie zum Kassenhäuschen, wo einer der Pavels sie bereits lächelnd erwartet. Er winkt mir freudig zu, während er der Plüschke einen Briefumschlag überreicht, dessen Empfang sie schriftlich quittiert. Es überrascht mich ein wenig, dass die Standmiete für den Zirkus in bar übergeben wird. Aber es geht mich auch nichts an. Das ist schließlich Sache der Stadtverwaltung.

»Ich könnte jetzt einen Kaffee vertragen«, knurrt die Siebenhaar, als ich wieder am Tatort bin. Der tote Clown wurde inzwischen zur Gerichtsmedizin nach Greifswald abtransportiert. Und auch die Spurensicherung ist bereits wieder abgerückt.

»Ich könnte einen auf der Wache kochen«, schlage ich großzügig vor. Das mache ich sonst nicht einmal für die Kollegen. Weil der König und Rico Malchow ohnehin meistens nicht da sind. Aber die Siebenhaar verpasst die Chance auf einen erstklassigen Ueckermünder Darmflitzer aus einer verkalkten Filtermaschine.

»Bitte nicht, Kröger!«, murrt sie und hebt abwehrend die Hände. »Ich möchte von Ihnen nicht auch noch vergiftet werden. Gibt es hier nicht irgendwo ein kleines gemütliches Café, in dem man sich in Ruhe unterhalten kann?«

Ja, was denkt die denn? Natürlich gibt es hier ein kleines gemütliches Café. Ueckermünde ist zwar nicht Berlin. Aber es wohnen auch ein paar ältere Herrschaften hier, die gerne Sahnetorten und Quarkbällchen gleich zum Frühstück futtern.

»An der Marienkirche gibt es eins«, sage ich deshalb. »Das wird Ihnen gefallen. Vielleicht mögen Sie auch Sahnetorten oder Quarkbällchen?«

»Ein ganz normaler Kaffee reicht«, erwidert sie. Wahrscheinlich wittert sie irgendeine Gemeinheit. Und ganz unrecht hat sie nicht damit.

Wir machen uns zu Fuß auf den Weg, weil es wirklich nicht weit ist. Meinen Stammplatz direkt am Fenster haben die freundlichen Mitarbeiter des Cafés wie immer frei gehalten.

»Moin, Kröger«, begrüßt mich die Bedienung, eine blondierte Teilzeithausfrau mit Silberblick. »Drei Quarkbällchen zum Frühstück wie üblich?«

Ich schüttele den Kopf.

»Nein, nur einen Kaffee«, erwidere ich etwas verlegen und nicke zur Siebenhaar mir gegenüber. »Und für die Dame auch …«

»Die muss aber bezahlen«, flüstert mir die Bedienung zu und entfernt sich. Leider hat die Siebenhaar Ohren wie ein Luchs.

»Natürlich werde ich bezahlen«, sagt sie mit ihrer tiefen Bassstimme. »Bezahlen Sie etwa nicht?«

»Es gibt hier so eine Art Rabattsystem«, erkläre ich nervös. »Wenn man genug konsumiert hat, bekommt man die eine oder andere Sache umsonst.«

Die Siebenhaar muss nicht wissen, dass es hinten in der Küche eine defekte Feuerschutztür gibt. Da sehe ich als ausführendes Organ der Obrigkeit großzügig drüber hinweg. Im Gegenzug sieht man in dem Café über meinen Quarkbällchenkonsum großzügig hinweg. Die Siebenhaar würde so viel Großzügigkeit sicher nicht anständig finden. Deshalb ist es besser, wenn sie nichts davon erfährt.

»Dieser Zirkusdirektor ist nicht besonders gut auf Sie zu sprechen, Kröger«, sagt meine Vorgesetzte und fährt sich müde mit der rechten Hand durch die graue Playmobilfrisur.

»Der ist nur neidisch auf meine Uniform«, erwidere ich selbstsicher. »Glauben Sie, er hat etwas mit dem Tod des Clowns zu tun?«

»Nein, das glaube ich nicht. Ich weiß es«, erwidert sie mit ernster Stimme. »Wir haben ihn bereits festgenommen. In diesen Minuten müsste er dem Haftrichter vorgeführt werden.«

»Alle Achtung!«, entfährt es mir. Die macht wirklich keine halben Sachen. Doch dann sehe ich, dass es um ihre Mundwinkel zuckt. Die hat mich mal wieder verscheißert.

»Mann, Kröger«, bellt sie ungehalten. »Wir stehen doch noch ganz am Anfang der Ermittlungen. Wenn Sie Ihren dienstlichen Pflichten nachgekommen wären und dem Zirkusdirektor ein paar Fragen gestellt hätten, anstatt ihm mit pubertärem Imponiergehabe zu begegnen, wären Sie zumindest auf demselben Wissensstand wie ich.«

Wahrscheinlich sieht die Siebenhaar das Fragezeichen auf meiner Stirn. Groß genug ist es zumindest.

»Igor Bronski hatte einen Lebensgefährten namens Hugo Stankowski«, erklärt meine Vorgesetzte und nippt an dem Kaffee, den die Bedienung ihr gebracht hat.

Der Clown war schwul? Okay. Warum auch nicht?

»Aber wieso *hatte*?«, frage ich.

»Weil Hugo Stankowski seit mehreren Wochen verschwunden ist«, erwidert die Siebenhaar. »Die Fahndung nach ihm läuft bereits. Allerdings verspreche ich mir davon nicht besonders viel. Stankowski war als Hochseilartist im Zirkus Ravelli engagiert. Vermutlich ist er längst in einem anderen Zirkus untergekommen. Außerdem fehlt bisher ein Motiv.«

»Eine Beziehungstat«, sage ich und schlürfe an meinem Kaffee, der eindeutig besser ist als mein Büroflitzer. »Die meisten Morde sind Beziehungstaten.«

»Das haben Sie wohl in Ihrer Ausbildung gelernt, Kröger«, erwidert die Siebenhaar und lächelt. »Aber die Wirklichkeit sieht manchmal anders aus. Warum sollte Stankowski abhauen und nach Wochen zurückkehren, um seinen ehemaligen Lebensgefährten zu ermorden? Das ergibt keinen Sinn. Wir sollten uns lieber mit den Damen dieser feministischen Tierschutzorganisation beschäftigen.«

Sie holt ein kleines Notizbuch aus ihrer Handtasche und schlägt es auf.

»Der Zirkusdirektor hat in der Nacht einen blauen Pick-up auf dem gegenüberliegenden Parkplatz gesichtet. Ich habe das Kennzeichen bereits checken lassen. Der Wagen gehört einer gewissen Hannelore Küstrow aus Altwarp. Kennen Sie die Dame zufällig?«

Was heißt hier zufällig? Tante Weltraum kann man nicht übersehen. Nicht in Altwarp und auch nicht sonst wo auf der Erde. Aber vielleicht war sie ja gar nicht in der Mordnacht mit ihrem Pick-up unterwegs. Vielleicht hatte sie ihn an eine Tierärztin aus Berlin verliehen. Das wäre keine so besonders gute Sache, weil ich Tareks Cousine ungern hinter Gitter bringen möchte. Deshalb schweige ich besser und lasse die Siebenhaar weiterquatschen.

»Der Clown wurde vor dem Raubtierkäfig erschlagen«, fährt sie fort. »Vielleicht wollten die Tierschützerinnen die Raubkatzen befreien und Igor Bronski hat sie dabei überrascht. Um ihr unrechtmäßiges Eindringen auf das Zirkusgelände zu vertuschen, erschlugen sie ihn. Was halten Sie von dieser Version, Kröger?«

Ich weiß nicht, was ich darauf antworten soll. Weil diese Version sehr logisch klingt, aber ich ein paar Damen aus der Amazonen-Riege kenne, die mir nahestehen und die ich mir kaum als Totschläger vorstellen kann und will. Andererseits haben Oma Machentuts Brüste bereits Porky getötet.

Zum Glück muss ich der Siebenhaar nicht antworten. Denn in diesem Moment tritt ein aufgeregter Gast an unseren Tisch und nimmt meine ganze Aufmerksamkeit in Anspruch: Bauer Weltzin. Der trägt das ganze Jahr über eine speckige Schiebermütze. Wenn er sie abnimmt wie jetzt, dann ähnelt er einem geköpften Frühstücksei. Weil er über der Stirn eine kreisrunde Schnittstelle hat, die sein wettergegerbtes Gesicht von dem blassen Teil trennt, der normalerweise unter der Mütze verborgen ist.

»Moin, Kröger!«, grunzt er ungeduldig. »Dich suche ich schon den ganzen Tag. Obwohl ich mir hätte denken können, dass du hier bist und wieder deine Quarkbällchen futterst!«

»Ich futtere keine Quarkbällchen«, korrigiere ich ihn mit einer gewissen Lässigkeit. »Was gibt's? Was willst du von mir?«

Er sieht skeptisch zur Siebenhaar, die sich aber nichts anmerken lässt.

»Das ist Frau Kriminalhauptkommissarin Siebenhaar aus Anklam«, erkläre ich. »Du kannst also ruhig reden.«

»Gut.« Er nickt folgsam. Seine blauen Arbeitsklamotten müffeln leider etwas. Aber das ist wohl nicht zu vermeiden, wenn man den ganzen Tag mit unreinen Tieren zu tun hat. »In meinen Schuppen wurde eingebrochen. Am helllichten Tag! Ungefähr zu der Zeit, als der Löwe aus dem Zirkus bei uns in Altwarp zu Besuch war.«

Das ist nun wirklich interessant. Nicht der Besuch des Löwen, die Geschichte kenne ich aus eigener Anschauung. Nein, dass man in Weltzins Schuppen eingebrochen hat! Was soll man bei dem klauen? Der hat doch keine Wertsachen auf seinem Hof.

»Warum hast du mir das nicht gesagt, als ich deinen Lanz-Bulldog abgeholt habe?«, frage ich.

»Weil ich den Diebstahl da noch nicht bemerkt habe«, entgegnet er zerknirscht.

»Was machen Sie mit einem Bulldog, Polizeimeister Kröger?«, fragt die Siebenhaar dazwischen.

»Privatsache«, antworte ich knapp und schiebe mir die Dienstmütze aus der Stirn. Die muss schließlich nicht alles wissen. »Und, Weltzin? Was wurde nun gestohlen?«

Er setzt sich seine Schiebermütze wieder auf den Kopf und lässt sich mit der Antwort Zeit, um die Spannung zu steigern.

»Der Spaten«, sagt er dann weihevoll.

»Der Spaten?«, wiederholt die Siebenhaar und verdreht die Augen.

»So ein Spaten ist für jemanden, der von seiner Hände Arbeit lebt, ein wichtiges Arbeitsmittel«, erkläre ich. »Ohne Spaten kein Loch im Boden, ohne Loch im Boden kein Same, ohne Same keine Pflanze, ohne Pflanze keine Frucht, ohne Frucht …«

»Kröger, bitte!«, unterbricht mich die Siebenhaar. »Lassen Sie den Unsinn! Wir sind hier doch nicht im Kindergarten!«

»Es war ein echter Fiskars«, sagt Bauer Weltzin und macht ein trauriges Gesicht.

»Ein Fiskars ist so was wie der Ferrari unter den Spaten«, erläutere ich. »Pulverbeschichteter Edelstahl! Absolut bruchsicher. Da hat sich der Dieb etwas ganz Besonderes ausgesucht.«

Bauer Weltzin nickt grimmig. Die Siebenhaar stützt hingegen ihren Kopf in beide Hände.

»Gut, Herr Weltzin«, brummt sie. »Polizeimeister Kröger wird sich um Ihren pulverbeschichteten Ferrari-Spaten kümmern. Wenn Sie uns jetzt bitte alleine lassen würden? Wir hätten noch ein paar dienstliche Angelegenheiten zu besprechen!«

Bauer Weltzin hebt zum Abschied kurz seine Schiebermütze und macht sich davon. Allerdings ist ihm deutlich anzumerken, dass er sich nicht vorstellen kann, welche dienstlichen Angelegenheiten wichtiger sein könnten als sein gestohlener Fiskars-Spaten.

»Wie gehen wir nun weiter vor, Polizeimeister Kröger?«, fragt die Siebenhaar und zieht die Augenbrauen hoch.

Woher soll ich das wissen? Sie ist doch die Chefin. Wenn es nach mir ginge, würde ich jetzt Mittagspause machen, nach Altwarp fahren und mir den Magen bei Oma Machentut vollschlagen. Ich habe schließlich nicht gefrühstückt und auch keine Quarkbällchen gehabt. Außerdem könnte ich dem Tarek mit meiner Anwesenheit demonstrieren, dass er den Kampf um seine Cousine noch nicht gewonnen hat. Immerhin war sie mir versprochen. Auch wenn sie da noch einen Bart trug.

»Was meine Person betrifft«, brummt die Siebenhaar müde, »werde ich jetzt zurück nach Anklam fahren und Mittagspause machen. Es wäre schön, wenn Sie sich in der Zeit mit dieser Hannelore Küstrow und ihrem blauen Pick-up beschäftigen würden, Kröger!«

Sie steht auf, legt ein Zweieurostück für den Kaffee auf den Tisch und geht.

Da freue ich mich aber sehr, dass ich jetzt wieder die ganze Arbeit am Hals habe. Grimmig stecke ich die zwei Euro in meine Hosentasche. Als die Bedienung zum Kassieren kommt, zeige ich mit dem linken Daumen hinter mich in Richtung Küche und bewege lautlos meine Lippen zum Wort »Feuerschutztür«.

Die Bedienung bewegt ebenso lautlos ihre Lippen: »Fick dich, Kröger!«

Wir verstehen uns also. Gut. Ich rücke meine Mütze zurecht und verlasse das Café.

»Moin, Hannelore«, sage ich, als ich den Tante-Emma-Laden von Tante Weltraum in Altwarp betrete. Hier ist die Zeit ein bisschen stehengeblieben. Wer auf der Suche nach Produkten aus alter sozialistischer Produktion ist, wird bei der Küstrow hundertprozentig fündig.

»Moin, Kröger«, antwortet sie und mustert mich skeptisch. »Wie komme ich zu der Ehre? Hannelore hast du mich noch nie genannt. Für euch jungen Leute bin ich doch die dicke Tante Weltraum. Glaubst du etwa, ich wüsste das nicht?«

»Die Zeiten ändern sich«, erwidere ich ehrlich und muss daran denken, dass die Mutter von der Küstrow den plötzlichen Muttertod gestorben ist. Hat sich zum Mittagsschlaf hingelegt und ist einfach nicht mehr aufgewacht. Da war Tante Weltraum allerdings schon über sechzig. Aber plötzlich ist ihre Mutter trotzdem gestorben. »Tante Weltraum warst du, als ich noch in kurzen Hosen um den Weihnachtsbaum gelaufen bin und beim Einkaufen ein extra Würstchen von dir bekommen habe.«

»Extra Würstchen?«, brummt die Küstrow müde. Die sieht aus, als könnte sie sich eine Nacht beim Zirkus um die Ohren geschlagen haben. Das würde Tareks Cousine entlasten. »Das wirst du bei mir nicht mehr bekommen, Kröger! Ich habe alle Fleisch- und Wurstwaren aus meinem Sortiment genommen. Wegen dem Tierschutz. Du verstehst, Kröger? Der Tierschutz ist unsere Zukunft!«

Nein, das verstehe ich nicht. Weil ich nicht verstehe, was das mit Tierschutz zu tun hat, wenn Tante Weltraum sich die Bluse vom Leib reißt. Aber egal. Ich muss nicht alles verstehen. Dafür ist die Siebenhaar da. Die jetzt wahrscheinlich irgendwo in Anklam sitzt und sich den Magen vollhaut.

»Sag mal, hast du noch deinen Mittagstisch mit Fischbrötchen?«, frage ich hungrig.

»Natürlich«, antwortet sie geschäftstüchtig. »Matjes oder Bismarck?«

»Matjes«, antworte ich, während sie hinter der Theke des kleinen Ladens ein Brötchen aufschneidet und den Fisch mit Zwiebeln aus einem Kühlschrank gabelt.

»Lass es dir schmecken, Kröger«, sagt sie und gibt mir das Matjesbrötchen.

Genüsslich knabbere ich zuerst nur die Enden des Fisches ab.

»Das ist jetzt aber eine Ausnahme vom Tierschutz«, sage ich kauend.

»Wie meinst du das?«, fragt sie und mustert mich eindringlich.

»Na ja. Fleisch- und Wurstwaren hast du aus dem Sortiment genommen. Aber Fische stehen weiter auf deiner Speisekarte!«

»Fische sind doch auch keine Tiere«, entgegnet sie entrüstet.

»Was sind sie denn dann?«

»Na, Fische eben«, sagt die Küstrow und stöhnt auf. »Die haben Schuppen. Tiere haben Fell oder Gefieder. Da wohnst du in dem alten Kapitänshaus deines Großvaters und hast noch immer keine Ahnung vom Haff und seinen Fischen!«

Das Matjesbrötchen ist gut. Das erkenne ich an. Deshalb schweige ich zu dem Unsinn, den Tante Weltraum erzählt.

»Du bist doch auch bei den Amazonen dabei, Hannelore«, sage ich.

»Wenn du mit den Amazonen die antiimperialistische, antisexistische feministische Tierschutz-Organisation *Women Power* meinst, dann kann ich das bestätigen«, antwortet die Küstrow und setzt eine entschlossene Miene auf, was gar nicht so einfach ist, weil sie normalerweise aussieht wie eine gemütliche ältere Dame, die gerne Napfkuchen backt und Kaffeekannen sammelt.

»Hast du der Cousine vom Tarek deinen blauen Pick-up geliehen?«, frage ich.

»Ist das etwa verboten?«, fragt sie zurück.

»Nein, natürlich nicht«, erwidere ich. »War das gestern Abend oder heute Morgen? Das ist jetzt wichtig, Hannelore! Also erzähl mir keine Märchengeschichten!«

»Heute Morgen«, sagt sie bedächtig. »Aber warum ist das so wichtig für dich, Kröger?«

Weil dann Tareks Cousine nicht am Tatort gewesen sein kann. Das sage ich Tante Weltraum aber nicht. Aus ermittlungstaktischen Gründen.

»Lass uns nicht lange um den heißen Brei herumreden«, sage ich stattdessen. »Du warst letzte Nacht mit deinem Pick-up in der Nähe des Zirkus. Was wolltest du da?«

Das Gesicht von Tante Weltraum färbt sich leicht rosa. Ich weiß jetzt schon, dass sie mir gleich eine Lüge auftischen wird.

»Spazieren gehen, Kröger«, behauptet sie und atmet schwer. »Ich hatte Lust darauf!«

»Hannelore!«, sage ich streng und schiebe den letzten Rest Matjes in meinen Mund. »Das macht keinen Sinn. Du wohnst in Altwarp und setzt dich mitten in der Nacht in dein Auto, um in Ueckermünde spazieren zu gehen? Nein, das nehme ich dir nicht ab.«

»Du machst auch sinnlose Sachen, Kröger«, erwidert sie unverdrossen. »Neulich bist du mit einem Taucheranzug in eure Badewanne geklettert. Das tut auch keiner, bei dem noch alle Lichter brennen!«

»Woher weißt du das?« Unter meinen Achseln bilden sich leichte Schweißflecken. Falls ich jetzt nicht aufpasse, geht die Vernehmung in eine Richtung, die gar nicht gut ist. Das mit dem verdammten Taucheranzug stimmt. Aber es war nur ein Versuch, meine Wasserphobie zu therapieren. Außerdem kann ich wohl in meinen eigenen vier Wänden tun und lassen, was ich will.

»Die Information stammt aus dem geschlossenen Kreis der antiimperialistischen, antisexistischen feministischen Tierschutz-Organisation *Women Power*«, sagt die Küstrow und macht eine Reißverschlussgeste vor ihren Lippen. »Mehr darf ich dazu nicht sagen!«

Mehr muss sie auch nicht sagen. Oma Machentut, die alte Klatschtante. Hätte ich mir gleich denken können.

»Letzte Nacht wurde im Zirkus ein Mensch ermordet«, erkläre ich energisch. »Der Clown Igor Bronski. Das ist kein Spaß, Hannelore! Falls du damit irgendetwas zu tun hast, dann wäre jetzt der richtige Zeitpunkt, darüber zu reden!«

Der zarte Rosaton verschwindet aus ihrem Gesicht. Jetzt kommen wir der Wahrheit also näher.

»Nein, Kröger!« Sie schüttelt ihren grauen Lockenkopf. »Wie kommst du nur darauf, dass ich mit dem Mord an einem Menschen etwas zu tun haben könnte? Du kennst mich doch, seit du laufen kannst. Habe ich jemals irgendetwas Verbotenes getan? Ja, ich war in der Nacht in der Nähe des Zirkus. Aber ich wollte nur nach den Tieren sehen, ob es ihnen auch gut geht.«

»Und dabei bist du nicht zufällig in der Nähe der

Raubtierkäfige gewesen und wolltest ein Türchen öffnen? Leider wurdest du dabei von einem Clown überrascht, der nicht gekleidet war wie ein Clown. Und dann hast du ihm eins übergebraten, viel fester, als du es eigentlich wolltest. Aber da war es zu spät. Der Clown war tot, und du bist abgehauen, weil du nicht wusstest, was du tun solltest. Könnte es nicht so gewesen sein, Hannelore?«

Ich sehe ihr fest in die Augen. Und Tante Weltraum sieht fest in meine. Falls ich mit meiner Menschenkenntnis nicht ganz falschliege, dann wird sie gleich die Wahrheit sagen.

»Nein, so könnte es nicht gewesen sein«, antwortet sie langsam. »Weil ich weiß, wie es gewesen ist. Ich war ja schließlich dabei. Daher weiß ich das besser als du, Kröger!«

Jetzt kommen wir langsam zum Kern.

»Wer hat den Clown erschlagen?«

Tante Weltraum zuckt mit den Achseln.

»Das kann ich dir nicht beantworten, Kröger.«

»Ich dachte, du warst dabei?!«

»Ja. Aber in einiger Entfernung«, antwortet sie. »Ich wusste ja nicht einmal, dass dort jemand erschlagen wurde. Hätte ich das gewusst, hätte ich doch ganz bestimmt die Polizei geholt oder dich, Kröger!«

Ich *bin* die Polizei! Aber das spielt jetzt keine Rolle.

»Was hast du dann gesehen, Hannelore?«

Die Küstrow holt tief Luft.

»Du musst versprechen, dass du mich nicht für eine verschrobene alte Schachtel hältst, Kröger!«, fordert sie dann.

»Versprochen!«

»Also, ich habe nicht gesehen, dass ein Clown erschlagen wurde«, sagt sie vorsichtig. »Aber es war da eine Gestalt, die von den Raubtierkäfigen weggelaufen ist …«

»Wie sah diese Gestalt aus?«, unterbreche ich sie ungeduldig.

»Denk an dein Versprechen, Kröger!«, fordert sie erneut.

»Ja!«

»Wie der Weihnachtsmann!«, sagt die Küstrow und reißt ihre Augen weit auf. »Die Gestalt sah aus wie der Weihnachtsmann!«

Der Weihnachtsmann! Ich fasse es nicht. Besser, ich erspare der Siebenhaar diesen Teil der Vernehmung in meinem Protokoll. Die glaubt sonst noch, wir sind in Altwarp alle nicht ganz dicht.

»Tante Weltraum …«, sage ich leise.

»Ja?«

»Du bist die verschrobenste alte Schachtel, die ich kenne!«

Danach schweigen wir. Bis ich mit dem rechten Zeigefinger gegen den Schirm meiner Dienstmütze tippe.

»Tschüss, Hannelore!«

»Kröger!«, sagt sie, als ich schon fast an der Ladentür bin.

»Ja?«

»Ich krieg noch zwei Euro von dir für den Matjes!«

Natürlich.

Die Vernehmung von Tante Weltraum hat zumindest die Erkenntnis gebracht, dass Tareks Cousine nichts mit dem Tod des Clowns zu tun haben kann. Deshalb kann ich jetzt ruhigen Gewissens zum Kröger'schen Kapitänshaus fahren und gute Laune verbreiten. Wenn die Siebenhaar Mittagspause machen darf, dann darf ich das wohl auch. Vielleicht hat Oma Machentut einen warmen Apfelkuchen in der Röhre. Der würde mir zu meinem Glück jetzt noch fehlen. Weil Oma Machentut den besten Apfelkuchen am Haff bäckt. Da kann selbst die Guggenmoos mit ihrem besten Kartoffelsalat westlich des Urals nicht mithalten.

Leider ist dann aber kein Kuchen im Backofen. Dafür hocken sie alle wieder in unserem Wohnzimmer und schlürfen Kaffee. Der Tarek, seine Cousine, der anatolische Johnny Cash, die gute Miene, Oma Machentut und natürlich der unvermeidliche Kirchner. Statt der bonbonfarbenen Sitzkissen stehen wieder Tisch und Stühle an ihrem alten Platz. Dafür bin ich äußerst dankbar.

»Damit wir mit dem Wilhelm auf einer Augenhöhe sind«, erklärt der Kirchner, als er meinen Blick registriert. »Den hat ja die Hexe geschossen, und er muss in diesem blöden Rollstuhl sitzen.«

Das hätte ich mir gleich denken können. Der Kirchner hat unser germanisches Mobiliar wieder aufgebaut, weil sonst Johnny Cash von oben auf ihn herabsehen würde. Das kann er natürlich nicht ertragen.

»Sind Sie in der Sache des toten Clowns schon weitergekommen, Kröger?«, fragt Asena und sieht mich mit ihren wunderschönen dunklen Augen an.

»Wie man es nimmt«, erwidere ich, schnappe mir einen unserer Herrenzimmerstühle und quetsche mich damit zwischen sie und Tarek an den Tisch.

»Kröger!«, protestiert der Tarek. »Setz dich doch rüber neben den Kirchner! Da ist viel mehr Platz!«

»Es ist nur zu deinem Besten«, flüstere ich ihm zu. »Wenn Verwandte sich zu nahekommen, können unschöne Dinge passieren. Das kennt ihr hochentwickelten Zivilisationsmenschen aus Anatolien eben nicht. Aber wir indigenen Völker am Haff haben damit Erfahrung. Denk nur an die Plüschke. Deren Eltern sind aus demselben Holz geschnitzt.«

»Was habt ihr beiden denn schon wieder?«, fragt Oma Machentut. »Und was tut das für eine Geschichte mit einem erschlagenen Clown sein?«

»Letzte Nacht wurde im Zirkus Ravelli der Clown erschlagen«, erkläre ich knapp und hoffe, dass mir eine längere Diskussion darüber erspart bleibt. Wenn alle am Tisch ihre Theorien über den Tod von Igor Bronski ausspinnen, dann brauche ich am Abend Kilometer an Mullbinden, um meine blutenden Ohren zu versorgen.

»Erschlagen?«, fragt Oma Machentut nach und schenkt mir unaufgefordert eine Tasse Kaffee ein. Aber sie weiß eben, wann ich einen brauche. »Den Clown tut man erschlagen haben?!«

»Ja, warum denn nicht?«, erwidere ich mit größtmöglicher Gelassenheit.

Sie glotzt mich schief durch ihre Nerdbrille mit den Flaschenbodengläsern an.

»Nur erschlagen?«

»Was heißt denn hier *nur*?« Langsam verliere ich die Geduld. »Irgendwer hat ihm so hart auf den Kopf gehauen, dass er nun tot ist! Was ist daran nicht zu verstehen?«

»Alles«, murmelt Oma Machentut und macht ein grimmiges Gesicht. »*Im Bann des Würgers* wird man nicht einfach so erschlagen …«

»Was zum Teufel ist der *Bann des Würgers*?«, unterbreche ich sie.

»Ein Krimi«, erwidert sie mit zusammengekniffenen Augen. »Den solltest du mal lesen, Kröger! Da tut der Mörder seine Opfer nicht einfach nur erschlagen! Das wäre ihm viel zu einfach. Nein, der Würger entführt seine Opfer, hält sie an einem geheimen Ort gefangen und legt ihnen eine Violinsaite um den Hals. Und die Violinsaite, die tut er jeden Tag einen Millimeter weiter zuziehen, bis sein Opfer qualvoll erstickt! Und dazu spielt er selbst auf der Violine, die nicht mehr alle Saiten haben tut!«

»Oma«, sage ich. »Wir sind hier nicht an einem geheimen Ort, sondern in Altwarp! Und der Clown wurde nicht erwürgt, sondern erschlagen!«

»Das weiß ich doch«, erwidert sie und winkt ab. »Deshalb ist der Mörder von dem Clown nicht mit dem Würger zu vergleichen. Da tust du einen anderen suchen müssen. Einen, der nicht so intelligent ist wie der Würger.«

Danke, Oma. Das erleichtert mir die Arbeit enorm. Weil es hier am Haff bestimmt niemanden gibt, der so intelligent ist, Leute zu entführen und sie mit einer Violinsaite millimeterweise zu erwürgen.

»Vielleicht hat der Schweinedompteur etwas damit zu tun«, murrt der Tarck.

»Warum sollte ausgerechnet Schapiro den Clown erschlagen haben?«, frage ich.

»Schapiro?« Bei dem Namen ist der anatolische Johnny Cash hellhörig geworden. Er richtet sich interessiert in seinem Rollstuhl auf. »Ein jüdischer Dompteur?«

Ich nicke.

»Bei uns ist die Beschäftigung mit unreinen Tieren eine schwere Sünde«, sagt Tareks Vater streng.

»Ich weiß«, erwidere ich und zwinkere dem Tarek zu. »Aber es gibt auch Moslems, die Schweinefleisch essen.«

Der Tarek zwinkert nicht zurück. Dafür sieht er mich an, als würde er mir im nächsten Augenblick am liebsten in die Kehle beißen. Rein theologisch dürfte er das wohl. Immerhin bin ich kein unreines Tier.

»Das Essen von Tieren ist generell eine Sünde«, meldet sich Asena zu Wort. »Und das hat nichts mit Religion zu tun, sondern mit Moral und unserer menschlichen Verantwortung für diese Welt.«

Da bin ich natürlich froh, dass ich heute nur ein Matjesbrötchen bei Tante Weltraum gegessen habe. Weil Fische ja Schuppen haben und deshalb keine Tiere sind. Und ich meiner Verantwortung für diese Welt in Asenas Sinn damit gerecht geworden bin.

»Ihr Cousin ist übrigens ein schwerer Sünder«, sage ich zu Asena und tätschele freundschaftlich Tareks Schulter.

»Wie meinen Sie das?«, fragt sie.

»Er liebt die Rindersteaks im *Klabautermann*«, erkläre ich lächelnd.

Der Tarek funkelt mich zornig an und tritt mir unter dem Tisch mit seinem Fuß gegen mein Schienbein.

»Du aber auch, Kröger!«, zischt er.

»Schnee von gestern«, winke ich ab. »Seit heute

bin ich Vegetarier. Asena hat mir klargemacht, dass auch ich etwas tun muss, um meiner Verantwortung für diese Welt gerecht zu werden.«

Mag sein, dass ich etwas zu dick auftrage. Aber Asena lächelt mir aufmunternd zu. Für dieses Lächeln würde ich tatsächlich auf alle Rindersteaks dieser Welt verzichten.

»Keine Königsberger Klopse mehr?«, fragt der Kirchner verwundert. Dem läuft schon beim Aussprechen das Wasser im Mund zusammen.

»Nein«, erwidere ich tapfer und schüttele den Kopf.

»Keine Bouletten?«, fragt Oma Machentut und sieht mich mitleidig an. »Da mache ich immer nur ganz wenig Fleisch rein. Und die tust du doch immer so gerne gefuttert haben, Kröger!«

Mir wird ein wenig schwindelig. Die schönen Leckereien, auf die ich zukünftig verzichten soll, tanzen vor meinem inneren Auge einen gruseligen Totentanz. Ich spüre ein großes Loch in meiner Magenmitte.

»Kröger! Sie sind ja ganz blass!«, zirpt die gute Miene. »So eine schwerwiegende Entscheidung will reichlich durchdacht sein.«

»Der muss unbedingt was futtern«, stellt Oma Machentut sachlich fest. Und damit hat sie verdammt recht. »In der Küche tut noch ein großer Topf mit Kichererbsenmus von gestern stehen!«

»Nein, danke«, sage ich matt und stehe auf. »Mein Magen muss sich erst an die neue Situation gewöhnen. Wahrscheinlich brauche ich einfach frische Luft.«

»Warten Sie, Kröger!«, ruft Asena mir hinterher, als ich fast schon an der Wohnzimmertür bin. »Ich begleite Sie. Nicht dass Sie an der frischen Luft wegen der neuen Situation umkippen!«

Das freut mich zum einen ungemein. Weil es zeigt, dass ich Tareks Cousine nicht gleichgültig bin. Und weil ich mir kaum etwas Schöneres vorstellen kann, als mit ihr alleine an der frischen Haffluft zu sein. Zum anderen will ich eigentlich zu Hajo Melthins *Klabautermann*. Um dort das vielleicht letzte Rindersteak meines Lebens zu essen. Und das sollte Asena besser nicht mitbekommen. Außerdem will auch der Tarek mit an die frische Luft. Dem behagt die Vorstellung gar nicht, dass ich mit seiner Cousine alleine sein könnte. Aber die frische Luft kann ich ihm natürlich nicht verbieten. Dafür reicht meine Polizeiuniform leider nicht aus.

Wir nehmen nicht den direkten Weg über die Seestraße zum *Klabautermann*, sondern schlendern zuerst am Strand entlang. Meine beiden Begleiter kennen das wahre Ziel des Luftschnappens ja noch nicht. Es ist ein herrlicher Tag mit strahlend blauem Ansichtskartenhimmel über dem Haff. Der Tarek geht links von Asena und ich an ihrer rechten Seite. Es scheint ihr zu gefallen, mit zwei brünstigen Ochsen unterwegs zu sein. Jedenfalls hakt sie uns beide unter. Dass sie mich unterhakt, gefällt mir natürlich. Dass sie den Tarek auch unterhakt, gefällt mir weniger. Aber ihm geht es wahrscheinlich genauso.

Falls wir jetzt hier am Strand noch einen abgerissenen Fuß finden, könnte ich Asena zeigen, dass ich es nicht nur mit toten Clowns und gestohlenen Ferrari-Spaten zu tun habe, sondern dass meine wichtige Arbeit noch ganz andere Rätsel bietet. Allerdings finden wir keinen weiteren Fuß. Dafür macht der Tarek den Vorschlag, einen kleinen Trip übers Haff mit seinem Kutter zu unternehmen. Der spinnt wohl! Natürlich weiß er ganz genau, dass ich seekrank werde, sobald nur das Wort Kutter fällt. Wahrscheinlich glaubt er, deshalb mit seiner Cousine alleine fahren zu können.

»Sehr gute Idee«, sage ich. »Dann schippern wir nach Peenemünde, und du zeigst deiner Cousine die Raketen, an denen du schraubst!«

»Gut, also kein Hafftrip«, murrt der Tarek grimmig. »Der Punkt geht an dich, Kröger.«

»Was ist das überhaupt für ein Unsinn mit den Raketen?«, fragt Asena neugierig. »In Peenemünde wird doch schon seit Jahrzehnten nicht mehr an Raketen geschraubt. Tareks Eltern könnt ihr das vielleicht vormachen, aber nicht mir!«

Ich hebe unschuldig die Hände.

»Das wird Ihnen der Tarek in einer ruhigen Minute haargenau erklären«, sage ich.

»Du sorgst doch die ganze Zeit dafür, dass es diese ruhige Minute nicht gibt«, entgegnet der Tarek und brummt verächtlich.

»Vielleicht sollten wir uns alle ein wenig abkühlen?«, schlägt Asena vor. »Mir scheinen die Gemüter gerade ein wenig erhitzt zu sein.«

»Schwimmen?«, triumphiert der Tarek. Dessen Laune schießt gerade in den siebten Himmel. Der weiß natürlich, dass ich nicht schwimmen kann. Damit wäre ich vorläufig aus dem Rennen. Sehr schade.

»Nein«, erklärt Asena. »Ich dachte eigentlich an einen Schnaps. Gibt es hier nicht irgendwo ein kleines gemütliches Lokal, in dem man einen Schnaps bekommt?«

»Schnaps?!«, entfährt es dem Tarek und mir gleichzeitig. Dabei sehen wir sicher nicht besonders intelligent aus.

»Warum denn nicht?«, sagt Asena. »Ich bin Vegetarierin, aber für einen Schnaps ist noch kein Tier gestorben. Oder trinkst du aus religiösen Gründen keinen, Tarek?«

»Doch, Schnaps ist gut«, erwidert er schnell. »Im *Klabautermann* bekommen wir einen.«

Der *Klabautermann* ist zwar klein, aber ob er so gemütlich ist, wie es Asena vorschwebt, weiß ich nicht. Andererseits wollte ich dort sowieso hin. Und im Schnapstrinken bin ich dem Tarek ebenbürtig. Da hängt er mich nicht so leicht ab.

»Also Schnaps im *Klabautermann*«, fasse ich zusammen.

Wir nicken alle drei. Zumindest darin sind wir uns einig. Obwohl es aus meiner Perspektive vielleicht keine ganz so gute Idee sein sollte. Weil ich in meiner Mittagspause lieber eine erfrischende Apfelschorle statt Schnaps trinken und dazu ein saftiges Rindersteak essen sollte, das mich mit der notwendigen Energie für meinen schwierigen Job versorgen würde. Aber wenn Asena nun unbedingt Schnaps mit uns trinken will, dann muss ich diesem Wunsch ganz im Dienste der Ermittlungen nachkommen. Immerhin ist sie die Chefin der Amazonen, die vielleicht mehr mit den Geschehnissen im Zirkus zu tun haben, als ich es bis jetzt abschätzen kann.

Der *Klabautermann* hat bereits geöffnet. Weil es am Haff wie überall in der Welt ein paar Menschen gibt, die sich von einem Schnaps zur Mittagszeit nicht abschrecken lassen. Die Guggenmoos zum Beispiel. Die trinkt zwar keinen Schnaps. Aber sie sitzt auf der sonnigen Terrasse des *Klabautermanns* und schnabuliert ein erstklassiges Rindersteak. Allein der Anblick erfüllt mich mit Neid. Deshalb grüße ich nur kurz und gehe einem weiteren Gespräch aus dem Weg.

Ein paar Tische weiter finden wir Platz. Der Tarek setzt sich auf Asenas linke Seite und ich mich auf ihre rechte. Das mag seltsam aussehen, aber es ist gerecht, weil wir ihr dann gleich nahe sind und keiner den Vorteil hat, ihr direkt in die Augen sehen zu können.

»Ich weiß genau, was ihr wollt«, sagt Hajo Melthin, als er an unseren Tisch kommt, um die Bestellung entgegenzunehmen. »Drei Mal Rindersteaks! Gut abgehangen und frisch vom Grill. Die sind heute besonders gut!«

»Nur Schnaps«, entgegne ich bitter. »Eine Flasche und drei Gläser!«

»Nur Schnaps?«, brummt der Melthin skeptisch. »Zur Mittagszeit? Ich weiß nicht, ob das eine gute Idee ist, Kröger? Nicht dass du dem Tarek wieder an die Gurgel gehen willst!«

»Mir reicht ein kleines Glas«, meldet sich Asena zu Wort. »Ich hatte nicht die Absicht, mich zu betrinken.«

»Ich auch nicht«, ergänzt der Tarek.

Schön, damit wären wir schon zu dritt.

»Für jeden ein Glas Küstennebel«, sage ich zu dem Melthin.

Er fährt sich durch seinen graumelierten Vollbart, wirft sich sein Gläserputztuch lässig über die rechte Schulter und nickt generös. Dann verschwindet er im Schankraum.

»Schön ist es hier«, sagt Asena und zieht die frische Haffluft in ihre Kreuzberger Stadtklima gewöhnten Lungen. Wahrscheinlich meint sie die Aussicht auf das Wasser. Denn den *Klabautermann* hat noch niemand schön gefunden. Der mag urig sein und mit seinen kulinarischen Delikatessen und einer fast zahnlosen Seniorwirtin eine kuriose Sehenswürdigkeit für abenteuerfreudige Großstädter, aber schön ist Hajo Melthins Klitsche sicher nicht.

»Du solltest öfter ans Haff kommen, liebe Cousine«, schleimt der Tarek, dass es kaum zum Aushalten ist. »Dann könntest du diesen Ausblick noch viel mehr genießen, weissu!«

»Ja, vielleicht sollte ich tatsächlich öfter hierherkommen«, sagt sie und sieht verträumt aufs Haff. »Es ist ja gar nicht so weit weg von Berlin.«

»Du musst dann auch nicht mit meinen Eltern bei den Krögers wohnen«, legt der Tarek nach. Der will es wirklich wissen. Wahrscheinlich träumt er schon von romantischen Wochenenden mit seiner Cousine in seiner regenfreundlichen Windmühle. Das schlägt mir weiter auf den Magen. Zumal der Geruch nach saftigem Rindersteak vom Tisch der Guggenmoos ungefiltert zu mir herüberweht.

Ich stehe deshalb auf, um in den Schankraum zu gehen.

»Wo wollen Sie denn hin, Kröger?«, fragt Asena und sieht mich mit einem seltsam sanften Blick an. »Wir haben doch noch gar nicht angestoßen.«

»Ein menschliches Bedürfnis«, erwidere ich und zucke entschuldigend mit den Achseln. Und das ist gar nicht gelogen. Weil Essen nun mal ein menschliches Bedürfnis ist.

An der Theke von Melthins Laden bestelle ich deshalb eine seiner legendären Bouletten.

»Aber es muss schnell gehen, Melthin«, raune ich ihm verschwörerisch zu. »Ich kann sie auch nicht draußen beim Tarek und unserer Begleitung essen. Wahrscheinlich ist es am besten, ich nehme sie mit zur Toilette ...«

»Habe ich das richtig verstanden, Kröger?«, unterbricht mich Hajo Melthin. »Du willst eine meiner Bouletten auf dem Klo futtern?«

»Das Ganze steht im Zusammenhang mit einer verdeckten Ermittlung«, erkläre ich leise und sehe mich nach allen Seiten um. »Die genauen Hintergründe kann ich dir leider nicht verraten. Aber die Sache ist von übergeordneter Bedeutung für die deutsch-anatolischen Beziehungen!«

»Wirklich?«, fragt der Melthin und lässt den Mund offen stehen.

»Ja«, sage ich und nicke bedeutungsschwer mit dem Kopf.

Ohne jede Vorwarnung greift der Melthin über seine Theke, packt mich am Kragen meiner Uniformjacke und zieht mich zu sich heran. Unsere beiden Nasen berühren sich dabei fast.

»Kröger!«, grunzt er und verzieht dabei sein Gesicht schief. »Ich bin nicht doof! Du willst mich gerade verscheißern! Aber nicht mit mir! Sag einfach, dass du eine meiner Bouletten auf dem Klo futtern willst! Warum, ist mir so was von egal! Aber verschone mich mit dem anderen Mist!«

Dann lässt er mich los und geht in die Küche. Wenig später kommt er mit einem Teller zurück, auf dem eine Boulette und eine halbe Scheibe Toastbrot liegen.

»Hier!«, schnaubt er. »Für deine deutsch-anatolischen Beziehungen!«

»Danke«, sage ich brav und ziehe mich damit auf die Toiletten des *Klabautermanns* zurück. In einer Kabine mache ich es mir auf der Schüssel gemütlich. Wobei *gemütlich* vielleicht nicht ganz der passende Ausdruck ist. Weil ich die Boulette unter normalen Bedingungen gerne an einem ordentlichen Tisch genossen und nicht hastig in mich hineingestopft hätte. Aber die Bedingungen sind eben nicht normal, was auch daran liegt, dass ich nicht lange alleine auf der Toilette bleibe. Unter dem Türspalt kann ich sehen, wie ein Paar rosafarbener, strassbesetzter Overkneestiefel das gekachelte Reich betritt. Stiefel dieser Art gibt es in Altwarp nicht besonders viele. Die Plüschke besitzt so ein Paar. Sonst niemand. Die Toiletten des *Klabautermanns* sind nicht nach Geschlechtern getrennt. Das würde umfangreiche Baumaßnahmen erfordern, die Hajo Melthins Laden den urigen Charakter rauben und die kostspielige Anfertigung eines Gebisses für seine Mutter in weite Ferne rücken würden. Ich habe kein Problem mit dieser Art des koeduktiven Stoffwechsels. Allerdings hätte ich meine Boulette gerne ohne die pullernde Plüschke genossen. Aber da kann sie nichts für. Sie schließt sich in der Kabine neben mir ein. Und dann ist nichts mehr zu hören. Das ist zum einen schön, weil ich jetzt ohne störende Geräusche meine Boulette genießen könnte. Zum anderen ist es nicht schön, weil ich jetzt die Boulette nicht essen kann, weil die Plüschke meine Essgeräusche hören würde. Die sollte besser nicht in den Besitz von Wissen kommen, das sie später gegen mich verwenden könnte. Weil sie ganz sicher auf die

Idee käme, dass da irgendetwas nicht stimmt, wenn der Kröger in aller Heimlichkeit eine Boulette auf der Toilette des *Klabautermanns* futtert.

Aber es kommt noch besser. Die Tür zur Toilette geht auf, und ich sehe, wie ein paar Schuhe den Raum betreten. Braune Riemchensandalen, in denen Füße mit altrosa lackierten Zehennägeln stecken: die Guggenmoos. Sie klopft zaghaft an meine Kabinentür. Ich halte die Luft an und schweige. Dann klopft sie an die nächste Tür und flüstert leise: »Mandy?«

»Mach schon!«, höre ich die Plüschke durch die dünne Trennwand neben mir zischen. Was geht da vor sich?

Ich gehe leise auf die Knie und linse durch den Türspalt nach draußen. Dort ist die Guggenmoos gleichfalls auf den Knien und schiebt einen Briefumschlag unter der Tür in die Kabine der Plüschke.

»Geldgeiles Miststück«, flüstert sie dazu, bevor sie sich erhebt und die Toilette verlässt.

Wenig später schließt die Plüschke ihre Kabinentür auf und sieht in den Spiegel über dem Waschbecken.

»Sexgeiles Miststück«, zischt sie und verlässt ebenfalls die Toilette. Ob sie damit sich oder die Guggenmoos meint, ist mir nicht gleich klar. Ich futtere meine Boulette zu Ende und bedauere es, dass der Melthin den Senf vergessen hat.

Weil diese Boulette eigentlich nur mit Senf zu ertragen ist.

Als ich zurück auf die Terrasse komme, sitzt der Tarek noch immer neben seiner Cousine. Asena strahlt im Licht der Sonne wie eine ägyptische Prinzessin. Der Tarek ist hingegen im Gesicht ein wenig bleich geworden. Der Grund sitzt ein paar Tische weiter. Dort wo eben noch die Guggenmoos ihr saftiges Rindersteak gefuttert hat, hockt jetzt die Plüschke und starrt mit versteinertem Gesicht zu uns herüber.

»Willst du die Plüschke nicht an unseren Tisch bitten?«, sage ich zum Tarek und setze mich wieder.

»Arschloch«, erwidert der Tarek nur und stiert düster vor sich hin.

Auf dem Tisch stehen inzwischen die bestellten Schnapsgläser.

»Auf alle Arschlöcher dieser Welt!«, sage ich und hebe mein Glas. Aber Asena und ihr Cousin wollen darauf nicht anstoßen.

»Warum tust du das, Kröger?«, fragt der Tarek und sieht an seiner Cousine vorbei zu mir.

»Was meinst du, Tarek?«, frage ich zurück und sehe an Asena vorbei zu ihm.

»Du benimmst dich wie ein blöder Teenager!«, ächzt er.

»Und du etwa nicht?«, antworte ich.

Asena rückt mit dem Stuhl ein Stück zurück. Weil der Tarek und ich links und rechts von ihr sitzen, was eine frontale Diskussion enorm erschwert.

»Ich habe einen Fehler gemacht«, gibt der Tarek zerknirscht zu. »Ich hätte nicht auf deine Großmutter hören sollen und hinter deinem Rücken …«

»Das sind bereits zwei Fehler, Tarek«, unterbreche ich ihn. »Auf meine Großmutter hören und Dinge hinter meinem Rücken tun!«

Danach erschließt sich eine Diskussion, die man von Vierjährigen im Sandkasten kennt. Wem das Förmchen gehört, wer es zuerst in der Hand hatte und wer damit eine Sandburg bauen darf. Das ist nur damit zu entschuldigen, dass unsere Hormone lange keine ernsthafte Beschäftigung mehr hatten. Ob es tatsächlich an dem Glas Küstennebel liegt, der unsere Gemüter wieder abkühlt, weiß ich nicht. Aber am Ende kehren wir langsam wieder auf den Pfad der Erkenntnis zurück. Mit dem klugen Ergebnis, dass es wohl Asenas Entscheidung sein sollte, mit wem von uns beiden sie sich näher beschäftigen möchte.

Doch als wir unsere durchgepusteten Köpfe zu ihr umdrehen, sitzt sie nicht mehr auf ihrem Stuhl. Das ist durchaus verständlich, da so ein hitziges Gespräch zwischen zwei Kampfgockeln für den Gegenstand der Diskussion sicher unerträglich ist. Stattdessen sitzt Tareks Cousine am Tisch der Plüschke und scheint sich prächtig zu unterhalten. Vielleicht will Asena die Herrin der Standmieten in Ueckermünde davon überzeugen, den Tiere quälenden Wanderzirkus endlich weiterwandern zu lassen. Allerdings wäre das für die Plüschke mit empfindlichen Einbußen verbunden, falls ich die Geschehnisse auf der Toilette des *Klabautermanns* richtig deute. Außerdem ist die Unterhaltung der beiden dafür zu fröhlich. Jedenfalls gackern die Plüschke und Asena wie zwei alte Schulfreundinnen, die sich eine Ewigkeit nicht gesehen haben. Zum Tarek sieht die Plüschke kein einziges Mal herüber. Das ist ein Zeichen, das ich nicht deuten kann. Weil ich dieses Zeichen noch nicht gesehen habe, seit der Tarek in Altwarp lebt.

»Ich glaube, wir sind gerade etwas überflüssig«, sage ich zu ihm.

Er nickt.

»Ja. Lass uns gehen, Kröger!«

Wir winken den beiden Damen zum Abschied aus der Entfernung zu. Asena winkt uns fröhlich zurück. Und die Plüschke hat sogar noch einen wirklich freundlichen Gruß für uns parat: »Moin! Macht es gut, Jungs!«

Als wären wir dicke Kumpels. Vielleicht sind wir das sogar, und ich habe es nur nie richtig mitbekommen.

»Kröger«, sagt der Tarek im Gehen.

»Ja?«

»Du hast Boulettenreste zwischen den Zähnen«, brummt er gutmütig. »Von mir wird das keiner erfahren, weissu!«

»Danke.«

Das mit dem Vegetarismus war ohnehin keine besonders gute Idee.

Als ich in meine Dienst-Ape steigen will, um zur Wache nach Ueckermünde zu fahren, stellen sich mir der Kirchner und der anatolische Johnny Cash in den Weg. Besser gesagt, rollt der Kirchner Tareks Vater in meinen Weg.

»Was wird das?«, frage ich die beiden ungeduldig. Es wird Zeit, dass ich meine Vernehmungsprotokolle schreibe und der Siebenhaar nach Anklam faxe.

»Wir hätten da eine Bitte«, sagt Tareks Vater und

macht eine Geste, die man durchaus als unterwürfig bezeichnen könnte. »Also, *ich* hätte da eine Bitte …«

»Der großgesinnte Mensch wird überhaupt nicht oder ungern einen andern um etwas bitten, dagegen gerne selber Hilfe leisten«, zitiert der Kirchner und bläst stolz seine Fleischtomatenbacken auf. »Halte dich an den großen Aristoteles, mein lieber Kröger, und sei ein großgesinnter Mensch!«

»Bir el ses vermez«, schnarrt Johnny Cash und hält mir seine geöffneten Hände hin. Ich verstehe nicht ganz.

»Hat das etwas mit dem pissenden Kamel zu tun?«, frage ich skeptisch.

»Welches pissende Kamel?« Der Kirchner mustert mich kritisch. »Das ist doch wieder irgendein Unsinn, den du dir ausgedacht hast, Kröger!«

»Nein, nein«, widerspricht Tareks Vater schnell. »Das pissende Kamel ist eines unserer Sprichwörter in Anatolien. Aber das meinte ich nicht. *Bir el ses vermez* bedeutet so viel wie *Eine Hand gibt keinen Laut von sich.* Man braucht zwei Hände zum Klatschen. Um es kurz zu machen: Ich erhoffe mir Ihre Hilfe, Kröger.«

»Wenn es nichts Verbotenes ist«, sage ich leicht dahin.

»Nein, verboten ist es nicht«, erwidert Tareks Vater. »Aber es ist vielleicht ein wenig ungewöhnlich. Ich möchte Sie mit meiner Bitte auch nicht in Schwierigkeiten bringen.«

Das hat er längst. Weil ich eigentlich schon auf dem Weg nach Ueckermünde sein müsste. Der Papierkram wartet.

»Der Wilhelm ist ein großer Fan von Johnny Cash«,

erklärt der Kirchner und zuppelt nervös an seiner neonfarbenen Fliege. Ja, wer hätte das gedacht?! »Und Cash hatte nun eine ganz besondere Beziehung zu Gefängnissen. Er trat vor den Knackis auf und saß selbst ein paarmal hinter schwedischen Gardinen …«

»Sie wollen den Zellentrakt unserer Wache in Ueckermünde besichtigen?«, frage ich Tareks Vater.

Der nickt ein wenig verlegen.

»Wenn es weiter nichts ist«, sage ich. Da wird wohl niemand etwas dagegen haben. Meine unsichtbaren Kollegen sowieso nicht. Und auch nicht Kriminalhauptkommissarin Siebenhaar. »Kein Problem.«

Dann wuchten der Kirchner und ich den anatolischen Johnny Cash samt Rollstuhl auf die Ladefläche der Ape. Als Oma Machentuts Lover zu mir in die Fahrerkabine einsteigt, warne ich ihn.

»Kein gelber Wagen und kein Schwager heute! Sonst setze ich euch irgendwo zwischen Altwarp und Ueckermünde im Wald aus!«

»Ich werde schweigen wie ein Grab«, verspricht der Kirchner. Seine Fleischtomatenbacken glühen schon wieder. Weil er sich die Besichtigung unseres Gefängnistraktes wahrscheinlich wie ein großes Abenteuer vorstellt. Sein Versprechen kann er dann aber nicht halten. Er singt zwar nicht, aber Schweigen ist eben keine seiner primären Tugenden.

»Die Geschichte mit diesem toten Clown, Kröger«, blubbert er vor sich hin, während wir mit der Ape durch ein romantisches Waldstück fahren.

»Ja?«

»Hast du schon mal darüber nachgedacht, dass der Clown vielleicht gar kein Clown war?« Er glotzt mich herausfordernd von der Seite an.

»Was meinst du damit, Kirchner?«, frage ich und befürchte, dass er jetzt seine Schatztruhe voller Verschwörungstheorien öffnet. »Igor Bronski ist als Clown im Zirkus Ravelli aufgetreten. Bis er in der Nacht erschlagen wurde. Ganz einfach.«

»Natürlich«, erwidert der Kirchner hitzig. »Ich habe mich falsch ausgedrückt. Es ist nur so, dass in diesen kleinen Zirkussen die Rollen meist doppelt besetzt sind. Fällt der Raubtierdompteur krankheitsbedingt aus, dann springt ein anderer ein, damit die Aufführung nicht abgesagt werden muss. Zumeist jemand aus der eigenen Familie, der mit den Tieren vertraut ist.«

Da hat der Kirchner ausnahmsweise wohl recht. Wenn sich der eine Pavel mit einem flotten Otto quält, kann der andere Pavel seinen Part in der Manege einnehmen.

»Vielleicht hat der Mörder den falschen Clown erschlagen«, mutmaßt der Kirchner und zwinkert aufgeregt mit seinen Murmelaugen. »Dann besteht für den Ersatzclown akute Lebensgefahr, wenn du verstehst, was ich meine, Kröger!«

Leider verstehe ich, was er meint. Denn es hilft mir nicht weiter. Weil Igor Bronski nicht in seinem Clownskostüm erschlagen wurde, sondern in einem verschlissenen Trainingsanzug aus Ballonseide. Eine Verwechslung erscheint mir deshalb wenig wahrscheinlich. Ausschließen kann ich sie aber auch nicht. Immerhin war es in der Nacht dunkel.

Den Rest der Fahrt schweige ich, um dem Kirchner keine Gelegenheit für weitere Lösungsansätze zu geben. Stattdessen pfeife ich den »Folsom Prison Blues« von Johnny Cash laut vor mich hin und hoffe, dass Tareks Vater ein klein wenig auf der Ladefläche davon mitbekommt.

In Ueckermünde schieben wir Tareks Vater vorsichtig in meine kleine Wache. Auch seine Wangen haben inzwischen einen rosigen Farbton angenommen. Der scheint sich tatsächlich auf die Besichtigung unseres stinknormalen Zellentraktes zu freuen.

»Kaffee?«, frage ich die beiden älteren Herren.

»Wenn es keine Mühe macht, hätte ich gerne einen türkischen«, sagt der anatolische Johnny Cash.

»Ich schließe mich an«, ergänzt der Kirchner.

Mühe macht es natürlich, weil so ein Kaffee sich nicht von alleine aufbrüht. Aber ich habe schließlich gefragt und möchte kein schlechter Gastgeber sein. Deshalb löffele ich Kaffeepulver in zwei Tassen und gieße heißes Wasser aus dem Boiler über der ramponierten Küchenspüle darüber. Dann setze ich mich an meinen Schreibtisch und gebe meinen beiden Besuchern das erhebende Gefühl, mich bei meiner gewichtigen Arbeit beobachten zu können. Denn tatsächlich klingelt das Diensttelefon.

Ich hebe ab und sage: »Kriminalkommissariat Anklam, Außenstelle Ueckermünde. Polizeimeister Boris Kröger am Apparat. Was kann ich für Sie tun?«

»Kriminalkommissariat Anklam, Polizeihauptkommissarin Simone Siebenhaar am Apparat«, höre ich meine Vorgesetzte am anderen Ende der Leitung. »Gut, dass ich Sie erwische, Kröger. Ich hatte Sie eigentlich in der Mittagspause vermutet. So ganz ohne

Quarkbällchen wird es sicher schwer werden, durch den Tag zu kommen.«

Die kann es einfach nicht lassen, mich zu verscheißern. Aber da stehe ich drüber.

»Haben Sie inzwischen mit dieser Hannelore Küstrow gesprochen?«, bellt sie mit ihrer tiefen Stimme in den Apparat.

»Natürlich«, erwidere ich sachlich und registriere, wie der Kirchner und Tareks Vater mit ihren Blicken an meinen Lippen hängen. Mein Polizeialltag muss auf die wie ein Ausflug in einen von Oma Machentuts abgedrehten Kriminalromanen wirken. »Sie war tatsächlich in der Nähe des Tatorts. Aber sie hat die Tat nicht gesehen.«

»Eine Zeugin, die die Tat nicht gesehen hat, ist keine gute Zeugin«, brummt die Siebenhaar.

»Immerhin hat sie eine Gestalt gesehen, die sich schnell vom Tatort entfernt hat«, sage ich und mache ein ernstes Gesicht, damit meine beiden Besucher die Bedeutung meiner Arbeit besser ermessen können. »Allerdings gibt es keine nähere Beschreibung der Gestalt.«

Den Weihnachtsmann-Quatsch lasse ich besser weg. Der würde nur unnötig den Blutdruck von Kriminalhauptkommissarin Siebenhaar erhöhen.

»Ist dieser Frau Küstrow zu glauben?«, fragt sie.

»Ich denke schon.«

»Gut, Kröger«, sagt die Siebenhaar. »So wie es aussieht, wurde zweimal auf Igor Bronski eingeschlagen. Einmal vor dem Raubtierkäfig. An diesem ersten Schlag ist er aber nicht gestorben. Er hat sich bis vor seinen Wohnwagen geschleppt. Und dort hat der Täter ein zweites Mal zugeschlagen. Er wollte anscheinend sichergehen, dass der Clown ganz bestimmt nicht mehr aufstehen wird. Bronski ist an einer laterobasalen Fraktur des Schädels gestorben. Das steht zumindest in den Akten der Rechtsmedizin. Seine Schädeldecke muss ein ziemliches Trümmerfeld sein. Trotzdem haben die Rechtsmediziner noch ein interessantes Detail herausgefunden. Die Tatwaffe muss in irgendeiner Weise markiert sein. An der Stelle, an der die Waffe auf Bronskis Schädel geschlagen ist, haben die Jungs ein Knochenteil gefunden, über dem auf der Haut ein Kreis oder ein Halbkreis abgebildet ist. Irgendeine Art von Rundung. Hervorgerufen durch ein Schlagwerkzeug und die nachfolgende Kompressionsblutung. Können Sie damit etwas anfangen, Kröger?«

Nein, damit kann ich nichts anfangen. Weil es wahrscheinlich Hunderte Kreise oder Rundungen auf Hunderten möglicher Tatwaffen gibt.

»Ich werde darüber nachdenken«, erwidere ich deshalb zurückhaltend.

»Tun Sie das«, sagt die Siebenhaar. »Und sprechen Sie mit den Verantwortlichen der Stadt Ueckermünde. Ich möchte, dass dieser Zirkus geschlossen wird, bis der Tod von Igor Bronski aufgeklärt ist!«

Das wird nicht einfach werden. Weil die Nebenerwerbsquelle der Verantwortlichen damit versiegen wird. Bleibt der Zirkus zu, bekommt die Plüschke keinen Cent mehr von ihrer Kollegin Guggenmoos und kann vermutlich die Leasingraten für ihren Protz-Porsche nicht mehr bezahlen.

»Ich werde mein Bestes tun, Frau Hauptkommissarin«, verspreche ich.

»Da bin ich sicher, Polizeimeister Kröger!

Dann legt die Siebenhaar auf. Und zwei Augenpaare sehen mich fragend an.

»Irgendetwas nicht in Ordnung?«, sage ich und schiebe mir die Dienstmütze aus der Stirn.

»Der Zellentrakt«, erwidert der Kirchner vorsichtig. »Der Wilhelm und ich sind doch wegen des Zellentraktes hier. Erinnerst du dich, Kröger?«

Natürlich erinnere ich mich. Will der mich verscheißern? Da muss er aber früher aufstehen. Wenn hier einer verscheißert wird, dann der Kirchner. Das versteht sich wohl.

»Mitkommen«, sage ich in einem Ton, den normalerweise knorrige Sheriffs in Westernfilmen aus den Fünfzigerjahren anschlagen, wenn sie einen Viehdieb hinter Gitter bringen. Ein bisschen authentisch soll die ganze Sache doch wirken.

Dann stehe ich von meinem Schreibtischsessel auf und bringe die beiden Delinquenten in den Zellentrakt, der sich hinter der Wache anschließt. Der sieht nun nicht so aus wie die Gefängnisse, in denen Johnny Cash gesungen und gesessen hat, sondern eher wie heruntergekommene Jugendherbergszimmer. Allerdings sind die Türen stabiler, und die kleinen Fenster sind so hoch, dass man nicht hinausklettern oder sich daran erhängen kann. Alle paar Monate muss ich hier einen Urlauber unterbringen, der es mit dem Küstennebel übertrieben hat und ein paar Ausnüchterungsstunden braucht. Länger als eine Nacht musste noch niemand auf den schmalen Pritschen schlafen. Wir sind schließlich kein Hotel, und Frühstück gibt es auch keins.

»Sehr beeindruckend«, sagt der anatolische Johnny Cash und dreht sich mit seinem Rollstuhl in einer der kleinen Zellen. Was daran beeindruckend sein soll, erschließt sich mir nicht ganz. Es gibt zwei Pritschen, einen Tisch, zwei Stühle, ein Waschbecken und eine schäbige Toilettenschüssel. Vielleicht ist es die sparsame Möblierung, die Tareks Vater imponiert. Immerhin gibt es keine malvenfarbenen Bordellkissen auf dem Boden.

»Was diese Wände alles erlebt haben mögen«, flüstert der Kirchner ehrfürchtig und tastet mit seinen Händen über den blanken Putz. »Wenn sie nur reden könnten und ihre Geheimnisse nicht für sich behalten würden!«

Wenn der Kirchner nur schweigen könnte! Diese Wände haben ganz sicher keine Geheimnisse gespeichert. Allenfalls die Schnarchgeräusche von einem guten Dutzend betrunkener Urlauber.

»Vielleicht können wir den Wänden ein paar Geheimnisse entlocken«, sagt der Kirchner und sieht mich herausfordernd an.

»Ich verstehe nicht, was du meinst«, entgegne ich. Und das ist die Wahrheit.

»Da wir nun schon hier sind«, sagt Tareks Vater gedehnt. »Vielleicht könnten Sie uns den Gefallen tun, uns kurz einzuschließen, damit wir einmal das archaische Gefühl der Unfreiheit spüren können, das Johnny Cash so wunderbar besang.«

Das archaische Gefühl der Unfreiheit? Ich fürchte, durch den Hexenschuss ist auch einiges auf der Festplatte von Tareks Vater durcheinandergeraten. Aber ich will nicht urteilen. Es soll auch Menschen geben, die mit Taucheranzügen in die Badewanne steigen.

»Gut«, sage ich streng. »Aber nur für einen kurzen

Moment. Nicht dass ihr mich später wegen Freiheitsberaubung anzeigt!«

»Danke, Kröger! Das werden wir dir nie vergessen«, schleimt der Kirchner und strahlt mich mit seinen Murmelaugen an.

Dann gehe ich auf den Flur, ziehe die Zellentür zu und schließe ab. Seltsamerweise will sich keine richtige Befriedigung einstellen, den Lover von Oma Machentut endlich hinter Schloss und Riegel zu haben. Wahrscheinlich mag ich ihn doch mehr, als ich mir eingestehen will. Das Gefühl, ihn hinter schwedischen Gardinen zu sehen, behagt mir nämlich wenig. Aber viel Zeit, darüber nachzudenken, habe ich nicht. Weil auf der Wache schon wieder das Diensttelefon klingelt. Da muss ich natürlich ran. Also laufe ich den gekachelten Flur zurück.

Ein wenig außer Atem nehme ich den Hörer ab und spule professionell meinen Begrüßungsspruch ab.

»Banküberfall«, sagt eine Stimme am anderen Ende.

»*Wer* sind Sie? *Wo* sind Sie? *Was* ist passiert?«, frage ich. Die großen Ws. Man braucht sie immer wieder.

»Was passiert is?«, murmelt die männliche Stimme leicht verunsichert. »Das habe ich doch schon gesagt. Ein Banküberfall!«

»Das habe ich bereits verstanden«, antworte ich gereizt. »Aber *wer* sind Sie, und *wo* ist der Banküberfall?«

»Mensch, Kröger«, sagt der Unbekannte. »Nun stell dich doch nicht so an. Es gibt doch in Ueckermünde nur die eine Bank. Die Haffbank von dem Verweyen. Und die wird gerade überfallen.«

Langsam schwant mir, dass der Unbekannte so unbekannt nicht ist.

»Bist du das, Holthusen?«, frage ich.

»Wer soll ich denn sonst sein?«, fragt der Altwarper Bürgermeister zurück. »In meiner Eigenschaft als zuständiger Tierarzt wollte ich mir gerade ein Bild über die Lage der Tiere im Zirkus Ravioli machen …«

»Ravelli«, unterbreche ich ihn roh.

»Wie?«

»Der Zirkus heißt Ravelli«, sage ich matt.

»Is doch egal, wie der verdammte Zirkus heißt«, brummt der Bürgermeister übellaunig. »Jedenfalls sehe ich gerade, wie einer mit einem Schießprügel in die Haffbank von dem Verweyen marschiert.«

»Nur ein Täter?«, frage ich.

»Später?«, röhrt der Holthusen verwirrt. »Nee, Kröger. Nicht später. Du musst jetzt deinen Arsch bewegen, sonst is der Ganove mit seiner Beute über alle Berge.«

Wir haben hier zwar keine Berge, aber einen Teil von dem, was der Bürgermeister meint, verstehe ich trotz seiner altersbedingten Verwirrtheit.

»Ist der Täter maskiert?«, frage ich betont langsam.

»Maskiert?«, antwortet der Holthusen ungeduldig. »Da kannst du einen drauf lassen, dass der maskiert ist, Kröger! Ein verdammter Zirkusclown ist das nämlich!«

Ein Zirkusclown?! Was hat das wieder zu bedeuten? Sicher nichts Gutes. Weil Igor Bronski mit eingeschlagenem Schädel in der Pathologie liegt und deshalb wohl kaum gerade die Haffbank überfallen kann. Aber vielleicht hat der Kirchner mit seinem Geschwafel ja recht. Schließlich findet jedes blinde Huhn mal ein Korn, wenn es nur fleißig genug pickt. Und Picken kann der Kirchner den ganzen Tag. Im übertragenen Sinn natürlich. Vielleicht gibt es wirklich einen Clownersatz oder Doppelgänger, wie er gemutmaßt hat. Dann wäre es das zweite Mal, dass ich das Kamel pissen sehe.

»Was ist jetzt, Kröger?«, brummt der Bürgermeister ungeduldig. »Kommst du endlich? Oder soll ich dem verdammten Clown eine von meinen Spritzen für altersschwache Viecher in den Arsch jagen?«

»Du unternimmst gar nichts, Holthusen! Hörst du?!«, brülle ich in den Hörer. »Ich bin schon unterwegs!«

Dann lege ich auf und laufe schwitzend zu meiner Dienst-Ape. Ich weiß nicht, wer mir mehr Sorgen bereitet: der Clown mit seinem Schießprügel oder der Holthusen mit seiner Giftspritze.

Bevor ich auf den rückwärtigen Parkplatz der Haffbank fahre, schalte ich das Martinshorn auf meiner Dienst-Ape aus. Der Täter soll schließlich nicht in Panik geraten, nur weil die Polizei anrückt. Eine drohende Geiselnahme würde mir jetzt gar nicht gelegen kommen. Ich habe so schon mehr zu tun, als mir lieb ist.

Als ich mich in gebückter Haltung langsam zum Vordereingang der Haffbank heranpirsche, zischt mir jemand aus einem Busch am Wegesrand zu. Ich lege stumm den rechten Zeigefinger auf meine Lippen, um für Ruhe zu sorgen. Aber das Gezische geht weiter. Bis sich die Äste des Busches auseinanderbiegen und das Gesicht des Bürgermeisters zum Vorschein kommt.

»Der Clown ist noch in der Bank«, sagt der Holthusen. Wahrscheinlich glaubt er zu flüstern. Aber er flüstert so laut, dass man ihn sicher auch noch auf Usedom hören kann. Dann hebt er seine rechte Hand und zeigt mir selig lächelnd eine aufgezogene Spritze.

»Du lockst den Ganoven raus, Kröger!«, zischt er. »Und dann jage ich ihm dieses Ding in seinen verdammten Hintern!«

»Gar nichts wirst du tun, Holthusen!«, antworte ich wütend. Den kann ich hier jetzt gar nicht gebrauchen. »Du hältst dich aus dieser Sache schön raus, hörst du?! Ansonsten muss ich dich wegen Behinderung meiner dienstlichen Tätigkeit einbuchten. Ist das klar?!«

»Dann bleibe ich im Hintergrund und gebe dir Deckung«, antwortet er unverdrossen. Seine Hartnäckigkeit steht in unmittelbarem Zusammenhang mit seinem legendären Dickschädel.

»Bleib meinetwegen in dem Gebüsch sitzen, aber behindere meine Arbeit nicht weiter«, sage ich leise. Dann arbeite ich mich auf den Knien weiter zum Eingang der Haffbank vor. Durch die Frontscheibe kann ich in den Schalterraum sehen. Und da steht tatsächlich ein Clown mit einer Pistole und bedroht den Lebensgefährten von meiner Vorgesetzten Hauptkommissarin Simone Siebenhaar. Dieser Clown ist natürlich nicht Igor Bronski. Das wäre wohl schlecht möglich. Aber es ist auch kein Ersatzclown, der im Fall einer Erkrankung für Bronski in der Manege einspringen würde. Das Kamel kann eben nicht immer pissen. Es ist ein anderer Spaßvogel, der da sein Unwesen in der Bank treibt. Und den kenne ich weit besser. Aus seiner hinteren Hosentasche ragt eine zerfledderte Ausgabe vom *Fänger im Roggen* heraus. Da gibt es nur einen, der da in Frage kommt: Kalle Duchow aus Altwarp.

Seit sich Kalle eine Freundin aus Polen angelacht hat, ist er ständig etwas klamm. Obwohl er bereits dazu übergegangen ist, ihr nur noch Plastikblumen zu schenken, weil die länger halten. Aber manchmal fährt seine Liebste mit dem Taxi aus Polen zu ihm. Und das muss er dann auch bezahlen. Und natürlich das Hotel. Weil Kalle, obwohl er bereits über vierzig ist, noch immer bei seinen Eltern wohnt, die Damenbesuch aus Polen nicht gerne sehen. Das alles geht natürlich mächtig ins Geld. Geld, das Kalle nicht hat. Weil ihm die Haffbank für seine sauer erarbeiteten Kröten ein paar Wertpapiere aufgeschwatzt hat, die heute rein gar nichts mehr wert sind. Deshalb muss er aber nicht vor der Nase des Haffbank-Chefs mit einer Spielzeugpistole herumfuchteln. Das ist kein guter Stil, finde ich. Das würde ich ihm normalerweise auch gleich sagen und diese Schmierenkomödie hier schnell beenden. Andererseits denke ich, dass der Haffbank-Chef noch ein wenig schmoren kann. Dem läuft der Schweiß von der Stirn, dass man glauben könnte, er würde in einer Sauna hocken. Dabei steht er hinter dem Schalter seiner klimatisierten Bank und hat nur Kalle Duchow aus Altwarp vor sich. Gut – der Duchow trägt eine gruselige Clownsmaske und fuchtelt wild mit einer Spielzeugpistole herum. Aber deshalb muss der Verweyen doch nicht gleich in Panik geraten. Der ist sogar noch bleicher als ich, wenn ich mich zufällig mal aufs Wasser hinaus verirre. Und das will einiges heißen.

Deshalb entsichere ich meine Dienstwaffe und betrete nach einer Weile doch die Bank, um die Angelegenheit zu beenden.

»Gott sei Dank!«, wimmert der Verweyen und wirft mir einen flehentlichen Blick zu. »Ich dachte schon, Sie würden gar nicht mehr kommen!«

Die Arme hat er noch immer hochgehoben. Unter seinen Achseln haben sich im blütenweißen Hemd Schweißflecken so groß wie das Achterwasser gebildet.

Der Duchow dreht sich ebenfalls um. Auch ihm läuft der Schweiß unter seiner Clownsmaske herunter. Und der Blick, den er mir zuwirft, ist ähnlich flehentlich wie der des Bankers.

»Tun Sie doch endlich etwas, Kröger!«, bittet der Verweyen unwürdig.

»Das würde ich ja gerne«, sage ich ruhig. »Aber wie Sie sicher sehen, ist der Täter bewaffnet. In so einer Situation müssen wir Polizisten nach Dienstvorschrift auf unseren eigenen Schutz achten!«

Kalle Duchow nickt unter seiner Clownsmaske zur Bestätigung und fuchtelt noch wilder mit seiner Spielzeugpistole herum. Der Haffbank-Chef wird noch eine Spur bleicher.

»Knallen Sie den Strolch endlich über den Haufen!«, wimmert er.

Lange hält der nicht mehr durch. Und dass er gleich kollabiert, will ich nun auch nicht. Deshalb gehe ich langsam auf den Duchow zu, lege ihm meinen Arm über die Schulter und sage: »Also echt, Kalle! Ich finde, das ist ganz schlechter Stil. Du weißt ganz genau, dass ich schon genug Arbeit an der Backe hängen habe. Und jetzt auch noch du!«

Beim Duchow sinken zuerst die Schultern nach unten. Dann seine Spielzeugpistole. Ich nehme sie ihm ab und gebe dem verhinderten Bankräuber einen freundschaftlichen Klaps auf den Hinterkopf.

»Ach, Kroger«, seufzt er leise. »Warum kann nicht mal was funktionieren in meinem Leben? Ist doch bei dem Fänger im Roggen auch nicht so.«

»Du bist eben der Kalle Duchow, unser Kalle Duchow aus Altwarp und nicht der Fänger«, sage ich. »Und jetzt gehst du nach Hause und schläfst dich aus. War sicher auch für dich eine anstrengende Sache hier ...«

Der Duchow nickt erschöpft und trollt sich brav davon.

»Sie wollen diesen Ganoven doch nicht einfach so laufen lassen«, ereifert sich der Chef von der Haffbank. Dem ist jetzt wieder ordentlich Blut ins Gesicht geschossen. »Dieser Irre gehört hinter Schloss und Riegel!«

»Ja, da gehört er wohl hin«, erwidere ich und nicke. »Aber da gehören auch Leute hin, die armen Teufeln irgendwelche Papiere aufschwatzen, die keinen Cent wert sind! Wenn ich den Duchow einbuchte und es zum Prozess kommt, dann wird auch herauskommen, warum er so dringend Geld brauchte. Und jeder Kunde der Haffbank wird erfahren, dass hier nicht ganz sauber gearbeitet wird!«

Der Verweyen schweigt. Doch an seinen graumelierten Schläfen pochen die Adern. Der ist richtig sauer. Aber da kann ich ihm auch nicht helfen.

»Schönen Tag noch«, sage ich, tippe lässig gegen den Schirm meiner Dienstmütze und verlasse die Bank. Irgendwie habe ich das Gefühl, in einem früheren Leben mindestens Robin Hood gewesen zu sein.

Schönes Gefühl.

Draußen muss ich dann allerdings Kalle Duchow aus den Klauen des Bürgermeisters befreien. Holthusen sitzt neben seinem Buschversteck rittlings auf dem Rücken des verhinderten Bankräubers und droht ihm mit seiner Giftspritze.

»Ich hab das Schwein!«, brüllt der Bürgermeister. »Gib ihm endlich die Acht, Kröger!«

Mit der Acht meint er wahrscheinlich meine Handschellen. Aber die würde ich eher dem Holthusen anlegen.

»Hilf mir, Kröger!«, fleht der Duchow. »Der Bürgermeister ist wahnsinnig geworden!«

»Woher weißt du, wer ich bin?«, brummt der Holthusen verärgert und drückt Kalles Gesicht weiter in den Rasen. »Nun red schon!«

»Eil u ein Achba ist!«, stammelt der Duchow unverständlich in den Boden.

»Ich verstehe dich nicht!«, grunzt der Bürgermeister wütend. »Sprich deutlich!«

»Er sagt, weil du sein Nachbar bist«, übersetze ich, beuge mich zu dem Duchow hinunter und ziehe ihm die Clownsmaske vom Kopf.

»Kalle!«, krächzt der Holthusen überrascht und lässt den Duchow los. »Was machst du denn hier?«

»Was wird er wohl hier machen?«, antworte ich an Kalles Stelle. »Unser Kalle Duchow aus Altwarp wollte gerade die Haffbank überfallen.«

»Mensch, was sind das denn für Geschichten?«, sagt der Bürgermeister versöhnlich.

»Ihr kennt doch meine Renata«, antwortet der Duchow und schnieft durch die Nase. »Das ist ein nettes Mädel. Aber die kostet auch. Und die Haffbank hat mir diese Wertpapiere verkauft, die jetzt nichts mehr wert sind. Die haben mir mein Geld gestohlen. Nur das wollte ich mir zurückholen.«

Er holt einen Zettel aus der Hosentasche und faltet ihn auseinander. Darauf steht: »Dies ist ein Überfall. Geben Sie mir 1356,58 Euro in bar. Keinen Cent mehr und keinen Cent weniger.«

»Ich gehe gleich mal rein zu dem Verweyen und kläre das mit dem«, sagt der Bürgermeister. »Ich kenne den doch. Mit dem kann man reden.«

»Nichts machst du, Holthusen«, erwidere ich streng. »Die Sache ist schon geklärt. Der Verweyen wird keine Anzeige erstatten. Aber ich kann nicht so tun, als wäre gar nichts gewesen. Der Verweyen ist immerhin der Lebensgefährte meiner Vorgesetzten in Anklam. Das verstehst du doch, Kalle?«

Der Duchow nickt und schnieft wieder durch die Nase.

»Deshalb habe ich mir überlegt, dass du diesen Sommer jeden Abend den Strand in Altwarp saubermachst«, sage ich. »Du sammelst den Müll ein, den die anderen Leute hinterlassen. Verstanden, Kalle?«

»Jeden Müll?«, fragt er ängstlich zurück.

»Natürlich!«

»Auch die Kondome?«, grunzt er und zieht den

Fänger im Roggen aus seiner hinteren Hosentasche. »Die würde der Fänger bestimmt nicht einsammeln!«

»Du bist aber nicht der Fänger, Kalle«, sage ich ungeduldig. »Deshalb sammelst du jeden Müll ein. Auch die Kondome!«

Danach verabschiede ich mich und lasse die beiden Irren zurück. Im Zellentrakt meiner Wache warten schließlich noch zwei andere Irre. Die haben jetzt bestimmt genug von dem archaischen Gefühl der Unfreiheit. Aber ein bisschen lasse ich sie noch schmoren. Die sollen nicht glauben, dass es ein großer Spaß ist, in einer unserer Zellen zu hocken. Deshalb tippe ich zuerst die Vernehmungsprotokolle in die Schreibmaschine und faxe sie der Siebenhaar nach Anklam. Wahrscheinlich sind wir die einzige Wache in ganz Deutschland, die noch mit einer Schreibmaschine ausgestattet ist. Natürlich haben wir auch einen Computer. Aber den kann Friedbert König nicht bedienen. Vielleicht ist das auch besser so. Sonst würde er ständig auf der Wache hängen und im Internet nach den neuesten Angelausrüstungen suchen.

Von den Klopfgeräuschen, die aus dem Zellentrakt an meinen Schreibtisch dringen, lasse ich mich nicht irritieren. Für mich soll die Sache ja auch ein wenig authentisch sein. Gefangene sind nicht gerne gefangen. Die wollen raus, deshalb machen sie Klopfgeräusche. Das bin ich von den betrunkenen Randalierern gewohnt, die ich alle paar Monate für ein paar Stunden einbuchten muss.

Irgendwann reicht es aber. Genug archaisches Johnny-Cash-Unfreiheitsgefühl für die beiden älteren Herren. Deshalb schlendere ich gemächlich in den Zellentrakt und öffne die Tür. Was mir kurz danach entgegenschlägt, ist nicht unbedingt Dankbarkeit. Die Fleischtomatenbacken vom Kirchner sind vor Wut so gerötet, dass er ohne weiteres als Mumps-Patient durchginge. Und auch Tareks Vater wollte wohl nicht ganz so lange und intensiv auf Johnny Cashs Spuren wandeln.

»Das wirst du büßen, Kröger!«, krächzt der Kirchner. Seine Stimme überschlägt sich fast vor Aufregung. »Über drei Stunden haben wir in diesem miesen Rattenloch gehockt!«

»Das hätte ich wirklich nicht von Ihnen gedacht, Kröger«, pflichtet ihm Tareks Vater mit verkniffenem Mund zu. »Die deutsche Gastfreundschaft hatte ich mir anders vorgestellt!«

Ich weiß gar nicht, was die beiden haben. Die wollten doch in einer Zelle eingesperrt werden. Vielleicht nicht so lange. Aber mir ist eben etwas dazwischengekommen.

»Ich hatte eine dringende dienstliche Angelegenheit zu klären«, sage ich gelassen. »Deshalb musste ich kurz weg.«

»Was kann schon so wichtig gewesen sein, dass du uns hier stundenlang hast verschimmeln lassen?«, krakeelt der Kirchner wütend.

»Dienstgeheimnis«, erkläre ich knapp. Die beiden müssen nichts von dem misslungenen Banküberfall von Kalle Duchow erfahren. Es reicht, wenn der Holthusen davon weiß.

»Dienstgeheinmis!«, wiederholt der Kirchner verächtlich und fährt Tareks Vater im Rollstuhl aus der Zelle. »Dass ich nicht lache! Wegen irgendeines *Dienstgeheimnisses* hast du einem Schwerstbehinderten, der dringend medizinische Hilfe benötigt hätte, für mehrere Stunden die Freiheit geraubt! Das ist kein Kavaliersdelikt mehr, Kröger!«

Ich verzichte darauf, ihn daran zu erinnern, dass es der ausdrückliche Wunsch der beiden älteren Herren war, in eine der Zellen gesperrt zu werden. Und über die Dauer ihres Aufenthaltes wurde nicht gesprochen. Aber ich sage nichts dazu, weil ich die Sache nicht hochschaukeln will. Deeskalation war zwar nicht mein Lieblingsthema auf der Polizeischule, aber die Siebenhaar hat als meine Ausbilderin immerhin dafür gesorgt, dass ich weiß, wann es besser ist, den Korken aus der Flasche zu ziehen, um den Druck abzulassen.

So ganz ist der Druck trotz meines deeskalierenden Schweigens dann aber noch nicht raus. Der Kirchner überschüttet mich auf der Fahrt zurück nach Altwarp mit Vorwürfen und Beleidigungen.

»Und das Schlimmste ist, dass du noch nicht einmal etwas dazu sagst, Kröger!«, ereifert er sich weiter, während ich das kleine Fenster der Dienst-Ape öffne, um frische Luft herein- und das schlechte Karma von Oma Machentuts Lover herauszulassen. Leider dringen dabei einzelne Wortfetzen des anatolischen Johnny Cash von der Ladefläche an mein Ohr. Ich habe nichts dagegen, wenn Menschen wütend Selbstgespräche führen. Aber wenn sie meine Dienst-Ape als Kinderspielzeug bezeichnen, die der deutschen Polizei unwürdig ist, verzichte ich auf weitere Deeskalation.

»Es reicht«, breche ich mein Schweigen und trete auf die Bremse.

»Was wird das?«, fragt der Kirchner irritiert.

»Den Rest der Strecke könnt ihr zu Fuß gehen«, antworte ich ruhig und steige aus. »Die Mußestunden in der Zelle haben euch anscheinend nicht gutgetan. Etwas Bewegung schadet jetzt sicher nicht.«

»Aber der Wilhelm kann nicht zu Fuß gehen«, protestiert der Kirchner. »Der sitzt doch im Rollstuhl.«

»Dann schiebst du ihn eben«, sage ich. »Die paar Kilometer bis Altwarp wirst du schon schaffen!«

Weil der Kirchner sich weigert, mir zu helfen, Tareks Vater samt Rollstuhl von der Ladefläche der Ape zu hieven, muss ich das alleine machen. Aber ich habe keine Probleme damit. Als gewissenloser Fleischesser besitze ich einen unerschöpflichen Vorrat an stärkenden Proteinen, die sich leider etwas unvorteilhaft rund um meine Hüften angesammelt haben.

Der anatolische Johnny Cash protestiert nicht. Er fügt sich in sein Schicksal. Aber er muss ja auch nicht zu Fuß gehen, sondern wird geschoben.

Zum Abschied tippe ich lässig mit dem Zeigefinger gegen den Schirm meiner Dienstmütze. Dann steige ich in die Ape ein und fahre los. Im Rückspiegel sehe ich, wie der Kirchner seine Fleischtomatenbacken aufbläst. Aber das wird ihm jetzt auch nicht helfen.

Im Kröger'schen Kapitänshaus geht es ohne das Herrenduo ganz gemütlich zu. Oma Machentut stellt mir eine Fischsuppe auf den Tisch. Die darf ich als Teilzeitvegetarier wohl essen. Weil Fische Schuppen haben und deshalb nach Tante Weltraums Klassifizierung keine Tiere sind. Außerdem ist Tareks Cousine nicht da. Wahrscheinlich verbessert sie gerade die Welt. In Ueckermünde oder sonst wo. Dafür bietet sich die Gelegenheit, mit der guten Miene in aller Ruhe Konversation zu betreiben. Die wundert sich zwar, dass die beiden älteren Herren noch ein wenig frische Luft schnappen wollten, wie ich ihr und Oma Machentut erklärt habe, aber vielleicht ist sie auch ganz froh, Johnny Cash nicht den ganzen Tag um sich zu haben. Schließlich ist sie nicht June Carter, sondern die gute Miene.

»Die tun im Radio ein Sommergewitter angekündigt haben«, sagt Oma Machentut ein wenig besorgt. »Nicht dass der Wilhelm und der Kirchner in den Regen kommen.«

»Die werden rechtzeitig im Haus sein«, beruhige ich sie und löffele meine Suppe.

»Es tut mir leid, wenn unsere Nichte Ihnen mit ihrem gesellschaftlichen Engagement berufliche Probleme bereitet«, sagt die gute Miene und zeigt ihre strahlend weißen Zähne.

»Nicht der Rede wert«, winke ich schnell ab und sehe Oma Machentut streng an. »Meine Familie bereitet mir die gleichen Probleme.«

»Fahren Sie oft mit unserem Sohn zum Fischen aufs Haff, Kröger?«, fragt die gute Miene und sieht durch das Küchenfenster nach draußen, wo sich dunkle Gewitterwolken vor die Sonne schieben.

»Nein«, antworte ich ehrlich. »Das kann man so nicht sagen. Ich werde leider schnell seekrank …«

»Seekrank?«, gluckst die gute Miene lachend. Das hätte ich jetzt nicht von ihr gedacht. So eine vornehme, kultivierte Dame sollte sich nicht über die physischen und psychischen Einschränkungen eines anderen lustig machen.

»Verzeihen Sie, Kröger«, sagt sie, noch immer lachend. »Ich möchte mich nicht über Sie lustig machen. Aber das mit der Seekrankheit ist ein amüsanter Zufall.«

»Ein amüsanter Zufall?«, wiederhole ich leicht verwirrt. Warum ist das um alles in der Welt ein amüsanter Zufall?

»Vergessen Sie bitte, was ich gerade gesagt habe«, flötet sie, um Beherrschung bemüht.

Gut. Kann ich zwar nicht vergessen. Aber ich kann immerhin so tun.

»Jedenfalls kommt für mich deshalb die Hafffischerei als Hobby nicht in Frage«, sage ich.

»Für unseren Sohn ist es ja nicht nur ein Hobby«, erwidert die gute Miene und zeigt erneut ihre weißen Zähne.

»Das stimmt«, gebe ich zu. »Aber er muss ja auch noch in …«

»Bitte, Kröger!«, unterbricht sie mich barsch. »Erzählen Sie mir bitte nicht auch noch, dass unser Tarek in Peenemünde an Raketen schraubt. Wir wohnen in Anatolien und nicht auf dem Mond. Natürlich wissen wir, dass in Peenemünde schon lange keine Raketen mehr gebaut werden und unser Sohn in den Wintermonaten in einem Stahlwerk arbeitet. Das ist ein ehrenwerter Job, für den er sich nicht schämen muss.«

Jetzt bin ich doch einigermaßen beeindruckt. Vielleicht sollte Tareks Familie einfach mehr miteinander reden, damit es nicht zu seltsamen Missverständnissen kommt.

»Der Tarek ist nicht verkehrt«, sage ich. Und das

meine ich auch so. Sonst wäre er nicht mein Kumpel. »Erst neulich hat er mir erzählt, wie Sie zusammen Weihnachten gefeiert haben, als er noch ein Kind war. Mit irgend so einem Operndings. Das muss sehr schön für ihn gewesen sein.«

»Ja«, lacht die gute Miene. »Das Operndings hatte es ihm angetan. Eine Arie des französischen Komponisten Camille Saint-Saëns.«

»Aber heute singen Sie nicht mehr?«, frage ich neugierig.

»Nein«, erwidert Tareks Mutter. »Jede Stimme hat ihre Zeit. Und die für meine Stimme ist abgelaufen. Es müsste schon sehr viel passieren, dass ich noch einmal auf die Bühne gehe.«

»Ich verstehe«, sage ich und denke, dass das eigentlich schade ist. Weil ich die gute Miene doch gerne einmal singen gehört hätte.

»Kröger!«, krächzt Oma Machentut plötzlich dazwischen. »Es tut losgehen!«

»Was geht los?«, frage ich irritiert.

»Das Gewitter!«, brummt sie unwirsch und zeigt zum Küchenfenster, gegen das die ersten dicken Regentropfen klatschen. »Tu doch endlich was, Kröger!«

Ich bin Polizist mit einer respekteinflößenden Uniform. Aber meine Kompetenzen sind beschränkt. Auf das Wetter habe ich leider keinen Einfluss.

»Du musst den Wilhelm und den Kirchner suchen!«, fordert sie mit einer Vehemenz, die keinen Widerspruch duldet. »Die tun doch klatschnass werden!«

In meiner Zelle hatten sie es trocken. Denke ich. Sage ich aber nicht. Schließlich will ich nicht noch mehr Öl ins Feuer gießen. Also schiebe ich den leeren Suppenteller zur Seite, stehe auf und mache mich auf die Suche.

Allzu lange muss ich natürlich nicht suchen. Es gibt nur eine Zufahrtsstraße nach Altwarp, auf der die beiden älteren Herren unterwegs sein können. Nach gut zehn Minuten Fahrt durch den Gewitterregen sehe ich sie dann auch. Allerdings anders, als ich sie in Erinnerung gehabt habe. Zuerst glaube ich, dass mir die schlierenden Scheibenwischer der Dienst-Ape einen optischen Streich spielen. Doch dann wird mir bewusst, dass ich nun wirklich zum zweiten Mal das Kamel pissen sehe. Der Kirchner sitzt im Rollstuhl, und Tareks Vater schiebt ihn. Auf die Erklärung bin ich gespannt.

»Danke, dass Sie Erbarmen mit uns haben, Kröger«, sagt der anatolische Johnny Cash erleichtert und macht eine demütige Geste, als ich neben den beiden halte. Der Regen läuft in kleinen Rinnsalen ihre zerfurchten Gesichter hinunter. Es wäre gelogen, wenn ich behaupten würde, ich hätte kein Mitleid mit ihnen.

»Ich bin in einen Nagel getreten«, erklärt der Kirchner mit verzogenem Gesicht und zeigt auf seinen schuhlosen rechten Fuß, um den ein Taschentuch gewickelt ist. »Tut scheußlich weh!«

Ich nicke. Das ist die Erklärung, warum der Kirchner im Rollstuhl sitzt. Viel mehr würde mich aber interessieren, warum Tareks Vater ihn offenbar nicht mehr braucht.

»Ich fürchte, ich bin Ihnen eine Erklärung schuldig, Kröger«, sagt der anatolische Johnny Cash und zuckt leicht mit den Schultern.

»Das sehe ich auch so«, erwidere ich und schiebe mir die Dienstmütze im prasselnden Gewitterregen tiefer in die Stirn. »Aber jetzt sollten wir erst einmal raus aus dem Regen.«

Gemeinsam wuchten wir den Kirchner samt Rollstuhl auf die Ladefläche der Ape.

»Geht leider nicht anders«, sage ich, lege ihm meine Uniformjacke über die Schultern und gebe ihm einen freundschaftlichen Klaps auf den Rücken.

»Kein Problem, Kröger«, erwidert er. »Ich bin ja froh, dass du uns nicht ganz vergessen hast.«

Dann steigen Tareks Vater und ich in die Fahrerkabine und tuckern los.

»Das mit dem Hexenschuss und dem Rollstuhl war sicher keine gute Idee«, sagt der anatolische Johnny Cash und glotzt verlegen auf die regennasse Straße.

»Warum?«, frage ich nur und denke, dass sich Apfel und Stamm in Tareks Familie verdammt ähnlich sind.

»Wegen dieses verdammten Hafftrips nach Peenemünde«, erklärt Tareks Vater zerknirscht. »Sie müssen wissen, Kröger, wir haben in Anatolien schöne Berge, aber kein Meer. Deshalb bin ich Fahrten auf dem Wasser einfach nicht gewohnt …«

»Seekrank«, unterbreche ich ihn und grinse. »Sie werden seekrank!«

»Das ist nicht lustig«, erwidert er verbittert.

»Nein, natürlich ist es das nicht«, sage ich. Das meinte die gute Miene also mit ihrem *amüsanten Zufall.* »Ich kenne dieses Gefühl besser, als Sie glauben!«

»Sie auch, Kröger?«, fragt er und sieht mich erstaunt an.

»In seekrank könnte ich Olympiasieger werden«, erwidere ich lächelnd. Es gab bisher nur ein einziges Mal, dass ich auf dem Haff nicht seekrank wurde. Aber das ist eine andere Geschichte.

Der anatolische Johnny Cash reicht mir seine Hand.

»Nennen Sie mich, Wilhelm, Kröger«, sagt er weihevoll.

»Wilhelm«, sage ich und lächele weiter.

Der Nagel, in den der Kirchner getreten ist, sorgt im Kröger'schen Kapitänshaus für allerhand Wirbel. Oma Machentut hat vor lauter Aufregung Hitzewallungen und Spontangicht in beiden großen Zehen.

»Zum Glück hat es gerade in dem Augenblick, als der Kirchner in den Nagel getreten ist, beim Wilhelm im Rücken geknackt, und er war seinen Hexenschuss los«, erkläre ich gewichtig. »Es gibt eben amüsante Zufälle im Leben!«

Die gute Miene mustert mich schräg von der Seite. Sie ahnt wahrscheinlich, dass irgendetwas an der Geschichte nicht ganz koscher ist. Aber sie sagt nichts. Das überlässt sie Oma Machentut.

»Du musst den Kirchner sofort ins Krankenhaus nach Ueckermünde bringen, Kröger«, fordert sie und stiert mich durch ihre Nerdbrille mit den Flaschenbodengläsern streng an. »Vielleicht tut der Nagel rostig gewesen sein. Dann braucht der Kirchner dringend eine Tetanusspritze!«

»Das sehe ich genauso«, pflichtet ihr die gute Miene mit Blick auf den rechten Fuß von Oma Machentuts Lover bei. »Die Wunde ist doch nur sehr notdürftig versorgt.«

Damit hat sie natürlich recht, weil ein altes Taschentuch sicher kein professionelles Verbandsmaterial ist.

»Bitte!«, sagt der Kirchner und verzieht sein Gesicht zu einer schmerzhaften Grimasse. »Ich möchte wirklich keine Umstände machen. Vielleicht hilft ein einfaches Pflaster. Obwohl mir die Verletzung dafür beinahe schon etwas zu groß erscheint!«

Sein wehleidiger Tonfall ist kaum zu ertragen. Der genießt es in vollen Zügen, dass sich endlich mal alles nur um ihn dreht. Ich schiebe mir deshalb schnell die Dienstmütze wieder auf den Kopf.

»Ich bringe dich nach Ueckermünde«, sage ich entschlossen zum Kirchner. »Keine Widerrede!«

Die gibt es dann auch nicht. Weil sich Oma Machentuts Lover die Gelegenheit, im Mittelpunkt zu stehen, natürlich nicht entgehen lassen will. Den Rollstuhl lassen wir allerdings im Kapitänshaus. Der Transport auf der offenen Ladefläche bis nach Ueckermünde ist dem Schwerverletzten bei dem Gewitterregen natürlich nicht zuzumuten. Dafür habe ich Verständnis. Auch dafür, dass ich den Kirchner nun bis zu meiner Dienst-Ape tragen muss. Im Falle von Tante Weltraum hätte ich mich geweigert. Aber der Kirchner ist ja trotz seiner Vorliebe für Königsberger Klopse nur eine halbe Portion.

Als ich ihn in die Fahrerkabine setze, winkt an der Tür des Kapitänshauses Oma Machentut mit einem weißen Taschentuch, als würden wir zu einer Weltreise aufbrechen, deren Ausgang höchst ungewiss ist.

»Tu ihn mir lebendig wiederbringen, Kröger!«, wimmert sie mit tränenerstickter Stimme.

Ich verspreche es fassungslos und fahre los.

»Das ist wirklich sehr großmütig von dir, Kröger«, schleimt der Kirchner, während ich stur auf die nasse Fahrbahn glotze. »Ich weiß nicht, wie ich dir das je danken kann.«

Seine Laune hat sich durch den rostigen Nagel enorm verbessert. Auf der Fahrt nach Altwarp wollte er mir noch die Gurgel umdrehen. Und jetzt bin ich plötzlich sein Lebensretter.

»Darf ich dich mal etwas fragen, Kirchner?«, sage ich.

»Natürlich«, erwidert er vorfreudig. »Es ist mir immer ein besonderes Bedürfnis, die Jugend an meinem reichen Erfahrungsschatz teilhaben zu lassen. Erfahrung ist der Anfang aller Kunst und jedes Wissens, sagte Aristoteles. Und so habe ich es immer gehalten.«

Ich bereue es bereits, ihn überhaupt gefragt zu haben. Andererseits kann er mir vielleicht wirklich weiterhelfen.

»Wenn du ein Mörder im Zirkus wärst«, sage ich. »Mit welchem Gegenstand würdest du dein Opfer erschlagen?«

»Mmh«, macht er nachdenklich. »Wenn ich Messerwerfer wäre, würde ich mein Opfer sicher nicht erschlagen, sondern mit einem meiner Messer erstechen.«

»Der Clown wurde aber nicht erstochen«, sage ich ungeduldig. »Er wurde erschlagen. Außerdem wäre es nicht sehr intelligent, als Messerwerfer jemanden zu erstechen. Es sei denn, man legt es darauf an, sofort geschnappt zu werden.«

»Da gebe ich dir recht, Kröger«, pflichtet mir der Kirchner bei. »Dann würde ich ihm mit dem Knauf des Messers den Schädel zertrümmern. Wäre ich allerdings Jongleur, dann würde ich ihn mit einer meiner Keulen erschlagen.«

»Und als Dompteur?«

»Nun denk doch mal nach, Kröger!«, sagt er und schüttelt leicht den Kopf. »So schwer ist das doch nicht. Was ist das Arbeitsgerät des Dompteurs?«

»Eine Peitsche«, antworte ich wie ein kleiner Schuljunge auf die Frage seiner Lehrerin. »Aber mit einer Peitsche kann man niemanden erschlagen.«

»Das denkst *du*, Kröger«, sagt er und reißt seine Murmelaugen weit auf. »Aber der Knauf einer qualitativ guten Peitsche ist hart wie ein Totschläger. Vor einigen Jahren gab es in Südamerika, ich glaube, es war in Argentinien, den Fall eines Pferdedompteurs, der seine Frau im Schlaf mit seiner …«

»Ist gut, Kirchner«, unterbreche ich ihn barsch. Hätte ich ihn bloß nicht gefragt.

»Ich wollte nur meine Erfahrungen weitergeben«, schnattert er beleidigt. Ich lasse ihm dieses letzte Wort.

Den Rest der Fahrt schweigen wir.

Im Ueckermünder Krankenhaus übergebe ich ihn der fürsorglichen Pflege des notärztlichen Dienstes.

»Da ist eine Tetanusspritze fällig«, sagt eine polnische Krankenschwester mit leichtem Akzent. »Sicher ist sicher!«

Die Fleischtomatenbacken vom Kirchner verlieren bei ihren Worten ein wenig an Röte. Spritzen sind anscheinend sein wunder Punkt. Wenn ich an die Spritze unseres Bürgermeisters denke, dann kann ich das sogar nachvollziehen.

»Sei ein tapferer Indianer, der keinen Schmerz kennt«, sage ich und klopfe ihm aufmunternd auf die Schulter.

Dann verlasse ich den kleinen Behandlungsraum in der Notaufnahme. Ich will nicht mit ansehen müssen, wie der Kirchner seine Hose herunterlässt und zwei andere Fleischtomatenbacken zum Vorschein kommen. Es gibt Bilder, die man sein Leben lang nicht mehr vergisst. Und das wäre so eins.

Auf dem Flur der Notaufnahme gehe ich zunächst unschlüssig auf und ab. Dann entdecke ich in einer Ecke einen Kaffeeautomat, der mir die Illusion eines leckeren Muntermachers vorgaukelt. Jeder vernünftige Mensch weiß, dass aus einem Kaffeeautomat in einem Krankenhaus niemals ein leckerer Muntermacher herauskommt. Aber ich war noch nie ein vernünftiger Mensch.

Als ich vor dem Kaffeeautomaten stehe, lasse ich mein Geld dann doch in der Hosentasche. Weil etwas anderes meine Aufmerksamkeit erfordert. Hinter dem Kaffeeautomaten steht eine Bank in einer kleinen Nische. Und auf dieser Bank sitzt jemand mit braunen Riemchensandalen, in denen altrosa lackierte Zehennägel stecken.

»Kröger«, sagt die Guggenmoos erschrocken, als sie mich sieht. »Was machst du denn hier?«

»Das Gleiche könnte ich dich fragen«, entgegne ich, nicht weniger überrascht. »Der Kirchner ist in einen

Nagel getreten. Vielleicht war der rostig. Meine polizeilichen Ermittlungen sind dahingehend noch nicht erfolgreich abgeschlossen. Deshalb bekommt der Kirchner vorsorglich eine Tetanusspritze in seinen Allerwertesten.«

Die Guggenmoos versucht ein Grinsen. Aber das will nicht ganz gelingen. Erst jetzt bemerke ich, dass die Grufti-Schminke rund um ihre Augen verlaufen ist. Meine polizeilichen Ermittlungen dahingehend sagen mir, dass sie geheult hat.

»Was ist passiert, Geli?«, frage ich mitfühlend.

»Der Jakob hatte einen Unfall«, quetscht sie hervor und lässt ihren Tränen freien Lauf.

Ich ziehe leicht beklommen ein Taschentuch aus meiner Hosentasche und gebe es ihr.

»Was für ein Unfall?«, frage ich nach.

Sie zuckt mit den Schultern.

»Ich weiß es nicht«, stammelt sie. »Ich war doch nicht dabei … Eine Kopfverletzung … Man hat ihn vor seinem Wohnwagen gefunden …«

»Geli!«, sage ich streng. »Dein Lover wird mit einer Kopfverletzung vor seinem Wohnwagen gefunden, nur kurz nachdem der Clown dieses verdammten Zirkus erschlagen wurde! Und du erzählst mir etwas von einem *Unfall*?!«

Ich fasse es nicht.

»Ich weiß es doch nicht, Kröger!«, schluchzt sie und schlägt sich beide Hände vors Gesicht. »Der Paolo hat gesagt, dass es ein Unfall war. Ich hätte dich ja verständigt. Aber der Paolo meint, dass man bei einem Unfall keine Polizei braucht – und schon gar nicht dich, Kröger. Ich will doch einfach nur, dass der Jakob nicht stirbt!«

Paolo? Welcher Paolo?

»Jetzt mal ganz langsam und der Reihenfolge nach«, sage ich betont ruhig. »Wer ist dieser Paolo?«

Die Guggenmoos sieht mich mit ihren verheulten Augen an wie ein Wesen aus einer anderen Welt.

»Paolo. Paolo Ravelli«, erwidert sie dann. »Der Direktor des Zirkus Ravelli natürlich.«

Natürlich. Aber woher soll ich wissen, dass dieser schmierige Zirkusheini mit seiner Phantasieuniform Paolo mit Vornamen heißt? Könnte ich wahrscheinlich wissen, wenn ich mich intensiver mit dem Direktor und seiner Vernehmung durch die Siebenhaar befasst hätte. Habe ich aber nicht.

»Wo ist Jakob Schapiro jetzt?«, frage ich sachlich.

Die Guggenmoos nickt in Richtung einer der gegenüberliegenden Türen.

»Sein Sohn ist bei ihm«, sagt sie und wischt sich die Tränen aus dem Gesicht.

»Eines muss ich dich noch fragen«, murmele ich unsicher.

»Ja?«

»Verstehe mich nicht falsch, Geli«, sage ich. »Aber kann es sein, dass du der Plüschke Geld gegeben hast, damit der Zirkus länger in der Stadt bleibt und du mehr Zeit mit deinem Lover verbringen kannst?«

»Woher weißt du das, Kröger?« Sie glotzt mich vollkommen überrascht an. Mit der Frage habe ich sie tatsächlich überrumpelt.

»Verdeckte Ermittlungen«, erwidere ich und versuche, ein Grinsen zu unterdrücken.

»Dieses geldgeile Miststück!«, stößt die Guggenmoos verbittert hervor.

Mehr wollte ich gar nicht wissen. Ich nicke ihr aufmunternd zu, gehe zur gegenüberliegenden Tür und klopfe.

»Ich habe Sie nicht hereingebeten«, sagt der Arzt und sieht mich abschätzig an.

»Ich habe auch nicht geklopft«, entgegne ich gelassen.

Es ist derselbe Arzt, der bereits die Plüschke zusammengeflickt hat.

»Der Patient ist nicht vernehmungsfähig«, brummt er und sieht auf den großen Schweinedompteur hinab. Der liegt in dem kleinen Behandlungsraum auf einer Liege und hat einen großen weißen Verband um den Kopf. Seine Augen sind geschlossen. Der kleine Schweinedompteur sitzt auf einem Stuhl neben der Liege und hält die linke Hand seines Vaters. In der rechten Hand steckt eine Nadel mit einer Kanüle, die Jakob Schapiro mit irgendeinem Medikament aus einem Tropf versorgt.

»Wie geht es ihm?«, frage ich und weiß im gleichen Moment, dass es sicher die dümmste Frage ist, die man überhaupt in dieser Situation stellen kann.

»Wie Sie sehen, befindet sich der Patient gerade in unserer Wellnessabteilung«, erwidert der Arzt ironisch und deutet ein Lächeln an, das nicht besonders freundlich gemeint ist. »Es besteht also kein Grund zur Sorge.«

»Ich meine, wie schwer sind seine Verletzungen?«, versuche ich es erneut.

»Papa wird das schaffen«, sagt der kleine Schapiro mit zitternder Stimme. Auch seine Augen sind rot geweint.

»Die Verletzungen sind nicht lebensbedrohlich«, erklärt der Arzt und schraubt an dem Tropf. »Aber er braucht jetzt jede Menge Ruhe. Ein paar Tage werden wir ihn wohl hierbehalten müssen. Danach können Sie ihm alle Fragen stellen, die Sie bewegen. Allerdings befürchte ich, dass er sich an kaum etwas erinnern kann, was für Sie von Bedeutung ist.«

»Glauben Sie, dass die Verletzungen von einem Unfall verursacht wurden?«, frage ich den Arzt.

Der zuckt mit den Schultern.

»Ich habe hier schon Patientinnen in der Notaufnahme gehabt, die von ihren Ehemännern windelweich geprügelt wurden, aber behaupteten, die Kellertreppe hinuntergefallen zu sein«, sagt er und runzelt die hohe Stirn. »Das kann ich nicht widerlegen. Ich bin nur für die Versorgung der Verletzungen zuständig. Unfall oder nicht? Das müssen Sie schon selbst herausfinden. Das ist Ihr Job! Ich weiß nur, dass wir hier bald eine eigene Abteilung für Kopfverletzungen aufmachen können, wenn das so weitergeht.«

Ich nicke, obwohl ich der Meinung bin, dass er es sich damit ein wenig zu einfach macht. Ein Arzt sollte durchaus in der Lage sein, einen Verdacht zu äußern, wenn berechtigte Zweifel an der Art und Weise bestehen, wie bestimmte Verletzungen zustande gekommen sind.

»Weißt du, wie der *Unfall* passiert ist?«, frage ich den kleinen Schapiro.

Er schüttelt den Kopf.

»Ich habe Papa vor unserem Wohnwagen gefunden«, antwortet er mit dünner Stimme. »Er hat am Kopf geblutet, und ich hatte solche Angst. Dann habe ich den Krankenwagen gerufen.«

»Das hast du ganz richtig gemacht«, sage ich und unterdrücke das Gefühl, ihm über den Kopf streichen zu müssen. Was wird jetzt aus ihm? Er kann schließlich nicht die ganze Nacht im Krankenhaus verbringen. Und alleine im Wohnwagen der Schapiros sollte er auch nicht bleiben. Die Guggenmoos wäre vielleicht eine Lösung. Aber die hat gerade selbst mit sich zu tun und ist auch mehr an dem großen Schapiro interessiert.

»Wie wäre es, wenn du die Zeit, bis dein Papa wieder gesund ist, bei Sandy Raschke und ihrem Urgroßvater verbringst?«, frage ich ihn.

In den verheulten Augen des kleinen Schapiro blitzt es kurz auf.

»Gerne«, antwortet er. »Papa hätte bestimmt nichts dagegen.«

Bingo. Irgendwie schaffe ich es doch immer wieder, die richtigen Lösungen für die kniffeligsten Probleme zu finden. Muss nur noch der Kirchner mitspielen. Aber da habe ich eigentlich keine Bedenken. Um nein sagen zu können, ist er in Wahrheit viel zu gutmütig.

»Natürlich!«, grunzt er, als wir ihn in seinem Behandlungszimmer aufsuchen, und drückt den kleinen Schapiro an seine Greisenbrust. »Wir vom Leben Gebeutelten müssen in den Stunden des Leids zusammenhalten!«

Dann versorge ich ihn mit etwas Geld, damit sie sich ein Taxi nach Altwarp nehmen können.

»Kommst du denn nicht mit uns, Kröger?«, fragt er verwirrt.

»Ich habe noch etwas zu erledigen«, erwidere ich kryptisch.

»Ich verstehe«, sagt er und schlägt mir fester auf die Schulter, als es sein müsste. »Ein Mann muss tun, was ein Mann tun muss. Pass auf dich auf, Kröger!«

Anschließend sieht er mich an, als würde ich in einen Krieg ziehen, aus dem er gerade als Einziger zuruckgekehrt ist. Beim Verlassen des Behandlungszimmers stützt er sich mit schmerzverzerrtem Gesicht auf den kleinen Schapiro. Dabei ist seine Nagelwunde bestens versorgt, und man hat ihm sogar eine Krücke gegeben. Aber vielleicht ist es sogar ganz gut, dass er dem kleinen Schapiro den sterbenden Schwan vorspielt. Der hat jetzt zumindest eine Aufgabe. Er muss den wehleidigen alten Mann sicher nach Altwarp bringen und hat keine Zeit, sich Sorgen um seinen Vater zu machen.

Das geht mir durch den Kopf, bevor ich in den Krieg ziehe.

Auf dem Weg zum Schlachtfeld telefoniere ich mit meiner Oberbefehlshaberin. Die soll über die jüngsten Entwicklungen informiert sein. Einen Alleingang kann ich mir nicht leisten. Dafür ist in der Vergangenheit zu viel geschehen. Als Kriminalhauptkommissarin Simone Siebenhaar endlich an ihr Handy geht, ist sie allerdings ein wenig indisponiert.

»Wissen Sie, wie spät es ist, Kröger?«, haucht sie müde.

»Ich hoffe, ich habe Sie nicht geweckt«, sage ich,

meine es aber nicht so. Immerhin bin ich auch noch im Dienst.

»Ja … nein«, stammelt sie. »Ich hatte mich nur gerade für ein paar Minuten hingelegt. Meinem Lebensgefährten geht es nicht besonders gut. Er hat sich wohl in der Bank etwas weggeholt. Wahrscheinlich die Klimaanlage …«

»Verstehe«, sage ich und lenke die Dienst-Ape weiter durch die Nacht. Der Verweyen hat bei dem Fast-Überfall tatsächlich ordentlich geschwitzt. Da ist es kein Wunder, dass er jetzt mit Schnupfen im Bett liegt. »Machen Sie ihm feuchte Wickel um die Waden. Das macht meine Großmutter auch, wenn ich nicht ganz auf der Höhe bin. Und es hilft immer!«

»Danke für Ihre Ratschläge, Kröger«, erwidert die Siebenhaar mit ihrer tiefen Stimme. »Aber da ist noch etwas anderes. Irgendetwas muss heute in der Bank geschehen sein. Mein Lebensgefährte spricht nicht darüber, er will es anscheinend mit sich alleine ausmachen. Aber ich spüre sehr wohl, dass ihn etwas belastet.«

»Bedrängen Sie ihn nicht, Frau Hauptkommissarin«, sage ich. »Manche Dinge muss man eben mit sich alleine ausmachen.«

»Vielleicht haben Sie recht, Kröger«, erwidert sie matt. »Aber was gibt es denn so Dringendes, was nicht bis morgen warten kann?«

»Im Zirkus hat es wieder eine Kopfverletzung gegeben«, erkläre ich sachlich. »Diesmal hat es den Schweinedompteur erwischt …«

»Ein Unfall?«, fragt die Siebenhaar dazwischen.

»Wie kommen Sie darauf, dass es ein Unfall war?« Warum spricht hier jeder von einem Unfall, obwohl doch sonnenklar ist, dass man dem großen Schapiro eins übergebraten haben muss?!

»Weil Sie von einer Kopfverletzung sprachen, Polizeimeister Kröger«, erwidert die Siebenhaar leicht verärgert. »Sie haben dabei kein Gewaltdelikt erwähnt. Insofern liegt die Vermutung nahe, dass es sich um einen Unfall handelt.«

Die hat wahrscheinlich eine Goldwaagen-Sammlung zu Hause, auf die sie jedes meiner Worte einzeln legt.

»Ob es ein Unfall oder ein Gewaltdelikt war, ist noch nicht endgültig geklärt«, sage ich verunsichert. »Die Aussage der Lebensgefährtin des verletzten Jakob Schapiro legt zumindest die Vermutung nahe, dass der Zirkusdirektor ein Gewaltdelikt als Unfall kaschieren will.«

»Wie kommen Sie darauf, Kröger?«

»Weil dieser Zirkusdirektor nach dem Auffinden des Verletzten nicht die Polizei verständigt hat. Obwohl in seinem Zirkus kurz zuvor der Clown erschlagen wurde!«

Was bitte ist daran so schwer zu verstehen?!

»Ich habe schon mitbekommen, dass Sie sich ein wenig auf den Zirkusdirektor eingeschossen haben«, erwidert die Siebenhaar mit einer gefährlichen Schärfe in der Stimme. »Ich habe den Eindruck, dass das eine persönliche Geschichte zwischen Paolo Ravelli und Ihnen ist. Seien Sie da bitte ein wenig vorsichtiger, Kröger! Wie schwer verletzt ist denn dieser Schweinedompteur?«

»Er liegt im Ueckermünder Krankenhaus«, erwidere ich. »Es geht ihm den Umständen entsprechend.«

»Den Umständen entsprechend gut oder schlecht?«,

fragt die Siebenhaar ungeduldig. Hätte ich die bloß nicht angerufen! Ständig versucht sie mir das Gefühl zu vermitteln, dass ich nur ein kleiner Dorfbulle bin. Das bin ich zwar, aber auch ein kleiner Dorfbulle hat seinen Stolz.

»Ich weiß es nicht, ich bin kein Arzt«, erkläre ich tapfer. »Aber er wird wohl durchkommen.«

»Gut, Kröger«, brummt die Siebenhaar in ihr Handy. »Dann fahren Sie jetzt zu diesem Zirkus …«

»Dorthin bin ich gerade unterwegs«, unterbreche ich sie mürrisch.

»Umso besser«, erwidert sie unverdrossen. »Dann fahren Sie jetzt zu diesem Zirkus, befragen den Zirkusdirektor, und den Rest erledige ich morgen. Und bitte, Kröger: Keine unsinnigen Alleingänge!«

»Versprochen«, murmele ich und kreuze meine Finger dabei. »Schönen Abend noch, Frau Hauptkommissarin! Und schöne Grüße an Ihren Lebensgefährten. Er soll die Dinge nicht so schwernehmen!«

»Danke. Ich melde mich bei Ihnen, Kröger!«

Damit ist das Gespräch beendet.

Grimmig steuere ich meinen Dienstpanzer auf den Parkplatz gegenüber des Zirkusgeländes. Wenn die Umstände des Krieges einen zum Einzelkämpfer machen, kann man auf Alleingänge nicht ganz verzichten. Das muss auch die Siebenhaar einsehen.

Bereits auf den ersten Metern, die ich durch die Dunkelheit zum Zirkusgelände gehe, merke ich, dass ich nicht zum Kriegsheld geboren wurde. Obwohl das Gewitter die Luft abgekühlt hat, steht mir der Schweiß im Nacken. Da kann die Siebenhaar gleich die nächsten Wadenwickel rollen. Wenn ich mir vorstelle, dass Tante Weltraum hier ganz alleine herumgeschlichen ist, um sich von der artgerechten Haltung der Tiere ein Bild zu machen, dann sehe ich sie in einem ganz anderen Licht. Mut hat sie jedenfalls. Das Zirkusgelände mit seinem Zelt und den Wohnwagen der Artisten macht zwar einen friedlichen Eindruck, aber so ein Eindruck trügt ja zumeist. Vor allem, wenn hier bereits ein Mensch ermordet wurde.

Etwas abseits der Wohnwagen ist eine Koppel abgegrenzt, auf der die Zirkuspferde weiden. Im Licht des Vollmonds sieht das alles ein bisschen aus wie auf einem Bild von Caspar David Friedrich. Allerdings bewegen sich die Pferde. Das hat Caspar David Friedrich auf seinen Bildern nicht hinbekommen.

Dafür dass es Nacht ist, bewegen sich die Tiere für meinen Geschmack ein wenig zu schnell und hastig. Der Grund für ihr eigentümliches Verhalten steht auf der linken Seite der Koppel. Ein Mann in einer roten Phantasieuniform: mein Kriegsgegner. Wenn die Pferde seinen Anweisungen nicht Folge leisten, schlägt er ihnen mit einem länglichen Gegenstand gegen die Vorderläufe. Diese Art von Dressur ist ganz bestimmt nicht artgerecht, das kann sogar ich erkennen. Tareks Cousine und ihre Mitstreiterinnen haben allen Grund, diesen Zirkus genauer unter die Lupe zu nehmen. Vor allem den Zirkusdirektor.

Ich schleiche mich von hinten an ihn heran. Aber so leicht lässt er sich nicht überrumpeln.

»Mit Ihrem Elefantengetrampel machen Sie die Pferde scheu«, sagt er, bevor er sich umdreht. »Hätte ich mir gleich denken können, dass Sie hier wieder rumschnüffeln werden, Dorfbulle!«

Der lässt wirklich keine Möglichkeit aus, mir noch unsympathischer zu werden. Darin ist er wirklich verdammt gut.

»Es hat hier einen *Unfall* gegeben?«, frage ich gedehnt.

»Könnte ein Unfall gewesen sein«, erwidert der Zirkusdirektor und spuckt verächtlich ins feuchte Gras. »Das werde ich alleine herausfinden. Dafür brauche ich nicht die Hilfe eines arroganten Dorfbullen!«

»Jetzt hören Sie mir mal gut zu, Sie Operettenwicht!«, sage ich mit fester Stimme und mache einen energischen Schritt auf Paolo Ravelli zu. »Falls hier schon wieder ein Mensch niedergeschlagen wurde, dann ist es verdammt noch mal meine Aufgabe, das aufzuklären!«

Der Zirkusdirektor macht seinerseits einen Schritt auf mich zu. Wir stehen uns Nase an Nase gegenüber.

»Jetzt hörst *du* mir mal gut zu, Dorfbulle«, grunzt er. Seine Augenlider flattern dabei leicht. »Du hast keine Ahnung, wie es in einem Wanderzirkus zugeht. Wir haben hier unsere eigenen Gesetze. Falls jemand niedergeschlagen wurde, dann werde ich persönlich dafür sorgen, dass der Täter seine gerechte Strafe erhält.«

Dabei hebt er seinen rechten Arm nach oben. Im Mondlicht erkenne ich den Gegenstand, mit dem er gegen die Läufe der Pferde gedroschen hat und den er jetzt fest umklammert hält: eine Peitsche. Am unteren Ende des Knaufs prangt ein goldenes P. P für Paolo. Plötzlich fügt sich alles zusammen. Die Rundung, die sich auf der Haut des abgesplitterten Schädelknochens des Clowns abgezeichnet hat – der obere Teil von einem P. Und was hatte der Kirchner über den südamerikanischen Pferdedompteur erzählt? Der soll seine Frau mit dem Knauf einer Peitsche erschlagen haben?! Natürlich alles nur Indizien. Aber es gab eine Augenzeugin bei der Ermordung des Clowns Igor Bronski. Tante Weltraum hat eine Gestalt vom Tatort weglaufen gesehen. Eine Gestalt, die aussah wie der Weihnachtsmann. Jetzt weiß ich, dass sie keine verschrobene alte Schachtel ist. Die verdammte rote Phantasieuniform! Im Mondlicht sieht der Zirkusdirektor tatsächlich ein wenig aus wie der Weihnachtsmann.

Jetzt ist schnelles Handeln angesagt. Vielleicht habe ich keine zweite Chance. Blitzartig greife ich mit meiner rechten Hand an seinen Oberarm. Mit der linken packe ich sein Handgelenk und entwinde ihm die mutmaßliche Tatwaffe.

»Was soll das?!«, heult er vor Schmerzen auf.

Nun stehe ich vor ihm und halte die Peitsche fest umklammert in der erhobenen Hand.

»So haben Sie Bronski getötet, nicht wahr?!«, sage ich und deute einen Schlag an.

»Du bist doch komplett wahnsinnig«, ächzt er. Seine Augenlider flattern wieder. »Willst du mich jetzt hier, wo uns keiner sieht, erschlagen? Ist das deine Art von Gesetz? Aber nicht mit Paolo Ravelli, Dorfbulle!«

Dann macht er zwei schnelle Schritte rückwärts und schwingt sich wie ein Rodeoreiter auf eines seiner sattellosen Pferde. Damit habe ich nicht gerechnet. Das muss ich leider zugeben.

Aber auch ich habe ein Fortbewegungsmittel. *Damit* hat Ravelli nicht gerechnet. Meinen Dienstpanzer. Der hat acht PS mehr als sein Zirkusgaul. Ich laufe zur Dienst-Ape, schwinge mich hinein und nehme die Verfolgung auf. Das Tier, auf dem der mutmaßliche Mörder von Igor Bronski sitzt, ist kein Rennpferd. Trotzdem hat die Ape auf der unebenen, nassen Koppelwiese Probleme, an Ravelli dranzubleiben. Immer wieder ändert er die Richtung, während mein Panzer Dutzende Maulwurfhügel plattwalzt. Einmal bin ich dem Flüchtenden so nah, dass ich durch das geöffnete Fenster die Peitsche schnalzen lasse. Doch ich verfehle Ravelli. Meine Dienstmütze und die Peitsche alleine machen aus mir eben noch keinen Indiana Jones. Auf weitere artistische Einlagen verzichte ich anschließend, weil die Ape bei jenem ersten Versuch gefährlich ins Schlingern geraten ist. Mit der Zeit drängt sich mir der Verdacht auf, dass diese Art von Verfolgungsrennen keinen Sieger und keinen Verlierer haben wird. Wir kreisen planlos im Zickzackkurs über die Koppel, ohne dass einer von uns einen entscheidenden Vorteil davon hätte. Wenn das so weitergeht, dann bricht irgendwann das Zirkuspferd vor Erschöpfung zusammen, oder mir geht der Sprit aus. Beides wäre kein besonders würdevolles Ende.

Doch dann kommt alles ganz anders.

Eine kleine, mir bestens bekannte Wildkatze rast über die Koppel. Sweety ist deutlich schneller als Ravellis Gaul und meine Ape. Als sie den flüchtenden Zirkusdirektor erreicht, umkreist sie sein Pferd und faucht bedrohlich. Das Pferd bäumt sich daraufhin auf, steht nur noch auf den Hinterläufen und wirft

Ravelli ab. Alle Achtung. Jetzt muss ich den mutmaßlichen Mörder nur noch einsammeln wie Fallobst.

Als ich zu ihm komme, um ihm die Handschellen anzulegen, wehrt er sich kaum.

»Bitte! Bitte!«, wimmert er lediglich. »Ich habe doch nichts getan. Mein Knöchel schmerzt. Vielleicht ist er verstaucht oder gebrochen. Ich brauche einen Arzt. Besser noch ein Krankenhaus!«

»Was Sie jetzt brauchen ist eine gemütliche Zelle, in der Sie Ihre Gedanken sortieren können«, sage ich gelassen. »Und weil ich kein Unmensch bin, habe ich zufällig genau so eine Zelle für Sie!«

Dann helfe ich ihm auf und zerre ihn mit angelegten Handschellen zu meiner Dienst-Ape. Damit er mir nicht auf der Fahrt zur Wache verlorengeht, schiebe ich ihn auf den Beifahrersitz und sichere ihn mit den Handschellen am inneren Türöffner. Als ich auf meiner Seite einsteigen will, dringt eine vertraute Stimme von hinten an mein Ohr.

»Willst du dich nicht bedanken bei die Sweety, Prinzessin von die Verbrechensbekämpfung?«

Ich drehe mich um und sehe einem der Pavels in die Augen.

»Vielen Dank, Sweety«, sage ich und verbeuge mich demütig. »Und auch dir vielen Dank, Pavel! König der Raubtierdressur!«

»Es war mir eine Ehre, dir helfen zu können, Prinzessin«, erwidert er und grinst.

»Pavel?! Pavel!«, krakeelt der Zirkusdirektor in der Ape. »Du musst mir helfen! Dieser Trottel von einem Dorfbullen will mich einbuchten!«

»Wird er Grund dafür haben«, ruft Pavel zurück und zuckt gleichmütig mit den Schultern.

»Verdammt, Pavel! Du bist immer noch mein Angestellter!«, brüllt Ravelli wütend.

»Wie kann ich sein Angestellter von Chef, wo sitzt in Gefängnis?«, erwidert Pavel und zwinkert mir fröhlich zu. »Bin ich also längste Zeit gewesen Angestellter!«

»Sie sollten auf den König der Raubtierdressur hören!«, rufe ich dem Zirkusdirektor zu und schiebe mir die Dienstmütze lässig aus der Stirn. »Das ist ein kluger Mann, von dem Sie einiges lernen können!«

»Gottverdammte Scheiße!«, brüllt Paolo Ravelli. Dann zerrt er wie irre an den Handschellen. Aber die sind solide gebaut. Und der Türöffner der Ape auch. Da kann nichts passieren.

»Darfst du morgen wiederkommen umsonst in Vorstellung, Prinzessin von die Verbrechensbekämpfung«, sagt Pavel freundlich. »Und bringst du mit deine ganze Familie. Sollen alle Spaß haben ohne dummen Direktor!«

Der weiß anscheinend, wie er mir eine Freude machen kann.

»Ich fürchte, es wird keine Vorstellung mehr geben, mein lieber König der Raubtierdressur«, erwidere ich genauso freundlich. »Dafür ist zu viel geschehen. Ich werde die Stadtverwaltung anweisen, keine weitere Standgenehmigung zu erteilen.«

»Das kannst du nicht machen«, sagt Pavel und starrt mich fassungslos an. »Brauchen wir doch Geld von Vorstellungen, haben wir sonst kein Futter mehr für die arme Sweety.«

»Ihr werdet woanders einen schönen Platz für euer Zelt finden«, antworte ich. »Außerdem habt ihr doch kaum noch Artisten in eurem kleinen Wanderzirkus.

Euer Clown ist tot. Der Schweinedompteur liegt mit Kopfschmerzen im Krankenhaus. Und der Mann, der für all das verantwortlich ist, wird die nächsten Jahre nur noch in einem Gefängnishof wandern können!«

»Aber hast du doch festgenommen Mörder, Prinzessin von die Verbrechensbekämpfung!«, sagt Pavel und sieht mich flehentlich an. »Bist du jetzt schon fast Königin. Kann nichts mehr passieren in Zirkus. Und habe ich Bruder, was der andere Pavel ist, der wo auch kann mit Pferde in Manege auftreten. Gibt es viele Talente bei Artisten in kleine Zirkus. Denkst du an die kleine Sweety, die hat geholfen, dir Mörder zu verhaften. Soll kleine Sweety sterben an Hunger?«

Ich sehe zu Sweety hinüber, die mich treuherzig wie ein kleines Kätzchen anblickt. Die ist wahrscheinlich genauso wasserscheu wie ich. Das verbindet.

»Gut, König der Verbrechensbekämpfung«, sage ich und atme schwer ein und aus. Es fällt mir nicht leicht, weil die Siebenhaar angewiesen hat, den Zirkus sofort zu schließen. Aber die muss jetzt ja unbedingt feuchte Wadenwickel für ihren Haffbank-Lover machen. »Ich schlage dir einen Kompromiss vor. Ihr dürft morgen Nachmittag noch einmal in die Manege zu eurer Abschiedsvorstellung. Von mir aus könnt ihr dann auch Spenden für Tierfutter im Publikum sammeln. Aber danach ist endgültig Schluss.«

»Ist keine gute Kompromiss«, erwidert Pavel und zieht enttäuscht Luft durch die Zähne. »Drei Tage ist gute Kompromiss!«

»Pavel!«, sage ich energisch. »Wir sind hier nicht auf einem Basar! Wenn ich sage *eine* Vorstellung zum Abschied, dann meine ich *eine* Vorstellung!«

»Fragt sich nur, für wen ist Abschied«, antwortet er leise und trollt sich durch die Nacht davon.

Was er damit meint, bleibt sein Geheimnis.

»Ich bin Mitglied im Allgemeinen Deutschen Zirkusdirektoren Verband«, protestiert Paolo Ravelli, als ich ihn in die Zelle bringe. »Das wird ein Nachspiel für dich haben, Dorfbulle! Darauf kannst du dich verlassen!«

»Die Nachspielzeit ist immer die beste«, entgegne ich knapp und schließe die Tür. Der Kirchner und Tareks Vater haben es hier ein paar Stunden ausgehalten. Da wird es der Zirkusdirektor wohl auch schaffen. Er bleibt so lange auf meiner Wache, bis die Siebenhaar die Formalitäten erledigt hat und er einem Haftrichter vorgeführt werden kann. Vor morgen wird das allerdings nichts.

Bis dahin muss ich mir die Zeit vertreiben. Weil ich den Ravelli natürlich nicht alleine auf der Wache lassen kann. Am Ende bricht ein Brand aus, und dann habe ich wirklich ein Problem. Also lege ich mich auf die Pritsche in der Nachbarzelle und lasse mir die ganze Geschichte noch einmal durch den Kopf gehen. Wir haben einen abgerissenen Fuß aus dem Haff, zu dem noch immer der Körper fehlt. Und wir haben einen Clown, der von einer Gestalt erschlagen wurde, die aussah wie der Weihnachtsmann. Der Zirkusdirektor trägt eine Phantasieuniform, in der er bei Nacht wie ein Weihnachtsmann daherkommt. Und er besitzt eine Peitsche, deren Knauf hart wie ein

Totschläger ist und die am unteren Ende ein großes goldenes P-Emblem ziert. Ravelli heißt mit Vornamen Paolo. In einem abgesplitterten Schädelstück des Clowns zeichnet sich eine seltsame Rundung der Tatwaffe ab. Das alles lässt nur einen Schluss zu: Paolo Ravelli hat den Clown getötet. Vermutlich hat er auch die Kopfverletzung des Schweinedompteurs auf dem Gewissen. Ein Unfall war das sicher nicht. Doch eine Frage kann ich mir noch nicht beantworten: Wo ist das Motiv?

Vielleicht irgendein Liebesdrama? Ravelli ist unverheiratet. Möglicherweise unterhielt auch er eine Beziehung zu dem untergetauchten Lover des Clowns. Eifersucht ist seit dem Auszug aus dem Paradies immer ein beliebtes Tatmotiv gewesen. Wenn wir nur lange genug suchen, finden wir vielleicht den Hochseilartisten mit einer tödlichen Kopfverletzung, inklusive halbrunder Kompressionsschwellung auf der Schädelhaut.

Leider werden meine Gedanken immer wieder von lautstarkem Geklopfe aus der Nebenzelle unterbrochen. Aber das bin ich von den betrunkenen Randalierern, die ich hier hin und wieder beherbergen muss, gewohnt. Irgendwann wird sich Ravelli müde geklopft haben. Ich bin es bereits. Im Rhythmus seiner Klopfattacken schlafe ich ein.

Samstag

Als ich aufwache, muss ich mich zuerst einmal orientieren. Mein erster Blick fällt auf meine Uhr. Es ist bereits nach zwölf. Aus der Nebenzelle höre ich keine Klopfgeräusche mehr. Dafür ein tiefes Schnarchen. Das werte ich als gutes Zeichen. Der Zirkusdirektor hat sich mit seiner Situation abgefunden. Aber was sollte er auch sonst tun?

Ich stehe von der Pritsche auf und strecke mich ausgiebig. Dann gehe ich zur Tür der Nebenzelle und linse vorsichtig durch die Sichtklappe hinein. Ravelli hat sich auf seiner Pritsche zusammengerollt und schläft wie ein unschuldiges Baby. Sogar seine Schuhe hat er ausgezogen. Das machen die wenigsten meiner nächtlichen Zellenbesucher. Aber man sollte sich nicht von Äußerlichkeiten beeindrucken lassen. So unschuldig, wie er gerade aussieht, ist der Zirkusdirektor nämlich nicht.

In meinem Magen macht sich ein empfindliches Defizit an Nahrungsaufnahme bemerkbar. Nur ein schwarzer Büroflitzer-Kaffee wäre jetzt sicher nicht das Richtige. Deshalb mache ich mich auf den Weg in mein Lieblingscafé schräg gegenüber der Marienkirche, um ein paar lebensrettende Quarkbällchen zu besorgen.

Als ich die Tür zum Café öffne, werde ich Augenzeuge einer irritierenden Szene. Tareks Cousine und die Plüschke sitzen an meinem Stammtisch und trinken Milchkaffee. Und noch etwas fällt mir auf: Sie halten Händchen. Als sie mich bemerken, lassen sie sich los. Aber ich habe es genau gesehen. Das ist ein schwerer Schlag. Für den Tarek, aber auch für mich. Weil ich mir ein klein wenig Hoffnung aufgehoben hatte, dass Asena Geschmack an mir gefunden haben könnte. Aber ihr Geschmack geht wohl in eine andere Richtung. Da kann ich mit der Plüschke nicht mithalten. Für den Tarek dürfte diese Entwicklung nicht ganz so schlimm sein. Der ist damit immerhin seine langjährige, hartnäckige Stalkerin los.

»Moin, Kröger!«, flötet die Plüschke. Ihre Wangen sind leicht gerötet. »Du siehst aus, als hättest du eine schwere Nacht hinter dir.«

»Du aber auch«, entgegne ich mit Blick auf Tareks Cousine.

»Was wollen Sie damit andeuten, Kröger?«, fragt Asena scharf.

»Nichts«, sage ich schnell und hebe entschuldigend die Hände. »Gar nichts.«

»Muss man sich in Ihrem Revier eine Genehmigung von Ihnen erteilen lassen, wenn man sich mit einem anderen Menschen treffen will?«, fragt Tareks Cousine.

»Nein. Natürlich nicht«, erwidere ich eingeschüchtert. Was habe ich jetzt schon wieder falsch gemacht?

»Lass gut sein, Asena«, sagt die Plüschke sanft. »Der Kröger ist nicht so, der tut nur immer so. In Wahrheit hat der einen ganz weichen Kern.«

Dass mich die Plüschke mal verteidigen würde, hätte ich kaum für möglich gehalten. Aber das mit dem weichen Kern stimmt natürlich. Wer jeden Tag Quarkbällchen in sich reinstopft, kann keinen harten Kern haben.

»Nur zu deiner Information, Kröger«, sagt die Plüschke in einem sachlicheren Ton. »Ich habe die Standgenehmigung für den Zirkus ab sofort aufgehoben. Es wird keine Vorstellung mehr bei uns in Ueckermünde geben. Asena hat mir die Augen geöffnet. Es war verantwortungslos, den Holthusen mit der Begutachtung der Tiere zu betrauen. Asena hat mir glaubwürdig versichert, dass es in diesem Zirkus keine artgerechte Tierhaltung gibt. Dafür liegt eine eidesstattliche Versicherung von Hannelore Küstrow vor, dass sie mit eigenen Augen gesehen hat, wie der Zirkusdirektor seinen Pferden mit der Peitsche gegen die Vorderläufe geschlagen hat.«

Diese eidesstattliche Versicherung könnte ich auch abgeben.

»Der Zirkusdirektor sitzt bereits in meiner Zelle«, erwidere ich stolz.

Das beeindruckt die beiden Damen dann doch.

»Ach«, klingt es gleichzeitig aus ihren Mündern, und sie sehen mich überrascht an.

»Deshalb sollte der restliche Zirkus noch die Chance auf eine Abschiedsvorstellung bekommen«, erkläre ich. »Und zwar heute Nachmittag.«

»Nein«, antwortet die Plüschke mit verkniffenem Mund. »Das geht nicht gegen dich persönlich, Kröger. Aber wenn ich einmal nein gesagt habe, dann bleibt es auch dabei. Keine Abschiedsvorstellung! Wir sind hier nicht auf einem Basar!«

Das mit dem Basar kommt mir bekannt vor. Aber jetzt passt es mir gar nicht.

»Kann ich dich mal unter vier Augen sprechen?«, frage ich leise.

»Ich habe keine Geheimnisse vor Asena«, erwidert die Plüschke stur und sieht lächelnd zu Tareks Cousine. So weit ist es also schon. Dabei bin ich sicher, dass die Plüschke mehr als nur ein Geheimnis hat, das Asena nicht kennt.

»Also gut, Mandy Plüschke«, sage ich gedehnt. »Du bist in der Stadtverwaltung für die Genehmigung des Stellplatzes und deren Verlängerung verantwortlich. Richtig?«

»Richtig«, antwortet die Plüschke und nickt.

»Und du hast eine Kollegin namens Geli Guggenmoos. Richtig?«

»Was soll das, Kröger?«, erwidert sie ungeduldig. »Wir waren beide mit der Geli im Kindergarten. Worauf willst du hinaus?«

»Manchmal triffst du die Guggenmoos im *Klabautermann*. Aber nicht im Schankraum, sondern auf der Toilette. Richtig?«

Die Plüschke ist jetzt ein wenig blass um die Nase geworden.

»Gut, Kröger«, sagt sie leise. »Eine Vorstellung noch. Aber wirklich nur diese eine.«

»Mandy!«, ereifert sich Tareks Cousine und packt die Plüschke an beiden Handgelenken. »Was ist los mit dir? Was soll das alles? Wir hatten besprochen, dass es keine Vorstellung mehr gibt! Die Tiere in diesem Zirkus leiden schon viel zu lange!«

»Schönen Tag noch, die Damen«, sage ich und trommele lässig mit den Knöcheln meiner linken Hand auf die hölzerne Tischplatte. Dann gehe ich zur Theke und bestelle die doppelte Menge an Quarkbällchen. Der Zirkusdirektor soll auch einen weichen Kern bekommen, damit er mir verrät, warum Clown Bronski sterben musste.

Bevor ich die Wache wieder betrete, höre ich bereits eine asthmatische Stimme durch das Fenster dringen.

»Es gab dort kein Handyempfang, kein Internet und kein Fernsehen!« Zweifellos mein adipöser Kollege Friedbert König. Und zweifellos erzählt er wieder von seinem letzten Norwegenurlaub, dem mit den größten Fischen, die er je gefangen hat. »Das musst du dir mal vorstellen. Mitten in der Wildnis. Das war wirklich abgefahren. Drei Wochen ohne E-Mails und SMS! Da hat man plötzlich jede Menge Zeit. Man kann über sich und die Welt nachdenken. Und das habe ich dann auch getan. Nachgedacht habe ich, über mich und die Welt. Drei Wochen lang. Und ich muss wirklich sagen, das hat echt was gebracht. Weil ich nach den drei Wochen eines ganz genau wusste: Dass ich nie wieder drei Wochen lang ohne Handyempfang, Internet und Fernsehen auskommen will.«

Und dann lacht er asthmatisch, dass ich befürchte, er ist verrückt geworden. Wahrscheinlich ist es auch so. Nach drei Wochen Nachdenken über sich und die Welt. Da würde ich auch verrückt werden. Wenn ich über ihn nachdenken müsste. Beim Nachdenken über mich würde ich das sicher nicht. Hoffe ich zumindest.

Aber wem erzählt er diesen Unsinn überhaupt? Ich habe eine ungefähre Vorstellung, die mir gar nicht gefällt. Als ich die Wache betrete, wird diese ungefähre Vorstellung zur traurigen Gewissheit. Mein Kollege Friedbert König und der mutmaßliche Mörder Paolo Ravelli sitzen in unserer Dienststube und schlürfen einträchtig schwarzen Büroflitzer. Der König trägt zwar seine Uniform, aber seine Füße stecken in schlammverkrusteten Anglergummistiefeln.

»Sag mal, geht's noch, König?!«, fahre ich ihn an. »Was soll dieser Unsinn mit Internet und E-Mails? Ich dachte, du kennst dich mit dem Zeug nicht aus! Nur wegen dir haben wir noch diese bekloppte Schreibmaschine aus dem Mittelalter!«

»Reg dich ab, Kröger«, erwidert er gelassen und reißt mir die Tüte mit den Quarkbällchen aus der Hand. »Wir sind vermutlich die einzige Wache in ganz Deutschland, wo die Protokolle noch mit der Schreibmaschine getippt werden. So etwas Einzigartiges wirft man nicht einfach weg.«

Dann holt er sich ein Quarkbällchen aus der Tüte und beißt hinein.

»Die sind echt gut, Kröger«, murmelt er kauend. »Vielen Dank. Bist echt ein Kumpel. Aber den Paolo hättest du nicht einsperren dürfen. Der ist Angler wie ich. Und wir Angler sind von Natur aus keine Verbrecher. Der Paolo hat schon mal einen 20-Kilo-Hecht aus der Uecker gezogen. So einen Mann darf man nicht einfach einbuchten.«

Dann reicht er dem Zirkusdirektor die Tüte mit meinen Quarkbällchen.

»Lang ordentlich zu, Paolo«, brummt er generös. »Die sind wirklich richtig gut!«

Ravelli lässt sich nicht zweimal bitten. Mit einem schmierigen Lächeln stopft er die Dinger heißhungrig in sich rein. Jetzt reicht es mir. Ich hole meine Handschellen raus und lege sie dem Zirkusdirektor an.

»Was soll das, Kröger?«, brummt der König missmutig.

»Paolo Ravelli steht unter dem dringenden Tatverdacht, einen seiner Mitarbeiter im Zirkus Ravelli getötet zu haben«, erkläre ich sachlich.

»Hast du dafür irgendwelche Beweise?«, fragt der König.

»Genügend«, antworte ich knapp.

»Dann hat dir die Siebenhaar sicher auch einen Haftbefehl besorgt«, brummt der König missmutig und räkelt sich bräsig auf einem unserer zerschlissenen Bürostühle. »Du weißt, dass du meinen Angelfreund hier ohne Haftbefehl nicht einfach einsperren kannst.«

»Doch, das kann ich«, sage ich. »Der dringend Tatverdächtige versuchte sich seiner Vernehmung durch Flucht zu entziehen. Und genau das berechtigt mich, ihn bis zum folgenden Tag um 24 Uhr auch ohne Haftbefehl festzusetzen.«

»Da hat jemand in der Polizeischule aber gut aufgepasst«, versucht mich der König zu verscheißern. Doch das prallt lässig an mir ab.

»Die Siebenhaar wird den Haftbefehl besorgen«, erkläre ich. »Die hat nur gerade andere Probleme.«

Allerdings könnte sie sich wirklich bald melden. Die Waden ihres Lebensgefährten sollten inzwischen genug gewickelt sein.

»Stimmt das, was der Kröger sagt?«, fragt der König seinen neuen Angelfreund. »Bist du abgehauen, als er dich befragen wollte?«

»Der ist wie ein Wahnsinniger auf mich losgegangen«, stammelt Ravelli und reißt seine Augen weit auf. »Ich musste doch mein Leben retten!«

Jetzt reicht es.

Ich packe den Zirkusdirektor am Kragen seiner Phantasieuniform und zerre ihn zurück in seine Zelle. Wieder jammert er über seinen vermeintlich verletzten Knöchel. Aber mein Mitleid kennt Grenzen.

Als ich zurück ins Dienstzimmer komme, sitzt der König noch immer nachdenklich auf seinem Bürostuhl.

»Ich hoffe, du weißt, was du tust, Kröger«, nuschelt er und schiebt sich das letzte Quarkbällchen in den Mund. »Du hast schon ein paar Alleingänge gemacht, die höhere Wellen geschlagen haben als das Haff in den letzten hundert Jahren. Bei solchen Geschichten bekomme ich immer gleich Sacksausen.«

Das will ich natürlich nicht, dass mein geschätzter Kollege meinetwegen Sacksausen bekommt.

»Mach dir keine Sorgen, König«, antworte ich, zerknülle die leere Quarkbällchentüte und werfe sie in den Papierkorb. »Ich habe die Sache im Griff. Nur noch die Abschiedsvorstellung und wir sind diesen verdammten Wanderzirkus los.«

»Was ist eigentlich mit dem Dienstwagen?«, fragt der König und glotzt mich dümmlich an.

»Wieso? Was soll mit dem sein?«

»Der sieht aus, als wärst du querfeldein mit dem gefahren«, sagt er.

»Bin ich auch«, antworte ich ohne jede weitere Erklärung. »Ich muss jetzt los, König. Die Abschiedsvorstellung, du verstehst? Ich will sichergehen, dass die Ravellis danach auch wirklich ihr Zelt abbauen.«

»Verstehe, Kröger«, antwortet er gutmütig. »Ich halte hier die Stellung.«

»Und ruf die Siebenhaar an«, bitte ich ihn. »Die soll sich um den Haftbefehl für den Zirkusdirektor kümmern.«

»Geht in Ordnung«, grunzt er. »Petri Heil, Kröger!«

»Moin, König!«, erwidere ich.

Dann verlasse ich die Wache.

Zunächst fahre ich allerdings zum Ueckermünder Krankenhaus. Vielleicht ist der Schweinedompteur inzwischen vernehmungsfähig und kann berichten, wer ihn niedergeschlagen hat. Falls es kein Unfall war, wovon ich überzeugt bin. Im Autoradio läuft »Ring of Fire« von Johnny Cash. Das hebt meine Laune, weil ich dabei an den anatolischen Johnny Cash denken muss, der sicher nicht weiß, dass sein Idol mit dem Song mal Werbung für eine Hämorrhoidensalbe machen wollte. Nicht einmal der Kirchner weiß das. So was weiß nur ich. Ich drehe die Lautstärke hoch und summe fröhlich mit. Leider vergesse ich das Radio abzustellen, als ich die Ape vor dem Krankenhaus parke.

Und leider ist der große Schweinedompteur noch nicht vernehmungsfähig. Dafür hat er Besuch. Der kleine Schweinedompteur, Sandy Raschke und der Kirchner. Da möchte ich nicht länger stören. Zumal die drei kein Interesse an der Abschiedsvorstellung des Zirkus zeigen.

»Was soll so eine Abschiedsvorstellung bringen?«,

quakt der Kirchner missmutig. »Es ist doch kaum noch Personal übrig. Du musst da natürlich hingehen. Das ist dein Job. Aber für uns ist das nichts. Wir bleiben lieber hier und warten, bis der Herr Schapiro aufwacht.«

Die beiden Kinder nicken einträchtig bei seinen Worten. Recht haben sie. Aber ich muss los. Weil es mein Job ist, wie es der Kirchner so schön formuliert hat.

Vom Krankenhaus bis zur Festwiese mit dem Zirkuszelt ist es nicht besonders weit. Deshalb lasse ich die Ape auf dem Parkplatz stehen und gehe zu Fuß. Die frische Luft tut gut, und ich schöpfe Hoffnung, dass die Sache hier nun wirklich bald erledigt ist und ich mich wieder um entlaufene Hunde und gestohlene Handtaschen kümmern kann. Davon verstehe ich nämlich eine ganze Menge.

Am Eingang des Zirkuszeltes treffe ich auf Tareks Cousine und die Plüschke.

»Was wollt ihr denn hier?«, frage ich überrascht.

»Vermutlich das Gleiche wie du«, erwidert die Plüschke trocken. »Uns davon überzeugen, dass der Zirkus nach dieser Abschiedsvorstellung auch wirklich verschwindet!«

»Und dass die Tiere bei der Abreise keinem unnötigen Stress ausgesetzt werden«, ergänzt Asena.

Das hätte ich mir denken können. Die nimmt ihre Mission, die Welt verbessern zu müssen, eben verdammt ernst.

»Kröger!«, brüllt mir jemand von hinten ins Ohr und schlägt mir seine Pranke auf die Schulter. »Danke!«

Dann küsst mich der Tarek auf beide Wangen.

»Womit habe ich das verdient?«, frage ich irritiert.

»Diese blöde Peenemünde-Raketen-Geschichte, weissu«, antwortet er leise, damit seine Cousine und die Plüschke nicht jedes Wort verstehen. »Du hast meinen Eltern die Wahrheit schonend beigebracht.«

Ich sage nichts dazu. Besser, er weiß nicht, dass ich ihnen nichts beibringen musste, weil sie die Wahrheit längst kannten. Das würde ihn jetzt nur unnötig verwirren.

Stattdessen betrete ich das Zirkuszelt. Die anderen folgen mir und hocken sich neben mich auf die hölzernen Zuschauerbänke. Die Plüschke sitzt neben Asena und mir, der Tarek an meiner rechten Seite. Der Zuschauerraum ist gut gefüllt, als die Vorstellung beginnt. Einer der beiden Pavels in einer roten Phantasieuniform bedankt sich für die Zeit, die der Zirkus in Ueckermünde verbringen durfte. Dann erklärt er, dass am Ende der Show für die Tiere gespendet werden darf, damit sie auch gut über den Winter kommen. Hier werden mir bereits die Augenlider schwer. Ich bekomme noch mit, wie Tareks Cousine sich wütend über die Pferdedressur-Nummer aufregt, die Pavel anschließend vorführt. Dass Pferde in der freien Natur niemals derartige Verrenkungen machen würden. Aber es ist eben nicht die freie Natur, sondern ein schmieriger Wanderzirkus. Mit halb geöffneten Augen sehe ich auch noch, wie der andere Pavel Simba und meinen Hilfssheriff Sweety durch die Manege springen lässt. Doch dann fordert die lange Nacht ihren Tribut.

Ich schlafe ein.

Leider schaffe ich es nicht, die gesamte Vorstellung durchzuschlafen. Meine Müdigkeit würde dafür ausreichen. Aber ich hab nicht mit der Plüschke gerechnet. Mit einem Ellenbogenhieb holt sie mich aus meinen süßen Träumen. In denen sitzt der Clownsmörder vor dem Untersuchungsrichter und legt ein 1-a-Geständnis ab. Und ich sitze am Haffstrand und lasse Sand durch meine Finger rieseln, weil es nicht einmal mehr entlaufene Hunde und gestohlene Handtaschen gibt, die ich aufspüren muss. Aber es sind eben nur süße Träume. Die Wirklichkeit sieht anders aus.

In der steht ein gruselig geschminkter Clown vor mir und bittet die Plüschke und mich in die Manege, weil er einen Anspielpartner braucht. Die Situation kenne ich, doch besser wird sie dadurch ganz sicher nicht. Aber es hat keinen Sinn, sich zu wehren. Das Publikum trampelt bereits mit den Füßen auf dem Holzboden der Zuschauertribüne. Sie wollen den Dorfpolizisten und die Landpomeranze gemeinsam in der Manege leiden sehen. *Panem et circensis.* So müssen sich die Legionäre im alten Rom gefühlt haben. Obwohl die Plüschke einen durchaus gefassten, wenn nicht sogar freudig erregten Eindruck macht.

»Reiß dich zusammen, Kröger«, zischt sie mir zu. »Es wird schon nichts schiefgehen. Kein Mensch außer mir weiß noch, was damals passiert ist!«

»Es reicht, dass du es noch weißt«, zische ich zurück. »Wer ist dieser Clown überhaupt? Soviel ich weiß, ist Bronski tot!«

»Woher soll ich das wissen?«, flüstert die Plüschke. »Vielleicht Bronskis Geist? Frag ihn doch selbst!«

Doch das ist sicher keine besonders gute Idee. Der gruselige Clown scheint langsam die Geduld zu verlieren. Er starrt mich feindselig an. Zumindest empfinde ich das so. Und dann fordert er das Publikum mit wilden Gesten auf, noch mehr zu applaudieren, um meinen schüchternen Widerstand zu brechen. Es tut ihm den Gefallen. Unter tosendem Applaus stolpern die Plüschke und ich hinter dem Clown die Tribüne hinunter. Die ganze Zeit über rast mir nur dieser eine Gedanke durch den Kopf: Das ist nicht gut, was gerade hier passiert!

Und damit liege ich verdammt richtig. Allerdings soll sich das erst später herausstellen.

Angeführt von dem Bronski-Double, erreichen wir endlich die Manege. Wir müssen uns durch eine schmale Gittertür zwängen, weil vom Auftritt der beiden Pavels noch die eisernen Absperrungen für die Raubtiere aufgebaut sind. Den Clown scheint das nicht zu stören. Wahrscheinlich sind die Plüschke und ich seine neuen Dressurobjekte. Wo ist Tareks Cousine und ihr gesellschaftliches Engagement, wenn man es wirklich braucht? Artgerecht gehalten komme ich mir im Augenblick jedenfalls nicht vor. Und die Plüschke sicher auch nicht. Die muss in den kleinen Streitwagen des jungen Schapiro steigen. Anschließend schwingt der Clown seine Peitsche, und die Schweine ziehen die Plüschke samt Streitwagen im Kreis durch die Manege. Das Publikum johlt, während meine Nachbarin sogar Zeit findet, kokette Kusshände zu verteilen. An wen die gerichtet sind, will ich gar nicht wissen, obwohl ich es natürlich ahne. Vielmehr will ich wissen, was der Clown mit mir vorhat. Auf die Antwort muss ich nicht lange warten.

»Und nun zu dir, Prinzessin von die Verbrechensbekämpfung«, flüstert er mir zu und grinst.

Natürlich verstehe ich sofort, wer unter der Clownsmaske steckt. Ich bin sogar ein wenig erleichtert.

»Bist du der eine oder der andere Pavel?«, frage ich leise und versuche, in dem geschminkten Gesicht irgendeine Regung zu erkennen.

»Ist nicht wichtig für dich, Prinzessin«, erwidert Pavel mit seinem eingefrorenen Grinsegesicht. »Wichtig ist, dass du nicht wieder in die Sand pinkelst wie damals! Stinkt wie Schimpanse zwischen die Beine!«

Dann verändert sich sein Grinsen zu einem hämischen Lachen. Seine lederne Peitsche pfeift durch die Luft und wirbelt den Sand knapp neben meinem linken Schuh auf. Es gibt keinen Zweifel mehr. Er ist der verdammte Clown von damals. Die Nummer hat er damals auch abgezogen. Und wie damals springe ich wie ein verängstigtes Reh zur Seite. Und das Publikum lacht dazu. Ein Alptraum, der sich wiederholt.

»Ich dachte, ihr seid die Könige der Raubtierdressur«, sage ich tapfer, während der Schweiß das Hemd unter meiner Uniformjacke durchnässt.

»Heute, Prinzessin«, erwidert der Clown und lacht. »Früher waren wir die Prinzen von dem Lachen! Sicher kannst du dich erinnern!«

Wieder pfeift seine Peitsche durch die Luft und verfehlt meinen Schuh nur um Haaresbreite. Das Publikum johlt erneut, als ich zur Seite springe. Keiner von denen kann erahnen, was ich gerade durchmache. Nicht einmal die Plüschke, die weiter von den Schapiro-Schweinen durch die Manege gezogen wird und immer noch munter Handküsse verteilt. Das Scheinwerferlicht blendet mich. Deshalb kann ich zunächst nicht erkennen, an wen die Küsse gerichtet sind. Aber dann sehe ich es aus den Augenwinkeln. Die Plüschke wirft Tareks Cousine Handküsse zu. Und Asena wirft sie ihr lächelnd zurück. Natürlich.

»Was ist mit dir, Prinzessin?«, zischt Clown Pavel. Anscheinend ist er erbost, dass ich meine Aufmerksamkeit nicht ihm alleine widme. Dieses Mal trifft seine Peitsche meinen Schuh. Durch das Leder spüre ich den Hieb schmerzhaft an meinem Fußrücken. In meinem nächsten Leben möchte ich ganz bestimmt kein Zirkustier werden. »Gefällt dir die Aufführung nicht?!«

»Doch, doch«, beeile ich mich zu versichern. Der nächste Peitschenhieb lässt trotzdem nicht lange auf sich warten. Er streift mein Hosenbein und trifft meinen Knöchel. Warmes Blut sickert in meinen Schuh. Was ist los mit diesem Clown? Ist er wahnsinnig geworden?

»Irgendwie beschleicht mich der Eindruck, dass du mich nicht besonders gut leiden kannst, Prinz des Lachens«, sage ich möglichst ruhig. »Vielleicht sollten wir das besser nach der Vorstellung klären.«

»Kann sein, gibt für dich kein danach«, antwortet Clown Pavel und schwingt erneut seine Peitsche. Dabei kann ich die Unterseite des Griffes erkennen. Dort prangt ein großes goldenes P. P für Pavel. Jetzt wird mir einiges klar. Vieles aber auch nicht. Pavel hat möglicherweise die Waffe in der Hand, mit der Clown Bronski ermordet wurde. Vielleicht ist der Zirkusdirektor tatsächlich unschuldig, und Tante Weltraum hat sich den Weihnachtsmann nur eingebildet. Aber was ergibt das für einen Sinn? Statt einer Antwort schnalzt das Peitschenende über meinen anderen Knöchel. Wieder platzt die Haut auf.

»Was soll das?«, stöhne ich. »Was habe ich dir getan? Was hat dir Bronski getan?«

»Hast du immer nur Fragen, aber keine Antworten«, grunzt der Clown. »Wirst du immer nur Prinzessin von die Verbrechensbekämpfung bleiben und nie Königin werden!«

Das hatte ich auch nie vor. Aber Pavel wird das wohl nicht verstehen. Seine Peitsche pfeift nun horizontal durch die Luft und reißt mir meine Dienstmütze vom Kopf. Das Publikum applaudiert begeistert bei diesem Kabinettstückchen. Keiner von denen ahnt, dass ich bereits in meinem eigenen Blut stehe.

Und dann macht Pavel mit seiner freien Hand in seinem Rücken ein verdecktes Zeichen. Als ich über seine Schulter sehe, läuft es mir eiskalt den Rücken hinunter. Ich versuche zu atmen, aber in meiner Lunge kommt keine Luft an. Pavels Zeichen gilt seinem Bruder, der das eiserne Gatter des Raubtiergangs zur Manege öffnet. Der andere Pavel in der roten Phantasieuniform. Vielleicht war auch er der Weihnachtsmann, von dem Tante Weltraum sprach. Das alles ist jetzt kein Spaß mehr, das muss auch das Publikum erkennen. Aber niemand unternimmt etwas, als der König der Löwen schwerfällig durch den Gang in die Manege trottet. Hier und da gibt es ein »Ah« und »Oh«. Aber das gilt wohl mehr den Schapiro-Schweinen, die bei Simbas Anblick ihr Tempo erhöhen. Die Plüschke hat sichtlich Mühe, sich auf dem Streitwagen zu halten. Anscheinend bin ich auch da der Einzige, der das bemerkt.

»Mach dich nicht unglücklich, Pavel«, sage ich mit sonorer Stimme. Jetzt ist psychologisches Einfühlungsvermögen gefordert. Das lernt man auf der

Polizeischule. Den Täter ruhig ansprechen und ihm die Folgen seiner Tat bereits im Vorfeld darlegen. Darin war die Siebenhaar ein Ass. Aber die ist jetzt nicht da. »Vielleicht war der tote Clown nur ein Unfall. Darüber können wir reden. Warum willst du das jetzt aufs Spiel setzen?«

»Setze ich nichts aufs Spiel! Gibt es immer wieder Unfälle in Zirkus«, erwidert er und runzelt die Stirn. »Sind wilde Tiere, kann man manchmal nicht verhindern, dass großes Unglück passiert! Denkst du an den Siegfried und die Roy!«

Dann zuckt er mit den Schultern und lässt die Peitsche in Richtung Simba schnalzen. Der Knall weckt in dem altersschwachen Löwen das jagdfreudige Raubtier. Mit großen Sätzen springt er dem Streitwagen mit den Schapiro-Schweinen hinterher. Die erhöhen in panischer Angst weiter ihr Tempo und ziehen die Plüschke in wilder Fahrt durch den Manegensand. Langsam dämmert dem Publikum, dass hier etwas aus dem Ruder läuft.

»Nein!«, höre ich die Stimme vom Tarek.

»Aufhören!«, brüllt seine Cousine.

Beide haben offenbar die Gefahr klar erkannt. Clown Pavel lässt daraufhin die Peitsche mehrfach durch die Luft schnalzen, um zu demonstrieren, dass er Simba zur Räson bringen will. Doch die Peitschenhiebe machen den Löwen noch angriffslustiger. Das ist es, was der Clown und Raubtierbändiger eigentlich will. Wie von Sinnen hechtet Simba dem Streitwagen im Kreis hinterher und kommt ihm dabei immer näher.

»Hilfe! Verdammt! Warum hilft denn niemand!«, brüllt die Plüschke inzwischen immer wieder. Die kann sich kaum mehr auf dem Wagen halten. Die Todesangst steht ihr im Gesicht. Und das kann ich nur zu gut verstehen.

»Lass das nicht zu!«, flehe ich Pavel an. Die Psychologienummer aus der Polizeischule hat nichts geholfen. Jetzt kann ich nur noch die Mitleidsmasche aus der Kiste holen. »Die Plüschke hat dir doch nichts getan!«

Pavel zuckt bedauernd mit den Achseln, ehe er erneut die Peitsche kreisen lässt, was Simba noch wilder macht. »Gibt es immer Menschen, die haben kein Glück in Leben!«

Der Löwe hat den Streitwagen fast erreicht. Wenn jetzt kein Wunder geschieht, dann wird die Plüschke in den nächsten Sekunden in den Himmel fahren. Aber dann geschieht es, das Wunder.

Der Tarek stürzt sich an den anderen Zirkusgästen vorbei die hölzerne Tribüne hinunter. Er fällt hin, rappelt sich wieder auf. Dem ist die Gefahr, in der die Plüschke und ich schweben, vollkommen bewusst. Auf den Tarek kann man sich einfach verlassen. Auch wenn er keine Raketen bauen kann, was sein Vater nicht sonderlich bedauert, so hat er doch nützliche deutsche Tugenden. Verlässlichkeit zum Beispiel. Das ist wichtiger als die Fähigkeit, Raketen bauen zu können. Vor allem im Augenblick. Mit einem letzten Satz springt er über die untersten Zuschauerbänke und reißt das schmale Eisengatter auf, das die Manege vom Publikum trennt. Gerade im richtigen Augenblick, weil der Streitwagen mit der Plüschke und den Schapiro-Schweinen angerast kommt. Die Schweine sind clever genug, um zu erkennen, dass das ihre einzige Chance ist, dem irren Raubtier hinter sich zu entkommen. Sie preschen quiekend durch das offene Tor in die Freiheit. Doch weit kommen sie nicht, weil der Streitwagen mit der Plüschke zu breit für die eiserne Gittertür ist. Die hölzerne Verkleidung splittert, und die Achse bricht, als der Wagen tosend gegen die massiven Eisenstangen kracht. Grunzend versuchen sich die Schweine aus der Gefahrenzone zu bringen, aber das Geschirr, in dem sie stecken, lässt das nicht zu.

Hektisch versucht der Tarek die ledernen Riemen, an denen sie festgezurrt sind, mit einem Taschenmesser zu durchtrennen, während die Plüschke sich abmüht, über den kaputten Streitwagen in den Zuschauerraum zu klettern. Aber es gelingt ihr einfach nicht. Und das ist gar nicht gut, weil der Löwe zu seinem letzten tödlichen Sprung ansetzt.

»Lass die Schweine, Tarek!«, rufe ich ihm zu. »Hilf lieber der Plüschke!«

Clown Pavel honoriert meine Worte mit einem giftigen Blick und einem erneuten Peitschenhieb, der mein linkes Ohr streift und eine blutige Spur hinterlässt.

»Es mögen unreine Tiere sein!«, brüllt der Tarek zurück. »Aber auch in meiner Religion sind es Tiere, die man keinem Löwen zum Fraß vorwirft!«

Es ist jetzt nicht die Zeit für eine religiöse Grundsatzdiskussion. Deshalb schweige ich und versuche mir, nicht vorzustellen, was gerade in der Plüschke vor sich gehen muss. Von der tödlichen Gefahr, in der sie schwebt, ganz abgesehen, wird doch unmissverständlich klar, dass sie in der persönlichen Rangliste von Tareks Sympathien noch hinter Schweinen rangiert. Diese Erkenntnis macht ihr das Sterben sicher nicht leichter.

Aber dann stirbt die Plüschke doch nicht. Weil der Tarek das lederne Geschirr der Schweine endlich durchtrennt bekommt und auf den Streitwagen klettert, um die Plüschke in den rettenden Zuschauerraum zu ziehen. So nah sind sich die beiden nie zuvor gekommen. Doch ich bezweifle, dass die Plüschke es jetzt zu schätzen weiß, da ihre vorherigen feurigen Kusshände keineswegs dem jahrelangen Objekt ihrer Begierde galten, sondern dessen Cousine. Asena ist es dann auch, die sich als Erste um die Plüschke kümmert, als sie keuchend zwischen den hysterisch quiekenden Schweinen im Zuschauerraum landet.

Der Tarek muss sich leider um sich selbst kümmern. Das ist das Schicksal von Helden. Und ein Held ist der Tarek in diesem Moment ganz sicher. Aber er schafft es nicht mehr, vor dem springenden Simba zurück in den rettenden Zuschauerraum. Mit letzter Kraft hangelt er sich an den Eisenstangen, die das Publikum von der Manege trennen, nach oben. Trotzdem erwischt ihn eine Pranke des Raubtiers am linken Fuß. Er brüllt vor Schmerzen auf, während Simba krachend gegen die Eisenstangen schlägt.

»Höher, Tarek!«, rufe ich ihm zu. »Du musst höher klettern!«

Aber dann begegne ich seinem Blick, und der trifft mich ins Herz. Weil ich in dem verzweifelten Blick lese, dass er nicht höher klettern kann. Weil er diese verdammte Höhenangst hat, obwohl er doch eigentlich aus den Bergen Anatoliens stammt, wo es nicht einmal das Wort *Höhenangst* gibt.

»Höher!«, wiederhole ich lauter. Aber ich bin sicher, dass er mich nicht hört. Trotzdem versucht er, sich mit geschlossenen Augen an den Eisenstangen Zentimeter für Zentimeter weiter nach oben zu ziehen.

»Du schaffst das, Tarek!«, gurgelt seine Cousine mit Tränen in den Augen, während sie den Kopf der Plüschke in ihren Schoß gebettet hat. Das restliche Publikum hat das Zirkuszelt inzwischen in Panik verlassen. Keiner von denen will sehen, wie ein Mensch von einem Löwen zerrissen wird, und keiner von ihnen will selbst von einem zerrissen werden. *Panem et circensis.* Immerhin sind wir in Ueckermünde den alten Römern damit rein zivilisatorisch einen gewaltigen Schritt voraus.

Aus der Entfernung nähert sich eine Polizeisirene. Einer der Zirkusgäste wird die Kollegen verständigt haben. Oder Friedbert König die Siebenhaar. Vielleicht rückt sie mit der Spurensicherung aus Anklam an, um die Reste meines Kumpels Tarek zu begutachten. Denn dass die Sache gut für ihn ausgeht, kann ich jetzt kaum mehr glauben.

Als Simba zum nächsten Sprung gegen das Eisengitter ansetzt, öffnet Tarek kurz die Augen. Und was er aus dieser Perspektive in gut fünf Meter Höhe sieht, scheint mit seiner Höhenangst nicht vereinbar zu sein. Der Löwe verfehlt ihn zwar und schlägt erneut krachend gegen die Eisenstangen. Doch der Tarek verliert dadurch den Halt. Seine Hände lösen sich vom rettenden Eisen, und er fällt mit einem Aufschrei wie ein nasser Sack direkt neben Simba in den

Manegensand. Normalerweise kann man so einen Sturz nicht überleben. Vielleicht ist das auch gut so, weil der Tarek dann nicht mehr mitbekommen muss, wie er bei lebendigem Leib von einem Löwen zerfleischt wird. Bei jedem normalen Wanderzirkus gibt es nur eine dünne Sandschicht in der Manege, die einen Aufprall aus fünf Meter Höhe kaum dämpfen würde. Doch beim Zirkus Ravelli ist diese Schicht viel dicker. Sehr viel dicker. Der berühmte doppelte Boden. Das fiel mir bereits bei meinem ersten Besuch auf. Damals habe ich nicht großartig darüber nachgedacht. Doch diese dicke Sandschicht hat dem Tarek vielleicht nicht nur das Leben gerettet, vielleicht ist sie auch der Schlüssel zur Aufklärung des Mords an Clown Bronski. Plötzlich fügen sich alle Puzzleteile in meinem Kopf zusammen. Und wenn das alles wahr sein sollte, was gerade wie ein blitzendes Feuerwerk in meinem Kopf explodiert, dann hat der Tarek doch noch eine Chance, mit dem Leben davonzukommen. Aber nur, wenn *ich* jetzt zum Helden werde.

In meiner Lebensplanung ist Heldentum eigentlich nicht vorgesehen. Aber alles kann man eben nicht planen. Zum Helden wird man vom Leben selbst gemacht. Da kann man sich gar nicht gegen wehren. Ich habe auch gar keine andere Wahl. Weil der Tarek sonst vor den Augen seiner Cousine zerfleischt wird – und danach ich.

»Habe ich gesagt! Gibt immer wieder schreckliche Unfälle in Zirkus«, blubbert Clown Pavel und hebt bedauernd die Schultern, als ich zum Tarek hinübersehe. »Muss nicht aufmachen Sicherheitsgatter, wenn Raubtier ist in Manege! Raubtier bleibt immer Raubtier. Kann jeder Polizist verstehen!«

»Aber nicht die Prinzessin der Verbrechensbekämpfung«, erwidere ich. »Und auch nicht meine Kollegen!«

»Deine Kollegen?«, wiederholt Pavel und grinst schmierig. Dann legt er eine Hand an sein rechtes Ohr und horcht. »Sirene von Polizei ist noch weit entfernt. Habe ich genug Zeit, um Sache hier zu Ende zu bringen!«

»Dann sieh mal nach rechts, mein lieber Pavel«, sage ich beherrscht. Jetzt muss es schnell gehen. Die Chancen stehen fifty-fifty. »Da kommen meine Kollegen!«

Clown Pavel wendet seinen Kopf ruckartig nach links. Bingo. Ich habe auf den richtigen Pavel gesetzt. Der mit der Links-rechts-Schwäche, dessen Schläfe gerade gegen meine geballte Faust rauscht. Mit einem dumpfen Seufzer geht er zu Boden. Ich schnappe mir die Mordwaffe und schwinge sie über meinem Kopf, bis ein pistolenartiger Knall zu hören ist.

Simba, der sich gerade über den wehrlosen Tarek hermachen wollte, lässt von ihm ab und hebt den Kopf. Seine bernsteinfarbenen Augen starren mich kampfeslustig an. Das kenne ich von Sweety dem Serval. Aber Simba ist keine harmlose Wildkatze. Jetzt brauche ich nicht nur eine gute Kondition, sondern vor allem jede Menge Glück. Beides habe ich noch nie gehabt. Aber vielleicht sammelt man es im Laufe des Lebens an, bis man es wirklich braucht. Und dieser Moment wäre genau jetzt.

Simba legt seinen Raubtierkopf leicht zur Seite. Dann öffnet er das Maul und brüllt wie der Löwe im Vorspann mancher alter amerikanischer Filme. Das ist mein Zeichen. Ich drehe mich um und spurte los. Der tiefe Manegensand und meine lädierten Füße machen mich langsamer, als ich es unter normalen Umständen wäre. Doch die Angst und die Gewissheit, dass es meine einzige Chance ist, treiben mich vorwärts. Als ich den Raubtiergang erreiche und auf allen vieren hineinkrieche, startet Simba die Verfolgung. Der Tarek ist vorerst gerettet, doch vor mir liegt noch ein langer Weg, dessen Ziel ich nur erahnen kann.

Ich krieche weiter durch den Raubtiergang. Immer weiter. Nur nicht aufgeben. Die Uniformhose reißt über meinen Knien auf. Grobkörniger Sand kratzt meine Haut blutig. Egal. Weiter. Dieser Weg ist meine einzige Chance. Falls ich das Puzzle in meinem Kopf richtig zusammengesetzt habe. Versteht sich.

Ich bin nicht mehr weit von der Stelle entfernt, an der der Raubtiergang in den Löwenkäfig mündet, als es hinter mir ein metallenes Geräusch gibt. Es rauscht in meinen Ohren nach. Für einen kurzen Moment sehe ich über meine linke Schulter. Der andere Pavel steht am Manegenende des Ganges und grinst mich an. Er hat das eiserne Gitter hinter Simba heruntergelassen. Eine Rückkehr in die Manege ist jetzt nicht mehr möglich.

»Hast du dir dein eigenes Grab geschaufelt, Prinzessin von die Verbrechensbekämpfung!«, lacht er dumpf. »Kommst du nicht wieder lebendig heraus aus die Reich von Simba! Ist König von die Tiere, und du bist nur Prinzessin! Aber Simba mag Prinzessin. Schmeckt besser als Gammelfleisch aus Kühlhaus!«

Dann lacht er wieder. Das Lachen dröhnt in meinen Ohren, als ich endlich den Löwenkäfig erreiche. Simbas stinkendes Königreich. Die WOPO-Amazonen um Tareks Cousine haben allen Grund, für eine artgerechte Tierhaltung zu demonstrieren.

Das denke ich, als ich durch das urinfeuchte Stroh krieche, die Hände bis zu den Knöcheln in Löwenscheiße. Doch leider haben die Amazonen Simbas Käfigtür nicht geöffnet.

Ich bin gefangen.

Die Bestie steht keine drei Meter von mir entfernt. *Fütterung der Raubtiere.* So nannte man es, wenn im Kindergarten das Mittagessen ausgeteilt wurde. Nur dass wir damals die Raubtiere waren. Und heute bin ich das Futter.

Simba starrt mich beinahe mitleidig aus seinen bernsteinfarbenen Augen an. Der kann es sich wahrscheinlich nicht vorstellen, warum sich jemand freiwillig in sein stinkendes Reich verirrt. Aber die Pavels haben das auch getan. Und nicht nur zur Fütterung.

»Du hast treu über die Geheimnisse deiner Herren gewacht, nicht wahr, Simba?«, sage ich leise. Dabei taste ich vorsichtig mit einer Hand den Boden unter dem nassen Stroh ab. Mit der anderen halte ich die Peitsche, die Clown Bronskis Schädel zertrümmert hat, fest umschlossen.

Simba scheint mir noch ein paar Sekunden zu gönnen. Vielleicht will er den Augenblick auskosten:

Frischfleisch auf dem goldenen Servierteller. Wann bekommt er das sonst schon?

Ich taste weiter unter dem Stroh. Nichts. Verdammt. Das ist das Ende. Mein Herz pocht, als wollte es meine Brust sprengen. Simba faucht und setzt zum Sprung an. Ich schließe die Augen – und reiße sie gleich wieder auf. Meine Finger haben eine Holzplatte ertastet. Mit der rechten Hand lasse ich geistesgegenwärtig die Peitsche durch die Luft schwirren, mit der linken hebe ich die Platte an.

Simba weicht vor dem Peitschenhieb verblüfft zurück. Doch seine Verblüffung wird nur kurz anhalten und in rasenden Zorn und hungrige Gier umschlagen. Ich habe nur Bruchteile von Sekunden Zeit. Jetzt darf nichts schiefgehen. Rein gar nichts. Sonst wird nicht einmal mein rechter Schuh samt Fuß übrig bleiben. Ich lasse die Peitsche fallen und hebe blitzschnell mit beiden Händen die Holzplatte an. Dann rolle ich mich darunter und lasse mich in das schwarze Loch fallen, das sich darunter auftut.

Ich hatte recht. Niemals zuvor war ich glücklicher, recht gehabt zu haben. Das will einiges heißen. Weil ich durchaus gerne recht habe. Aber es gibt das Loch und den Gang, der sich dahinter befindet. Ich atme tief durch, bevor ich mich an seine Erkundung mache. Simba kratzt mit seinen schweren Tatzen wütend über die Holzplatte. Der hat noch nicht aufgegeben. Eben war das leckere Frischfleisch noch da, und jetzt ist es wie durch ein Wunder einfach verschwunden. Das kann der König der Löwen nicht auf sich sitzen lassen.

Der Gang ist höher und breiter, als ich vermutet habe. Die Pavels haben ganze Arbeit geleistet. Ich kann fast aufrecht stehen und muss meine Arme weit zu den Seiten strecken, um die Wände zu berühren. Die Zwillinge sind nicht nur Könige der Raubtierdressur, sondern auch ordentliche Grubenarbeiter.

Langsam taste ich mich den dunklen Gang entlang. Unter meinen Füßen knirscht lehmiger Sandboden. Die Decke und die Wände haben die Pavels mit einfachen Holzbrettern verschalt. Wahrscheinlich wollten sie in ihrem Stollen nicht verschüttet werden.

Vorsichtig setze ich in der Dunkelheit einen Schritt vor den anderen. Ganz allmählich gewöhnen sich meine Augen an die tiefschwarze Nacht hier unten. Mitunter erkenne ich Gegenstände, die die Tunnelbauer hinterlassen haben. Eine leere Bierflasche, eine zusammengeknüllte Packung Zigaretten, ein weggeworfenes Taschentuch. Und ein abgebrochener Spaten. Pulverbeschichtetes Edelmetall. Eigentlich absolut bruchsicher. Man kann sich eben auf nichts mehr verlassen. Ich hebe den gebrochenen Ferrari-Spaten auf und bin mir ziemlich sicher, wo der hingehört: in den Schuppen von Bauer Weltzin. Nicht einmal ihr Grabwerkzeug haben die verdammten Tunnelbauer rechtmäßig erworben. Aber die haben natürlich noch weit mehr auf dem Kerbholz als einen gestohlenen Spaten. Das ist mein letzter Gedanke, bevor ein wildes Fauchen von hinten durch den Gang an meine Ohren dringt. Simba! Verdammt. Einen Moment bin ich völlig ratlos. Wie konnte das passieren? Und dann laufe ich wieder los. Diese miese Raubkatze muss es geschafft haben, die Holzplatte mit ihren Tatzen zur Seite zu schieben. Wahrscheinlich hatte die Platte bei meinem furiosen Abgang das Loch nicht mehr vollständig abgedeckt. Simba muss zur Fütterung der

Raubtiere nur seiner Nase folgen. Jetzt kann ich nur hoffen, dass die Pavels mit ihrer Arbeit weit genug vorangekommen sind und ich gleich im Keller der Haffbank stehe. Denn nirgendwo anders führt dieser Gang hin. Deshalb war dieser schmierige Wanderzirkus länger als jeder andere Zirkus in Ueckermünde. Weil die Könige der Raubtiere ihren Tunnel fertiggraben mussten, um den cleversten Bankraub in der Geschichte Ueckermündes zu begehen. Die Plüschke hat wahrscheinlich nicht nur bei ihrer Kollegin Guggenmoos die Hand aufgehalten, sondern sich auch von den Tunnelgangstern schmieren lassen. Das wird ein Nachspiel haben. Auch wenn die Plüschke sicher nichts von den Plänen der Pavels gewusst hat, sondern dachte, dass sie wegen der niedrigen Standmiete länger bei uns bleiben wollten. Falls mir Simba überhaupt noch Gelegenheit für dieses Nachspiel lässt. Sein gieriges Fauchen und sein schwerer Gang kommen immer näher. Aber es kann nicht mehr weit sein. Die Haffbank ist nicht weit vom Zelt der Ravellis entfernt. Doch dann passiert etwas, womit ich nicht gerechnet habe und ganz sicher auch nicht rechnen konnte: Der dunkle Gang vor mir teilt sich. Ein Weg führt nach links, der andere nach rechts. Wieder stehen meine Chancen fifty-fifty. Ich zögere. Links oder rechts? Mein aufgespartes Glück wird bald aufgebraucht sein. Aber ich muss mich entscheiden. Sonst entscheidet Simba für mich. Ich entscheide mich für den rechten Tunnel. Warum, weiß ich nicht. Egal. Die Entscheidung ist ohnehin nicht gut. Denn nach gut fünfzehn Metern endet der Gang vor einer Bretterverschalung. Für eine Umkehr ist es zu spät. Simba ist bereits an der Tunnelgabelung angelangt. Er hat nicht die Qual der Wahl. Er folgt einfach seiner Nase und kann sich das Frischfleisch schnappen. Es scheint keinen Ausweg mehr zu geben. Das ist jetzt wirklich das Ende.

Aber dann fällt mir einer der klugen Philosophensprüche vom Kirchner ein: »Am Ende wird alles gut, und wenn es nicht gut ist, dann ist es nicht das Ende.«

Es ist nicht gut. Gar nicht gut. Also ist es auch nicht das Ende. Mit der Kraft der Verzweiflung stemme ich die Bretter mit dem abgebrochenen Weltzin-Spaten zur Seite. Dabei dämmert mir langsam, warum es die Weggabelung gibt. Die Pavels müssen abwechselnd hier unten gearbeitet haben. Den Aushub haben sie anschließend im Manegensand verteilt. Bequemer ging es gar nicht. Aber dann hat der Pavel mit der Links-rechts-Schwäche statt nach links den Gang nach rechts weiter vorangetrieben. Der führt aber nicht in den Keller von Verweyens Haffbank.

Ich muss nicht lange grübeln, um die Zusammenhänge zu verstehen. Dafür habe ich auch gar keine Zeit. Die Metallwand, die hinter den Brettern zum Vorschein kommt, kenne ich. Sie gehört zu einem der Aktenschränke, in denen die Plüschke und ihre Kollegin alte Akten ablegen. Ich stemme den Schrank ein Stück zur Seite. Zum Glück ist er nicht besonders schwer.

Als ich durch den frei gewordenen Spalt in den Keller des Rathauses schlüpfe, kann ich bereits Simbas fauligen Atem hinter mir riechen. Aber er wird heute hungrig bleiben. Die Fütterung der Raubtiere fällt aus. Mit letzter Kraft schiebe ich den Aktenschrank zurück und lehne mich dagegen.

Dann wird es in meinem Kopf so dunkel wie in

meiner Umgebung. Den Gruftie-Sarg von der Guggenmoos könnte ich jetzt gebrauchen. Aber den gibt es in dem Keller nicht, wie ich von meinem ersten Besuch hier weiß. Deshalb lasse ich mich auf den Boden gleiten und wehre mich nicht länger gegen die längst fällige Ohnmacht, die nun Besitz von mir ergreift.

Sonntag

»Ein paar Blutergüsse und Hautabschürfungen«, sagt der Arzt. Den kenne ich. Der hat auch die Köpfe von der Plüschke und dem großen Schweinedompteur zusammengeflickt. Demnach bin ich wohl im Ueckermünder Krankenhaus. Oder ich träume. »Und ein emotionaler Erschöpfungszustand. Viel Ruhe und der Patient ist in ein paar Tagen wieder auf den Beinen.«

Oma Machentut nickt dazu. Dann verlässt der Arzt das Zimmer. Den Mann neben Oma Machentut kenne ich ebenfalls. Grauer Haarkranz, blaue Murmelaugen, rote Fleischtomatenbacken. Unzweifelhaft der Kirchner. Den muss ich jetzt auch noch ertragen. Obwohl der Arzt gesagt hat, dass ich viel Ruhe brauche. Deshalb schließe ich die Augen wieder. Muss ja nicht gleich jeder mitbekommen, dass ich wieder unter den Lebenden weile. Und der Kirchner schon gar nicht.

»Das war sehr mutig von dem Kröger«, sagt der Kirchner. »Mut steht am Anfang des Handelns, Glück am Ende. So befand der großartige altgriechische Philosoph Demokrit.«

Ich weiß nicht, ob es ein Kompliment oder eine Gemeinheit sein soll. Deshalb lasse ich die Augen geschlossen und schweige.

»Vielleicht tut er damit dem Tarek sein Leben gerettet haben«, brummt Oma Machentut und schnäuzt sich in ein Taschentuch.

»Ja«, erwidert der Kirchner nachdenklich. »Vielleicht …«

Vielleicht? Was soll das heißen? Ich kann jetzt nicht länger den toten Mann spielen. Die Ungewissheit, was mit dem Tarek los ist, lässt das nicht zu.

»Was ist passiert?«, frage ich und schlage die Augen auf. Meine Stimme klingt seltsam hohl. So als hätte ich seit Tagen nicht gesprochen.

»Kröger!«, grunzt Oma Machentut freudig. »Endlich tust du wieder bei uns sein!«

Wo soll ich denn sonst sein? Im Nirwana? In Simbas Magen?!

»Was passiert ist, will ich wissen«, fordere ich ein klein wenig ungehalten.

»Du hast sicher eine Amnesie«, sagt der Kirchner sanft und tätschelt meinen Kopf wie den eines kleinen Jungen, der mit gebrochenem Bein im Krankenhaus liegt, weil er ein zu hohes Garagendach heruntergesprungen ist. »Die Erinnerung wird Stück für Stück zurückkommen, du musst nur Geduld haben.«

»Ich habe keine verdammte Amnesie!«, brülle ich und richte mich in dem Krankenhausbett auf. »Ich kann mich sehr genau erinnern. An jede beschissene Einzelheit. Bis zu dem Moment, als ich im Keller des Rathauses ohnmächtig wurde!«

»Ja – dann weiß ich jetzt gar nicht, was du von uns willst«, erwidert der Kirchner unschuldig. »Wir waren bei dieser Zirkusgeschichte doch gar nicht dabei. Das musst du doch viel besser wissen!«

Der will mich einfach nicht verstehen. Das war schon immer so. Oder es haben sich unter seiner

Schädeldecke gemeine Hirnfresseramöben wohnlich eingerichtet, die seinen Verstand als delikates Futter betrachten.

»*Wie* lange habe ich geschlafen? *Was* ist mit dem Tarek passiert? *Wo* sind die Pavel-Zwillinge und ihr Löwe?«, frage ich so energisch, wie es mein lädierter Zustand zulässt. Die großen Ws. Ich beherrsche sie noch immer. Meine Hirnwindungen haben also keinen Schaden davongetragen.

»Den Löwen hat der Holthusen höchstpersönlich eingeschläfert«, erwidert Oma Machentut und fährt mit ihrem Rollator nervös in meinem Krankenzimmer auf und ab. »Du tust doch den Bürgermeister kennen, Kröger! Der hat schon immer gerne Viecher eingeschläfert. Das konnte er als Tierarzt von allem auch am besten. Nicht einmal die Asena und unsere Frauengruppe tun dagegen protestiert haben. Der Löwe war durch seine nicht artgerechte Haltung einfach zu gefährlich geworden …«

»Oma!«, unterbreche ich sie grob. »Das interessiert mich jetzt überhaupt nicht!«

»Aber du hast doch nach dem Löwen gefragt«, protestiert der Kirchner leise.

»Ja«, stöhne ich auf. »Aber nicht nach den Amazonen!«

»Wir tun keine Amazonen sein«, giftet Oma Machentut und sieht mich streng an. »Das solltest du inzwischen begriffen haben, Kröger!«

Ich weigere mich, darauf einzugehen. Das verlängert nur die Tortur.

»Die Pavel-Zwillinge?«, frage ich stattdessen. »Was ist mit denen?«

»Die Freundin von dem Verweyen hat die beiden

festgenommen«, antwortet der Kirchner und grinst leicht. »Da hat der Simba in dem Tunnel noch Fangen mit dir gespielt.«

Fangen gespielt? Bei dem spielen die grauen Zellen jeden Tag Fangen unter seiner Hirnschale. Und jeden Tag werden mehr gefangen, bis keine mehr übrig ist. Lange kann das nicht mehr dauern. Ich atme tief ein und aus. Der Arzt hat gesagt, dass ich Ruhe brauche. Also ganz gelassen bleiben und nicht aufregen.

»Was ist mit dem Tarek?«, frage ich erneut.

Oma Machentut stützt sich schwer auf ihren Rollator. Der Kirchner sieht aus dem Krankenhausfenster, als ginge ihn die Frage nichts an.

»Ich habe etwas gefragt«, sage ich mühsam beherrscht.

»Achtzehn Stunden«, erwidert Oma Machentut nach einer Pause, die mir endlos erscheint.

»Wie?«

»Achtzehn Stunden«, wiederholt Oma Machentut. »Du tust doch wissen wollen, wie lange du geschlafen hast, Kröger! Ganze achtzehn Stunden hast du gepennt! Die ersten drei Stunden im Keller des Rathauses. Die Leute von der Siebenhaar hatten ordentlich zu tun, bis sie dich endlich gefunden haben.«

»Ich habe nicht gefragt, wie lange ich geschlafen habe, sondern was mit dem Tarek los ist«, sage ich nicht mehr beherrscht.

»Nein, nein, Kröger«, widerspricht der Kirchner und wackelt mit seinem rechten Zeigefinger. Seine Fleischtomatenbacken sind wieder fiebrig gerötet. »Da muss ich dich leider korrigieren. Du hast auch gefragt, wie lange du geschlafen hast. Da muss ich deine Großmutter in Schutz nehmen.«

Er wirft Oma Machentut einen Blick zu, der das Blut in meinen Adern zum Kochen bringt.

»Das habe ich *vorhin* gefragt«, entgegne ich und schließe meine Augen halb, in der Hoffnung, damit einen drohenden Wutanfall zu vermeiden. »Aber *jetzt* habe ich nach dem Tarek gefragt.«

Oma Machentut sieht ein wenig betroffen auf die grauen Seniorensandalen unterhalb ihres Rollators.

»Das musst du schon uns überlassen, in welcher Reihenfolge, wir deine Fragen beantworten«, grummelt sie anschließend.

Muss ich das? Ich glaube nicht. Doch dann klopft es zum Glück für die beiden an der Tür. Bevor ich noch etwas sagen kann, hat der Kirchner schon die Klinke in der Hand und öffnet.

Von meinem Bett aus sehe ich, dass die Siebenhaar mit einem Blumenstrauß draußen steht.

»Besuche machen immer Freude – wenn nicht beim Kommen, so doch beim Gehen«, flötet der Kirchner fröhlich. Dem ist deutlich anzumerken, dass er glücklich ist, um eine Antwort auf meine Frage herumgekommen zu sein.

»Störe ich?«, fragt die Siebenhaar mit ihrer dunklen Bassstimme leicht irritiert. »Vielleicht komme ich besser ein anderes Mal wieder.«

»Aber nein!«, säuselt der Kirchner. »Bitte, kommen Sie doch herein! Unser Patient freut sich über jeden Versuch. Mein kleines Aperçu war lediglich eine humorvoll gemeinte Verbeugung vor dem listigen deutschen Dichter Christian Morgenstern.«

»Aha«, macht die Siebenhaar nur. Das macht sie mir wiederum sympathisch. Die lässt sich von den Kirchner-Sprüchen nicht beeindrucken.

»Sie kommen gerade im rechten Moment, Frau Kriminalhauptkommissarin«, blubbert der Kirchner weiter und zupft vergnügt an seiner neongelben Fliege. »Unser tapferer Held ist soeben von den Toten auferstanden!«

»Wir tun die beiden jetzt besser alleine lassen«, sagt Oma Machentut und wirft ihm einen schiefen Blick zu. »Das was die Frau Kriminalhauptkommissarin mit dem Kröger zu besprechen hat, ist sicher dienstlich und geht uns nichts an.«

»Ich bin nicht nur dienstlich hier«, sagt die Siebenhaar und schwenkt zum Beweis ihren Blumenstrauß. »Ich wollte auch ganz privat wissen, wie es dem Polizeimeister Boris Kröger geht.«

»Sie könnten mich auch selbst fragen«, sage ich und deute ein gequältes Lächeln an. »Wie Sie gerade erfahren haben, bin ich ja nicht mehr tot.«

»Entschuldigen Sie, Polizeimeister Kröger«, entgegnet die Siebenhaar mit ihrer tiefen Bassstimme. »Das war in der Tat ein wenig unhöflich von mir.«

Sie zuckt kurz mit den Achseln. Dann kramt sie aus dem Wandschrank des Krankenzimmers eine Vase heraus, während sich Oma Machentut und der Kirchner leise davonstehlen.

»Wie sind Sie eigentlich darauf gekommen, dass die beiden Raubtierdompteure einen unterirdischen Tunnel vom Löwenkäfig zum Tresorraum der Haffbank gegraben haben?«, fragt die Siebenhaar. Sie lässt Wasser in die Vase laufen und stellt die Blumen hinein. Dann setzt sie sich mit ihrem grauen Kostüm auf die Bettkante. Das ist mir eigentlich nicht sonderlich angenehm. Weil es doch in gewisser Hinsicht eine Intimität andeutet, die zwischen uns nicht existiert.

Immerhin trage ich nur ein dünnes Krankenhausleibchen, und sie ist am Ende des Tages doch eine Frau. Wenn auch eine mit sehr tiefer Stimme und ordentlich Haaren auf den Zähnen.

»Das war nicht besonders schwierig«, antworte ich großspurig und rücke ein wenig von der Siebenhaar ab. »Punkt eins: Es waren zu viel Sand und Erde in der Manege. Punkt zwei: Das goldene P auf dem Griff der Raubtierpeitsche. Eindeutig die Waffe, mit der Igor Bronski erschlagen und vermutlich der Schweinedompteur und die Plüschke angegriffen wurden. Punkt drei: Die lange Verweildauer des Zirkus in Ueckermünde …«

»Ihre Freundin hat sich ordentlich schmieren lassen«, unterbricht mich die Siebenhaar. Wann wird sie es endlich kapieren?!

»Die Plüschke ist nicht meine Freundin«, stöhne ich auf. Erst danach sehe ich die zuckenden Mundwinkel der Siebenhaar. Die wollte mich mit der Plüschke nur verscheißern. Nicht zum ersten Mal. Aber ich falle immer wieder darauf herein.

»Ich weiß, Polizeimeister Kröger«, sagt sie lächelnd. »Mandy Plüschke hat bei den Raubtierdompteuren und bei ihrer Kollegin Frau Guggenmoos abkassiert. Beide hatten ein Interesse daran, dass der Zirkus länger in der Stadt bleibt. Die Raubtierdompteure wollten ihren Tunnel zu Ende graben und Frau Guggenmoos wollte ihren Geliebten Jakob Schapiro länger in ihrer Nähe haben.«

»Und der Zirkusdirektor? Dieser Ravelli?«, frage ich.

Die Siebenhaar hebt kurz die Schultern.

»Vermutlich hat er von der ganzen Tunnelsache

wirklich nichts gewusst«, erwidert sie. »Dem war es natürlich angenehm, dass Frau Plüschke immer wieder eine neue Genehmigung für den Stellplatz ausgefüllt hat. So ein kleiner Wanderzirkus hat es in unserer Zeit nicht leicht, Orte zu finden, an denen er sein Zelt länger aufschlagen dürfen. Natürlich ist Ravelli inzwischen aus der Haft entlassen. Aber er ist noch immer ganz schön sauer auf Sie, Kröger.«

»Der Clown musste sterben, weil er den beiden Pavels auf die Schliche gekommen ist«, sage ich nachdenklich.

Die Siebenhaar nickt.

»Der hat seine Nase zu tief in den Löwenkäfig gesteckt«, antwortet meine ehemalige Ausbilderin und jetzige Vorgesetzte. »Bei Jakob Schapiro war es vermutlich ähnlich. Seine Schweine hatten bei dem tiefen Sand zunehmend Probleme in der Manege. Er wollte herausfinden, wo der Sand eigentlich herkommt.«

»Das ist ihm nicht gut bekommen«, sage ich. »Wie geht es ihm?«

»Auf dem Weg der Besserung«, brummt die Siebenhaar. »Er ist bei Bewusstsein und macht bereits Spaziergänge.«

Ich atme auf. Immerhin etwas.

»Und die Plüschke?«, frage ich.

»War zur falschen Zeit am falschen Ort«, antwortet die Siebenhaar lakonisch. »Der Pavel mit der Links-rechts-Schwäche hatte sich vergraben und kam im Keller des Rathauses raus. Gerade in dem Moment, als Mandy Plüschke Akten in ein Regal sortieren wollte.«

»Die Plüschke hat einfach kein Glück«, murmele ich.

»Mitleid?« Die Siebenhaar sieht mich mit einem seltsamen Blick an.

»Nein«, sage ich, obwohl ich es nicht so meine. Aber das will ich der Siebenhaar nicht verraten. Sonst hört sie nicht damit auf, mich verscheißern zu wollen. »So weit geht es auch nicht. Haben die Pavels eigentlich ihren Tunnel fertigbekommen?«

Die Siebenhaar schüttelt ihren grauen Pagenkopf.

»Nein. Sie hätten noch ein oder zwei Nächte gebraucht. Dann sind Sie ihnen dazwischengekommen. Deshalb waren sie nicht besonders gut auf Sie zu sprechen. Das kann man wohl nachvollziehen.«

Nein. Ich kann das nicht nachvollziehen. Weil ich immer gut auf mich zu sprechen bin. Aber das kann man eben nicht von jemandem erwarten, der den Coup des Jahrhunderts plant und kurz vor Schluss von einem kleinen Dorfpolizisten abgefangen wird.

Die Siebenhaar steht auf und streicht den Rock ihres grauen Kostüms glatt.

»Ich denke, ich habe Sie jetzt genug belästigt, Polizeimeister Kröger«, sagt sie. »Sie brauchen jetzt vor allem viel Ruhe.«

Ja, die brauche ich.

»Ach, eines noch«, brummt sie, als sie bereits an der Tür steht. »Kennen Sie das Rätsel der angeschwemmten Füße von Vancouver?«

Ich schüttele den Kopf. Woher sollte ich das kennen? Wenn jemand dieses Rätsel kennt, dann der Kirchner. Oder es wird in einem von Oma Machentuts Kriminalromanen erwähnt.

»In Vancouver wurden in vier Jahren elf menschliche Füße an die Küste gespült«, erläutert die Siebenhaar sachlich.

Wir sind nicht in Vancouver, sondern am Haff. Und wir haben nur einen angespülten Fuß. Der Zusammenhang ist mir deshalb nicht ganz klar. Aber der Kirchner könnte ohne jeden Zweifel sofort einen herstellen.

»Die Füße stammten allesamt von Selbstmördern, die sich von einer Brücke ins Wasser gestürzt haben«, fährt die Siebenhaar ungerührt fort. »Die Leichen wurden ins Meer gespült, wo sie sich mit der Zeit langsam auflösten. Die meisten Leichenteile sanken zu Boden, nur die Füße blieben dank der schwimmenden Schuhe an der Oberfläche. Irgendwann wurden sie dann an die Küste gespült.«

»Sie meinen, unser Herrenfuß in dem roten Damenpumps stammt von einem Selbstmörder?«

Diese Erklärung überzeugt mich nicht. Die Siebenhaar hat zwar einen guten Riecher und kann sich in Dinge festbeißen, aber sie ist auch nicht unfehlbar.

»Sagt Ihnen der Name Hugo Stankowski etwas?«, fragt sie unbeirrt.

Dieser Name sagt mir ganz sicher etwas. Das ist der verschwundene Lover von Clown Bronski.

»Laut DNA-Analyse gehört der Fuß zu Hugo Stankowski«, sagt die Siebenhaar und zuckt bei meinem verdutzten Gesicht mit den Achseln. »Stankowski wurde zuletzt auf der Brücke über die Peene nach Usedom gesehen. Er war wegen depressiver Verstimmungen in Behandlung.«

»Aber die Behandlung war nicht von Erfolg gekrönt?«, mutmaße ich. »Er hat sich ins Wasser davongemacht?«

Die Siebenhaar nickt stumm.

»Das ist ja nun ein starkes Ding«, entfährt es mir.

»Ja, das ist es wohl«, erwidert die Siebenhaar gedehnt. »Eines muss ich Ihnen aber noch sagen, Polizeimeister Kröger. Diese Geschichte mit dem verhinderten Banküberfall hätten Sie nicht einfach unter den Teppich kehren dürfen!« Sieh einer an. Da wollte der Verweyen doch nicht alles mit sich alleine ausmachen! »Wir sind doch nicht im Wilden Westen, wo der Sheriff zugleich Richter ist. Mit ein bisschen Müll aufsammeln ist die Sache für den Herrn Duchow nicht getan. Er wird ein ordentliches Verfahren bekommen. Mehr als eine Bewährungsstrafe wird dabei aber wohl nicht herauskommen. Und die Verluste, die er durch die Wertpapierspekulationen gemacht hat, wird er von der Haffbank selbstverständlich erstattet bekommen. Darauf hat mir mein Lebensgefährte sein Wort gegeben. So, schlafen Sie jetzt ein bisschen, Polizeimeister Kröger! Ich komme wieder vorbei.«

»Warten Sie, Frau Kriminalhauptkommissarin«, quetsche ich mühsam hervor. »Was ist mit meinem Kumpel Tarek?«

Doch da ist die Siebenhaar bereits zur Tür draußen, ohne mir eine Antwort gegeben zu haben. Warum will mir niemand sagen, wie es um den Tarek steht?

Das verheißt nichts Gutes.

Es bleibt mir nichts anderes übrig, als selbst herauszufinden, was mit dem Tarek ist. Falls er sich nicht von 72 Jungfrauen im Paradies verwöhnen lässt, was ich mir nicht vorstellen will, muss er irgendwo hier im Ueckermünder Krankenhaus sein. Vielleicht wartet er ja auf meinen Besuch. Ich an seiner Stelle würde das jedenfalls tun.

Leider sind meine Polizeiklamotten nirgendwo in dem verdammten Krankenzimmer zu finden. Eine Uniform fördert einen gewissen Respekt. Auf den muss ich jetzt verzichten. Mit dem im Rücken offenen Krankenhausleibchen mache ich mich barfuß über den gewienerten Linoleumboden auf den Weg. Auf dem Krankenhausflur begegne ich zunächst niemandem. Das ist mir durchaus angenehm. Zumal ich noch keineswegs sicher auf den Beinen bin und mich der Vorstellung nicht erwehren kann, dass ein Rollator aus dem Fuhrpark von Oma Machentut meine Fortbewegung enorm erleichtern könnte. So muss ich mich mit den Handläufen begnügen, die an den Wänden des Flures für Rekonvaleszenten wie mich angeschraubt sind.

Nach nur wenigen Metern brauche ich eine Pause, um Luft zu holen. Trotz des dünnen Leibchens läuft mir der Schweiß den Rücken hinunter. Kalt wird er allerdings erst, als ich eine leicht gebeugte Gestalt auf mich zusteuern sehe. Leider lässt mein angeschlagener Zustand eine sofortige Flucht nicht zu. Und auch ein schlimmer Alptraum im Fieberwahn ist auszuschließen.

»Moin, Kröger!«, grunzt Claas Holthusen und schlägt mir mit seiner Tierarztpranke, die eigenhändig einen erwachsenen Löwen eingeschläfert hat, jovial auf die Schulter. »Sobald die Viecher in meiner Praxis wieder laufen konnten, wusste ich, dass ich die große Spritze im Schrank lassen darf.«

Es beruhigt mich ungemein, dass ich nach Holthusens fachlicher Meinung nicht eingeschläfert werden muss.

»Moin, Bürgermeister«, sage ich matt. »Was machst du denn hier?«

Er legt die Stirn in Falten, als hätte ich gerade die dümmste Frage seit Menschengedenken gestellt.

»Den Helden von Ueckermünde besuchen natürlich«, brummt er dann vergnügt und schlägt mir erneut mit aller Wucht auf die Schulter. Was Simba nicht geschafft hat, will er wohl jetzt zu Ende bringen.

»Holthusen!«, stöhne ich auf. »Dein Mitgefühl in allen Ehren, aber ich brauche keinen Besuch, sondern jede Menge Ruhe. Da kannst du gerne den Mann im weißen Kittel fragen.«

Der Bürgermeister kneift verwirrt die Augen zusammen und schüttelt bedächtig den Kopf.

»Da verstehst du etwas gründlich falsch, Kröger«, brummt er anschließend. »*Dich* wollte ich doch nicht besuchen, sondern den Tarek. Der hat doch der Plüschke und den Zirkusschweinen das Leben gerettet. Also genau genommen zuerst den Schweinen und dann der Plüschke. Na ja, egal. Gerettet hat er sie beide …«

»Holthusen!«, unterbreche ich ihn ein wenig zu grob. Aber irgendwie bin ich einfach noch nicht ganz auf dem Damm. Die Neonlampen an der Decke des Flures flackern. Und genauso flackert es in meinem Kopf. Mal ist es hell, und dann wird es wieder dunkel. »Was ist mit dem Tarek los?«

»Ach, das weißt du gar nicht, Kröger?«, erwidert er und kratzt sich verlegen am Kopf.

Nein, das weiß ich nicht! Kleine Sternchen zucken wie Lichtblitze vor meinen Pupillen. Ich halte mich fester an den hölzernen Handläufen fest.

»Ja, wie soll ich das sagen«, murmelt der Bürgermeister.

Sag es einfach, Holthusen! Sag es einfach!

»Kennst du den Film *Einer flog über das Kuckucksnest*?«, fragt er nachdenklich. »War in den siebziger Jahren ein großer Kinoerfolg.«

»Was wird das hier, Bürgermeister?«, erwidere ich knapp. »Ein Ratespiel? Dafür bin ich gerade nicht in der richtigen Verfassung.«

»Kennst du den Film? Ja oder nein?«, fragt er ungeniert weiter.

Ich nicke erschöpft.

»Da gibt es diese Szene, in der Robert de Niro …«

»Holthusen«, unterbreche ich ihn müde. »In dem Film kommt Robert de Niro ganz sicher nicht vor. Vielleicht meinst du Jack Nicholson. Der spielt da einen renitenten Kleinganoven, der zufällig in einer Irrenanstalt landet und den ganzen Laden ordentlich aufmischt …«

»Ist dieser Nicholson so einer, der ein bisschen aussieht wie unser Marquard aus Altwarp?«, fragt der Bürgermeister und macht wieder ein nachdenkliches Gesicht. »Du kennst doch den Marquard und seine Frau, Kröger! Da bist du schon öfter gewesen, wenn der seine Eifersucht nicht unter Kontrolle bekam.«

Eine Ähnlichkeit zwischen Manfred Marquard und Jack Nicholson kann ich zwar nicht erkennen. Eher schon eine zwischen Marquard und dem Typ aus den Harry-Potter-Filmen, dessen Namen man nicht nennen darf. Aber nun. Der Bürgermeister hat Oma Machentut auch schon mit Brigitte Bardot verglichen. Auf seine physiognomischen Urteile sollte man deshalb nicht viel geben.

»Mach es kurz, Holthusen«, bitte ich ihn deshalb. »Was hat der Marquard in der Irrenanstalt getan?«

»Der *Marquard*?« Holthusen legt den Kopf schief und macht ein betroffenes Gesicht. »Du stehst wahrscheinlich noch unter Medikamenten, Kröger. Da ist es ganz natürlich, dass man da oben nicht alles mitbekommt.« Er schlägt sich mit der flachen Hand zweimal gegen die Stirn. »Der *Marquard* war doch nie in einer Irrenanstalt! Sondern dieser Nicholson. Und der hatte sich mit einem Indianer angefreundet. So einem baumlangen Kerl, der immer die Flure wischte und Kaugummi kaute. Alle sollten glauben, dass er taubstumm ist, damit er seine Ruhe hatte. Nur dieser Nicholson wusste, dass er sprechen und hören konnte. Dieses Geheimnis machte die beiden zu Kumpels in der Anstalt. So wie dich und den Tarek, Kröger.«

Ich wünschte, ich könnte nicht hören und sprechen. Dann müsste ich mir diesen Unsinn nicht länger anhören. Aber ich habe keine Wahl. Ich bin kein baumlanger Indianer, der ein großes Waschbecken mit bloßen Händen aus der Verankerung reißt und sich damit seinen Weg in die Freiheit bahnt. Meine Beine bestehen aus Butter, auf denen Ameisenarmeen kribbelnd auf und ab laufen. Ich kann nicht vor und nicht zurück. Ich kann nur noch stehen. Aber auch das nicht mehr lange.

»Nach jeder Menge Rambazamba in der Irrenklinik plante der Nicholson seine Flucht mit ein paar anderen Insassen«, blubbert der Holthusen weiter. »Aber die Sache ging schief, sie wurden erwischt. Dem Nicholson haben sie zur Strafe Teile seines Gehirns herausgeschnitten. Der war danach nur noch eine menschliche Hülle ohne Regungen und Gefühle.

Das hat sein Kumpel, der Indianer, natürlich sofort erkannt. Und er wusste, dass er dem Nicholson einen letzten Freundschaftsdienst erweisen muss. Also ist er in der Nacht vor seiner eigenen Flucht an das Bett von dem Nicholson getreten, hat ein schweres Kissen genommen und es ihm so lange aufs Gesicht gedrückt, bis sein Kumpel keinen Mucks mehr von sich gab.«

Nach seiner Erzählung räuspert sich der Bürgermeister und sieht mir ernst in die Augen.

»Was willst du mir damit sagen, Holthusen?«, murmele ich matt.

»Der Indianer hat den Nicholson erlöst«, erwidert der Bürgermeister leise. »Weil der Nicholson nicht mehr der Nicholson von früher war. Weil er eigentlich gar kein Mensch mehr war. Das habe ich früher bei den Viechern in meiner Praxis auch oft getan. Das ist ein Akt der Barmherzigkeit, Kröger!«

»Ich verstehe immer noch nicht, Holthusen!« Meine Augenlider werden immer schwerer und meine Knie immer weicher.

»Du bist der Indianer, Kröger«, sagt der Bürgermeister energisch. »Und der Tarek ist der Nicholson. Also der Nicholson, der nicht mehr der Nicholson von früher ist. Und deshalb musst du das Kissen nehmen, Kröger. Weil du der Indianer bist. Und weil du es deinem Kumpel schuldig bist!«

Ich schüttele vehement den Kopf. Zu mehr bin ich nicht mehr fähig. Meine Zunge fühlt sich taub an. Die hellen Momente in meinem Kopf nehmen rapide ab. Ich weiß nur, dass der Bürgermeister wahnsinnig ist. Aber auch das ist keine neue Erkenntnis.

»Du hast wirklich keine Ahnung, wie es dem Tarek geht«, flüstert der Bürgermeister. »Sieh mich an, Kröger!«

Und dann verdreht er seine Augen irr nach oben und lässt seine Zunge sabbernd aus dem Mund hängen. In dem Moment wird es in meinem Hirn zappenduster, und die Beine klappen mir weg.

»Ich hatte Ihnen Ruhe verordnet«, sagt der Arzt streng. »Und vor allem keine Spaziergänge!«

Warum quatscht er mich dann voll? Das kann ich jetzt gar nicht gebrauchen. Weil ich gerade einen schlimmen Traum hatte, von dem ich mich erst erholen muss. In dem Traum forderte mich der Bürgermeister auf, dem Tarek ein Kissen aufs Gesicht zu drücken. Aber je wacher ich werde, umso mehr wird mir bewusst, dass es wohl kein Traum war.

»Wie lange habe ich geschlafen?«, frage ich den Arzt und reibe meine Augen.

»Gut zwölf Stunden«, antwortet er. »Etwas weniger als beim ersten Mal.«

Ich nicke matt. Allerdings fühle ich mich deutlich besser als beim ersten Mal. Vielleicht habe ich den Schlaf einfach gebraucht.

»Darf ich Ihnen eine Frage stellen?«, murmele ich und sehe über meine Bettdecke hinweg auf die andere Seite des Zimmers, an deren Wand ein hässlicher Kunstdruck hängt. Der ist mir in der ersten Aufwachphase gar nicht aufgefallen.

»Nur zu«, erwidert der Arzt und schiebt sich seine randlose Brille auf die hohe Stirn.

»Es muss noch jemand gemeinsam mit mir eingeliefert worden sein«, sage ich vorsichtig.

Der Arzt nickt.

»Das apallische Syndrom«, antwortet er. »Liegt allerdings auf einer anderen Station.«

»Das apallische Syndrom?«, wiederhole ich irritiert. So hat den Tarek bisher noch keiner genannt. »Er heißt Tarek und kommt ursprünglich aus Anatolien.«

»Ja, ich weiß«, sagt der Arzt gedehnt. »Aber er hat sich bei dieser Zirkusgeschichte schwere Kopfverletzungen zugezogen, die von einem apallischen Syndrom begleitet werden.«

»Was muss ich mir darunter vorstellen?«, frage ich, obwohl ich die Antwort vielleicht gar nicht wissen möchte.

Der Arzt schiebt sich seine Brille zurück auf die Nase, geht zum Fenster und sieht hinaus. Und dann sagt er dieses Wort, das wie ein Dolch in meine Eingeweide fährt: »Wachkoma.«

Scheiße. Das hat der Tarek nicht verdient. Niemand hat das verdient. Aber der Tarek schon gar nicht. Weil er die Plüschke und die Schweine gerettet hat. In einer anderen Reihenfolge zwar, aber das ist jetzt egal.

»Ich würde ihn gerne besuchen«, murmele ich. »Er hat bei dieser Zirkusgeschichte sein Leben für andere riskiert.«

»Natürlich«, erwidert der Arzt. »Warten Sie bitte einen Moment. Ich bin gleich wieder da.«

Dann verlässt er das Krankenzimmer. Vielleicht muss er den Tarek irgendwie präparieren, weil man ihn sonst keinem Besucher zumuten kann. Keine Ahnung. Meine Erfahrungen mit Wachkoma-Patienten sind nicht besonders ausgeprägt. Genau genommen gibt es sie gar nicht.

Nach gut zehn Minuten kommt der Arzt zurück. Allerdings nicht allein. Er hat einen Rollstuhl dabei.

»Was soll das?«, frage ich und glotze auf das chromblitzende Ding. »Können wir mit dem Tarek schon einen Ausflug machen?«

Der Arzt schüttelt den Kopf.

»Nein, der ist für Sie«, sagt er mit der ganzen Autorität eines Mediziners in der Stimme. Widerspruch ist zwecklos. Das verstehe ich sofort. »Ist zwar kein Ferrari, aber immer noch besser, als wieder auf dem Flur zusammenzuklappen.«

Dann klopft er lächelnd auf die Sitzfläche des Rollstuhls.

»Dann nehmen wir mal schön Platz!«

Warum *wir*? Will er auch mitfahren? Das könnte eng werden. Aber ich sage nichts, sondern steige brav aus dem Bett und lasse mich schwerfällig auf die Sitzfläche plumpsen.

Der Arzt packt den Rollstuhl an den Haltegriffen, dreht ihn in Richtung Tür und schiebt mich auf den Flur. Eigentlich gar nicht so übel. Obwohl es durchaus ein komisches Gefühl ist. Weil zuerst der Tarek in so einem Ding saß. Und dann sein Vater. Und beide brauchten es gar nicht. Und ich eigentlich auch nicht. Aber egal. Wann hat man schon mal die Gelegenheit, von einem Halbgott in Weiß durch die Gegend chauffiert zu werden?

»Welche Chancen hat der Tarek?«, frage ich, als wir den Trakt mit den Fahrstühlen erreichen.

»Chancen?«, wiederholt der Arzt nachdenklich. In der matt glänzenden Tür des Fahrstuhls sehe ich, wie er leicht mit den Schultern zuckt. »Ein apallisches Syndrom kann ganz unterschiedliche Verläufe nehmen.«

Und dann erklärt er mir, dass der Tarek vielleicht nicht wieder ganz der Alte werden wird. Vielleicht wird er nie wieder reden können. Vielleicht wird er den Rest seines Lebens in so einem verdammten Rollstuhl zubringen müssen. Vielleicht wird er nichts von dem um sich herum mitbekommen. Vielleicht aber auch doch. Vielleicht wird er auch wieder mit seinem Kutter aufs Haff fahren können. Alles ist möglich. Aber weniger ist wahrscheinlich. Falls ich den Arzt richtig verstehe, dann ist so ein apallisches Syndrom eine äußerst verzwickte Geschichte, weil im Gehirn einiges durcheinandergeht und das auch die klügsten Mediziner mit den neuesten wissenschaftlichen Geräten nicht endgültig deuten können.

Ich bemühe mich, das als Vorteil für den Tarek zu sehen. Weil ganz sicher auch vor der Zirkusgeschichte die klügsten Mediziner mit den neuesten wissenschaftlichen Geräten nicht deuten konnten, was in seinem Gehirn so vor sich geht.

»Es gibt verschiedene Therapieansätze«, erläutert der Arzt beflissen, während er mich aus dem Fahrstuhl schiebt. »Manchmal kann eine Delphintherapie helfen, die Lebensqualität eines Wachkoma-Patienten zu steigern. Die ist natürlich kostspielig und wird in der Regel von den Krankenkassen nicht übernommen. Manchmal erzielen wir auch erstaunliche Erfolge, wenn wir die Patienten mit positiv besetzten Erlebnissen aus der Vergangenheit konfrontieren. Musik beispielsweise ...«

»Er hat ein französisches Lieblingschanson«, erwidere ich skeptisch. »Aber seinen verdorbenen Magen konnte das nicht kurieren. Dafür hat ihn Hajo Melthins legendäres Fischomelett das letzte Mal aus dem Rollstuhl geholfen. Als positiv besetztes Erlebnis würde ich das allerdings nicht bezeichnen. Weil der Tarek eigentlich gar nicht im Rollstuhl sitzen musste. Da saß er nur, weil Johnny Cash glaubte, er würde Raketen in Peenemünde zusammenschrauben. Aber Johnny Cash musste dann selbst in den Rollstuhl. Weil es in Anatolien kein Meer gibt und er deshalb schnell seekrank wird. Aber Sie dürfen jetzt nicht glauben, dass die Anatolier alle noch mit Eselskarren durch ihre Berge kutschieren …«

Als ich dem mitleidigen Blick des Arztes begegne, beschließe ich, meine Schilderungen besser abzubrechen.

»Vielleicht sollte ich Sie doch wieder in Ihr Zimmer bringen«, sagt er und legt seine Stirn in sorgenvolle Falten. »Ihre Worte scheinen mir keinen rechten Sinn zu ergeben.«

»Vergessen Sie einfach, was ich eben gesagt habe«, erwidere ich und nicke demutsvoll. Besser, ich halte mich ein wenig zurück. Sonst lande ich irgendwann festgeschnallt in einer anderen Abteilung des Krankenhauses, und der Bürgermeister drückt mir ein Kissen aufs Gesicht, weil er glaubt, mir das schuldig zu sein.

»Wir sind da«, verkündet der Arzt und öffnet die Tür zu einem Krankenzimmer. An der einen Wand sehe ich den gleichen hässlichen Kunstdruck wie in meinem Zimmer. Und an der anderen Wand steht das Bett, in dem der Tarek liegt. Das Kissen liegt unter seinem Kopf. Dort, wo es hingehört. Ich atme auf. Der

Holthusen ist also noch nicht hier gewesen, um Barmherzigkeit zu üben.

Eigentlich sieht der Tarek aus, als würde er schlafen. Keine irre nach oben verdrehten Augen. Und auch keine sabbernde Zunge, die aus dem Mund hängt.

Er ist auch nicht alleine. Zu meiner Überraschung sitzen die kleine Sandy Raschke und der Sohn des Schweinedompteurs an seiner linken Seite und wachen über seinen Schlaf. Falls er überhaupt schläft. Seine Augen sind zumindest geschlossen.

»Ich lasse Sie jetzt alleine«, flüstert der Arzt. »Wenn Sie zurück auf Ihr Zimmer wollen, dann lassen Sie sich von den jungen Leuten helfen.«

Mit den *jungen Leuten* sind anscheinend Sandy Raschke und ihr kleiner Freund gemeint. Dabei sind das Kinder. Der Tarek und ich sind jung. Aber ich will dem Arzt nicht widersprechen. Der meint es sicher nicht so. Schweigend verlässt er das Zimmer und schließt die Tür hinter sich.

»Was macht ihr denn hier?«, frage ich leise. Dann drücke ich mich aus dem albernen Rollstuhl hoch und setze mich auf die Kante von Tareks Bett.

»Wir warten, bis der Tarek aufwacht«, antwortet Sandy Raschke und schnieft leicht.

Das kann dauern, geht es mir durch den Kopf. Aber ich sage nichts, weil die jungen Leute nicht alles wissen müssen. Dafür sind sie noch zu jung. Auch wenn sie bereits wissen, dass Kuscheln eine ganz normale Sache ist, die alle Erwachsenen machen.

»Jemand muss doch bei ihm sein, wenn er aufwacht«, sagt der kleine Schapiro und sieht mich mit großen Augen an. »Er hat schließlich die Schweine gerettet.«

Und die Plüschke, denke ich. Die sollte man nicht ganz vergessen. Auch wenn die Reihenfolge von Tareks heroischer Rettungstat ein wenig ungewöhnlich war. Aber vielleicht ging da schon etwas in seinem Kopf durcheinander.

»Das ist nicht eure Aufgabe«, murmele ich so sanft, als wäre meine Zunge aus Seidentüchern geflochten. »Die Eltern vom Tarek werden da sein, wenn er aufwacht.«

Die kleine Sandy Raschke schüttelt den Kopf. Sie trägt heute wieder ihr hellrosa Hello-Kitty-Kleidchen. Und ein passendes Basecap mit jeder Menge Glitzersteinen. Vielleicht macht der Tarek deshalb die Augen nicht auf. Das könnte ich verstehen. Aber als ich in sein Gesicht auf dem weißen Krankenhauskissen sehe, merke ich doch, dass er nicht nur schläft. Sein Mund steht leicht schief, und ein Speichelfaden zieht sich bis zu seinem Kinn hinunter. Das sollte der Holthusen besser nicht sehen. Als ich den Speichelfaden mit einem Zipfel meines Leibchens abwische, muss ich mir auf die Seidentuchzunge beißen, damit mir vor den jungen Leuten kein Wasser in die Augen schießt.

»Die Eltern vom Tarek sind in der Marienkirche«, sagt Sandy Raschke leise.

Was machen die da? Beten? Johnny Cash ist zwar fest entschlossen, die deutsche Familientradition in seiner anatolischen Familie fortzuführen, aber seinen Glauben wird er dafür wohl kaum opfern. Und für einen touristisch motivierten Besuch der Ueckermünder Marienkirche ist es wohl nicht der richtige Zeitpunkt. Die Kirche hat einen imposanten Rokoko-Altar und ein prächtiges Deckengemälde – das behauptet zumindest der Kirchner, ich war noch nicht drin –, aber Tareks Eltern werden sicher keine kunsthistorischen Unternehmungen machen, während sich ihr Sohn im Krankenhaus mit einem apallischen Syndrom herumschlägt.

»Die Mutter vom Tarek ist in ihrer Heimat eine große Opernsängerin gewesen«, erklärt der kleine Schapiro weihevoll.

»Ich weiß«, erwidere ich knapp.

»Sie hat ihre Karriere eigentlich schon beendet«, sagt eine Stimme an der Tür. Ohne dass ich es bemerkt habe, hat sich der große Schweinedompteur hereingeschlichen. Er trägt noch immer einen weißen Turbanverband um den Kopf und das gleiche Krankenhausleibchen wie ich. Ansonsten scheint er wieder wohlauf zu sein. »Aber in wenigen Minuten wird sie eine Art Benefizkonzert in der Marienkirche geben …«

»Ein Benefizkonzert?«, wiederhole ich ungläubig.

»Für ihren Sohn«, antwortet der große Schapiro und nickt zum Tarek hinüber. »Mit den Einnahmen soll eine von diesen teuren Delphintherapien bezahlt werden. Ich habe leider nicht viel. Aber was ich geben konnte, habe ich gegeben.«

»Natürlich«, sage ich abwesend, weil in meinem Kopf gerade eine Idee heranreift, die viel naheliegender ist als eine teure Delphintherapie in weiter Ferne. Aber es muss schnell gehen mit der Umsetzung der Idee, sonst geht dem Tarek das positiv besetzte Erlebnis aus der Vergangenheit durch die Lappen.

»Der Tarek muss dahin«, murmele ich mehr zu mir selbst.

»Nach Florida zu den Delphinen«, erwidert der große Schapiro leise.

»Nein, zu dem Konzert in die Marienkirche«, sage ich energisch. Dann schiebe ich den Rollstuhl vor Tareks Bett und sehe den Schweinedompteur herausfordernd an.

»Was wird das?«, fragt er.

»Es ist jetzt nicht die Zeit, alle Einzelheiten zu erklären«, sage ich. »Nur so viel: Tareks Mutter hat zu Weihnachten im Familienkreis gesungen. Das war ein schönes Kindheitserlebnis für den Tarek. Und so ein schönes Erlebnis braucht er jetzt, um wieder klar im Kopf zu werden. Deshalb müssen wir ihn in die Kirche bringen …«

»Aber der Arzt hat gesagt, dass er Ruhe braucht«, protestiert der große Schapiro.

»Die brauche ich auch«, antworte ich ungeduldig. »Aber darauf können wir jetzt keine Rücksicht nehmen. Wir müssen die Chance nutzen. Was ist nun? Helfen Sie mir?«

Als er meinen entschlossenen Blick sieht, nickt er gehorsam. Gemeinsam hieven wir den teilnahmslosen Tarek aus seinem Krankenhausbett, setzen ihn vorsichtig in den Rollstuhl und wickeln ihm eine Decke um. Dann machen wir uns gemeinsam mit den beiden Kindern auf den Weg.

»Was ist eigentlich los mit Ihrem Freund?«, fragt der Schweinedompteur, als wir das Krankenhaus durch einen Nebeneingang verlassen. An der Hauptpforte wollen wir lieber nicht vorbei. Weil es doch ein bisschen so aussieht, als würden gerade zwei in leuchtend weiße Krankenhausleibchen gekleidete Irre einen pflegebedürftigen Wachkoma-Patienten entführen.

»Ein apallisches Syndrom«, erwidere ich. »Da geht einiges im Kopf durcheinander. Den Grund kennen nicht einmal die besten Mediziner mit den neuesten Geräten.«

»Das meine ich nicht«, sagt der große Schapiro schwer atmend, weil ich, gemessen an meinem Zustand, ein hübsches Tempo vorlege. »Ihr Freund ist Moslem. Aber er hat unsere Schweine gerettet, obwohl ich Jude bin und er Schweine für unreine Tiere hält. Und dann singt seine Mutter zu Weihnachten Lieder im Familienkreis. Also, Weihnachten ist ja nun ein christliches Fest, wenn ich mich nicht irre. Wie geht das alles zusammen?«

»Das geht ganz einfach zusammen«, erwidere ich genauso schwer atmend, weil mir mein hübsches Tempo kaum Luft zum Sprechen lässt. »Der Tarek ist zwar Moslem, aber am Ende des Tages ist er doch auch nur ein Mensch aus Fleisch und Blut, der Mitgefühl empfindet und nach Gerechtigkeit strebt. So wie das jeder Moslem und jeder Jude und jeder Christ und jeder, der an das große Spaghettimonster glaubt, tun sollte. Weil es das Zusammenleben enorm erleichtert. Und wenn ihr euch da unten gegenseitig die Köpfe einschlagt, dann hat das nichts mit euren Religionen zu tun. Weil ihr nicht so blöde seid, euch an eine Religion zu hängen, die vorsieht, dass ihr euch gegenseitig die Köpfe einschlagt. Nein, so blöde seid ihr nicht! Ihr seid noch viel blöder! Ihr schlagt euch gegenseitig die Köpfe ein und hängt das anschließend euren Religionen an!«

Der Schweinedompteur sieht mich leicht verängstigt an. Und auch Sandy Raschke und der kleine Schapiro sind ein wenig verwundert über meinen plötzlichen Wutausbruch. Ich aber auch. Doch manchmal ist es gar nicht so verkehrt, sich in Rage zu reden. Das entlüftet das Gehirn. Auch wenn ich mir jetzt ein wenig vorkomme wie ein moralinsaurer Redner vom Wort zum Sonntag.

»Wahrscheinlich sind Sie Atheist«, vermutet der große Schapiro, als wir bei der Dienst-Ape auf dem Krankenhausparkplatz ankommen und den Tarek samt Rollstuhl auf die Ladefläche wuchten.

»Nein«, sage ich und schüttele den Kopf. »Ich bin fest davon überzeugt, dass es irgendwo irgendjemanden oder irgendetwas gibt, der oder das unsere Wege bestimmt. Aber wir müssen schon selbst diese Wege gehen. Der Tarek hat mit dem Konzert seiner Mutter eine Chance bekommen, aber in die Kirche müssen *wir* ihn bringen.«

»Ich verstehe«, sagt der Schweinedompteur und steigt zu mir in die Fahrerkabine, während sich die Kinder hinten zu Tareks Füßen auf die Ladefläche hocken. Ob er mich wirklich versteht, weiß ich nicht. Zumindest könnte er es mir dann erklären, weil ich selbst nicht ganz verstehe.

Als ich den Zündschlüssel der Ape drehe, bimmeln die Glocken der Marienkirche. Das Konzert von Tareks Mutter beginnt. Leider. Weil das Glockengebimmel das einzige Geräusch ist. Der Anlasser der Ape bleibt stumm. Und auch die Kontrollleuchten am Armaturenbrett glimmen nur schwach.

Scheiße, das verdammte Radio!

»Dieser irgendjemand meint es gerade nicht besonders gut mit Ihnen, Kröger«, sagt der Schweinedompteur lakonisch.

Da muss ich tatsächlich lachen. Obwohl die Situation nicht wirklich lustig ist. Aber der große Schapiro lacht auch. Das macht ihn mir noch sympathischer, als er ohnehin schon ist.

»Warten Sie hier«, sagt er lachend. »Ich bin gleich wieder da!«

Dann steigt er aus der Fahrerkabine und läuft quer über den Krankenhausparkplatz davon.

Keine Ahnung, was er vorhat. Ich hoffe nur, es dauert nicht allzu lange.

Viel Zeit haben wir nicht mehr.

Meine Sorge ist unbegründet. Nur wenig später ist der Schweinedompteur zurück. Allerdings nicht alleine. Seine sensiblen Tiere begleiten ihn über den Krankenhausparkplatz. Außerdem trägt er statt des Krankenhausleibchens seine Legionärsuniform.

»Auf die Schnelle habe ich nichts anderes gefunden«, sagt er außer Atem und wirft mir durch das Fenster einen roten Bademantel zu. »Der steht Ihnen sicher besser als das Krankenhaushemd!«

»Was soll das werden?«, frage ich, während ich in den Bademantel schlüpfe. Von Zirkusveranstaltungen habe ich erst einmal genug. Und der Tarek sicher auch. Das sind bestimmt nicht die positiv besetzten Erlebnisse aus der Vergangenheit, von denen der Arzt gesprochen hat.

»Lassen Sie mich nur machen«, erwidert der

große Schapiro und spannt seine Schweine vor die Dienst-Ape. Langsam dämmert mir, was er vorhat. Ob Kriminalhauptkommissarin Simone Siebenhaar aus Anklam damit einverstanden wäre, dass wir ein staatliches Einsatzfahrzeug der Polizei zur Schweinekutsche umfunktionieren, weiß ich nicht. Aber immerhin haben wir so noch eine kleine Chance, es zum Konzert in die Marienkirche zu schaffen.

Als Schapiro mit seiner Arbeit fertig ist, steigt er zu mir in die Ape und schwingt seine Peitsche durch das offene Fenster. Gleichzeitig ziehen die Schweine an und bringen die Ape zum Rollen.

»Kompliment«, brumme ich und schenke dem Schweinedompteur einen dankbaren Blick. Leider sind die Straßen wie leergefegt. Die meisten Ueckermünder sind in der Marienkirche, um dem Konzert der guten Miene beizuwohnen. Deshalb entgeht ihnen dieser äußerst bizarre Anblick einer von Schweinen gezogenen Polizei-Ape. Wenn wir den Schweinen noch Hörner aufsetzen und die Ape rot anstreichen würden, hätten wir sogar eine richtige Weihnachtskutsche mitten im Hochsommer. Und als ich mich in dem roten Bademantel im Rückspiegel betrachte, komme ich mir sogar ein klein wenig vor wie der Weihnachtsmann höchstpersönlich. Aber nicht besonders lange. Weil mir plötzlich klarwird, dass der große Schapiro auch wie ein Weihnachtsmann aussehen würde, wenn er seinen Bademantel trägt. Mein Blick fällt bei diesem Gedanken auf die Peitsche in seinen Händen. Am Knauf prangt ein großes goldenes P. Kalter Schweiß flutet meinen Nacken. Warum bin ich nicht viel früher darauf gekommen? Die Pavels waren nicht alleine. Für so einen Tunnelcoup braucht es mehr Hirnschmalz, als die Raubtierzwillinge zusammen haben. Und wenn ich eins und eins zusammenzähle, dann sitzt das Mastermind des verhinderten Raubzugs direkt neben mir in der Ape.

»Diese Peitsche«, sage ich gedehnt. »Wo haben Sie die her?«

»Das ist meine«, antwortet er und wedelt mir mit dem Ding gefährlich nahe vor der Nase herum. »Eine echte Pavoni, nicht ganz billig.«

Stolz deutet er auf das goldene P, ehe er den Knauf vor meiner Nase wieder auf- und abschwingen lässt.

Eine *Pavoni.* Und ich Idiot hatte geglaubt, Paolo Ravelli und die Pavels hätten dort die Initialen ihrer Vornamen manifestiert.

»Als der Clown erschlagen wurde, hat man am Tatort einen Weihnachtsmann gesehen«, sage ich und fixiere Schapiro mit zusammengekniffenen Augen von der Seite.

»Ich habe davon gehört«, erwidert der Schweinedompteur und kneift ebenfalls die Augen zusammen. Der Griff seiner rechten Hand um die Peitsche wird fester. Die Fingerknöchel verfärben sich bereits gelblich.

Ich ziehe mir die Kapuze des Bademantels über den Kopf.

»Sehe ich jetzt nicht aus wie ein Weihnachtsmann?«, sage ich scharf. »Warum musste Clown Bronski sterben?«

»Ich denke, weil er den Pavels auf die Schliche gekommen ist«, antwortet Schapiro ruhig. Doch der Griff um den Knauf seiner Peitsche wird noch fester. »Genauso ging es mir. Der Sand in der Manege wurde immer mehr. Die Schweine hatten zunehmend Mühe, den Wagen mit meinem Sohn zu ziehen. Ich wollte der Sache auf den Grund gehen und bekam dafür einen Schlag auf den Hinterkopf …«

»An dem Sie nicht gestorben sind wie Bronski«, unterbreche ich ihn. Es wäre nicht das erste Mal in der Kriminalgeschichte, dass sich ein Verdächtiger selbst verletzt, um unschuldig zu erscheinen. Manche Täter gehen über ihre eigene Leiche. Vielleicht wollten die Pavels aber auch ihr Mastermind loswerden und haben Schapiro eins übergebraten. Wenn man nur durch zwei statt durch drei teilen muss, bleibt mehr für jeden übrig.

»Was wollen Sie damit sagen?«, fragt der Schweinedompteur. Die Schlagader an seinem Hals zuckt nervös.

»Dass Sie der Weihnachtsmann sind, der Bronski getötet hat«, erwidere ich so ruhig, wie es die Situation zulässt.

Ich habe meine Worte kaum zu Ende gesprochen, da saust der Knauf der echten Pavoni-Peitsche mit aller Wucht auf das Armaturenbrett der Ape. Das Plastik splittert und fügt dem Schweinedompteur eine blutende Wunde am Handgelenk zu.

»Nein! Verdammt!«, brüllt er wie von Sinnen. »Ich habe diesen Bademantel schon seit Wochen nicht mehr getragen!«

Ich schnüffele am Saum des Bademantels und nicke mitfühlend. Ein süßer Geruch hängt in dem Stoff, der nicht zu dem Schweinedompteur passt.

»Geli Guggenmoos«, sage ich leise. Wer so heißt, erschlägt auch unschuldige Clowns. Aber das ist nicht alles. Dem großen Schapiro wird gerade schmerzhaft bewusst, dass die Grufti-Queen mit dem besten Kartoffelsalat westlich des Urals nur mit ihm kuschelte, um in der Nähe der Pavels und ihres Tunnels zu sein. Die blasse Kollegin von der Plüschke ist das wahre Mastermind hinter dem verhinderten Raubzug. Wer hätte das gedacht? Ich jedenfalls nicht.

»Dieses verdammte Miststück hat mich nur ausgenutzt!«, stöhnt der Schweinedompteur auf. Das sind Worte, die ich sonst nur aus dem Mund der Plüschke kenne. Aber in diesem Fall kann ich den großen Schapiro verstehen. Von einer Grufti-Queen ausgetrickst zu werden, die sich die Zehennägel altrosa lackiert, ist sicher nicht besonders angenehm.

»Nehmen Sie es nicht schwer. So was kann jedem passieren. Immerhin hat sie bei Ihnen nicht so fest zugeschlagen wie bei dem Clown. Das zeugt doch von einer gewissen Zuneigung«, sage ich weltmännisch. »Sie haben nicht zufällig ein Handy dabei?«

Der große Schapiro glotzt mich verdutzt an. Doch dann zieht er unter seinem Legionärsrock einen Telefonknochen hervor, der aus den Anfangszeiten der mobilen Kommunikation stammen muss.

»Braucht man dafür ein eigenes Kraftwerk?«, frage ich.

»Keine Ferngespräche«, erwidert er streng. »Ist nur prepaid!«

Ich nicke und wähle die Nummer der Siebenhaar, während die Schweine unsere Weihnachtskutsche quiekend Richtung Marienkirche ziehen.

»Kriminalkommissariat Anklam«, meldet sich meine Vorgesetzte förmlich. »Kriminalkommissarin Simone Siebenhaar am Apparat. Was kann ich für Sie tun?«

»Eine ganze Menge«, antworte ich. »Hier ist der

Weihnachtsmann. Ich fahre gerade mit einem römischen Legionär in einer Schweinekutsche zum letzten Konzert der guten Miene. Auf der Ladefläche haben wir ein apallisches Syndrom und zwei verliebte Kinder. Das sollte als Information vorläufig genügen …«

»Kröger!«, bellt die Siebenhaar in ihren Apparat. Die hat bestimmt schon wieder rote Wutflecken unter ihrem grauen Playmobilpony. »Was ist jetzt schon wieder bei Ihnen los? Ich denke, Sie liegen im Krankenhaus, wo Sie keinen Unsinn anstellen können.«

Da hat sie falsch gedacht.

»Keine Sorge und danke der Nachfrage. Mir geht es gut«, sage ich gelassen. »Ich benötige lediglich ein paar Informationen über die Altwarper Staatsbürgerin Geli Guggenmoos.«

»Ich denke, Sie kennen alle Leute aus Ihrem Kaff!«, brüllt die Siebenhaar ungehalten.

Schon wieder falsch gedacht. Außerdem ist Altwarp kein Kaff. Da wohnen über dreihundert Menschen. Und wir haben sogar eine Fährverbindung nach Polen. So was haben nicht mal die Berliner. Obwohl dort sicher über drei Millionen Menschen wohnen.

»Geli Guggenmoos ist in Altwarp aufgewachsen«, erkläre ich. »Aber sie hat ein paar Jahre woanders gelebt, bevor sie zurückgekommen ist. Diese Jahre interessieren mich. Denn es besteht kein Zweifel mehr daran, dass sie die treibende Kraft hinter dem Tunnelbau war und auch den Clown auf dem Gewissen hat.«

»Was?«, grunzt die Siebenhaar aufgeregt. »Wie kommen Sie darauf, Kröger? Die beiden Pavels sitzen in Untersuchungshaft. Aber sie schweigen beharrlich.«

»Eben«, entgegne ich trocken.

»Tun Sie nichts Unüberlegtes«, warnt mich die Siebenhaar. »Ich werde mich um diese Geli Guggenmoos kümmern.«

»Rufen Sie mich unter der Nummer auf Ihrem Display zurück, wenn Sie die Informationen haben«, sage ich. Dann drücke ich meine Vorgesetzte ohne Abschiedsgruß weg. Dafür ist jetzt einfach nicht die Zeit. Weil wir gleich auf Höhe des Ueckermünder Marktplatzes angekommen sind. Und der liegt nur rund hundert Meter von der Marienkirche entfernt. Aber auch hier ist kaum ein Mensch zu sehen. Eigentlich nur ein Einziger. Und der eilt an der Kirche vorbei in Richtung des Ueckermünder Bahnhofs. Das wäre sicher nichts Ungewöhnliches, wenn dieser Mensch nicht eine Art Burka tragen würde.

»Asena«, quetsche ich erstaunt zwischen den Lippen hervor. Warum ist die nicht in der Kirche beim Benefizkonzert? Warum läuft sie in Richtung Bahnhof? Die großen *Ws*. Selten war mir ihre Beantwortung wichtiger.

Der große Schapiro bringt die Schweine mit ein paar Schnalzlauten auf dem Kirchhofplatz zum Stehen. Ich will gerade aus der Fahrerkabine herausspringen, um Asena hinterherzulaufen, als das Handy des Schweinedompteurs klingelt. Die Siebenhaar. Ganz schön fix. Das muss man ihr lassen. Aber ein paar Minuten werden diese Informationen noch warten können.

»Keine Zeit!«, brülle ich in das Handy. Dann gebe ich es dem Schweinedompteur und laufe los.

»Warte, Asena!«, rufe ich atemlos, während ich die Straße zum Stadthafen hinunterhetze, hinter dem der Bahnhof liegt. Sie dreht sich tatsächlich um. Doch statt anzuhalten, läuft sie gleichfalls los. Was ist denn plötzlich mit der los? Vielleicht ist ihre WOPO-Anwesenheit bei irgendeiner wichtigen Veranstaltung gefragt. Aber welche Veranstaltung kann schon wichtiger sein als das Benefizkonzert für ihren apallischen Cousin Tarek?

Obwohl sie im Besitz mehrerer hoher Karategrade ist, lässt ihre Kondition auf langer Strecke zum Glück ein wenig zu wünschen übrig. Kurz vor der Klappbrücke über die Uecker am Stadthafen erwische ich mit meinem ausgestreckten rechten Arm einen Zipfel ihrer Burka.

»Was soll das?«, keuche ich. »Wo willst du hin, Asena? Wir haben den Tarek extra aus dem Krankenhaus entführt, damit er ein erstklassig positiv besetztes Erlebnis aus der Vergangenheit erleben kann! Und zu diesem Erlebnis gehörst du dazu. Da kannst du nicht einfach abhauen! Sonst klappt das nicht und der Bürgermeister rückt mit seinem Kissen der Barmherzigkeit an!«

Eigentlich müsste sie jetzt etwas sagen. Aber Asena schweigt wie bei unserer ersten Begegnung. Doch dann tut sie etwas, auf das ich rein gar nicht gefasst bin. Ruckartig reißt sie den rechten Fuß hoch und bohrt ihn mir dorthin, wo es schon dem Semmler besonders weh getan hat. Und der hatte immerhin eine Hose an, während ich nur einen dünnen Bademantel trage. Der Schmerz ist wirklich infernalisch. Dennoch bleibt mir noch die Zeit, mich zu wundern, bevor ich mich gekrümmt zu Boden begebe. Der Fuß, der meine Weichteile getroffen hat, steckt in braunen Riemchensandalen. Deshalb kann ich sehen, dass die Zehennägel gefärbt sind: altrosa.

»Die Guggenmoos«, hauche ich auf den Asphalt, während in meinen Ohren die Klingel der Klappbrücke scheppert. Das ist nicht gut. Gar nicht gut. Weil die Guggenmoos gerade über die Brücke läuft und weg sein wird, wenn der Hafenmeister das Ding hochfährt, um die Yachten mit ihren hohen Segelmasten hindurchzulassen.

Ich rappele mich auf und versuche den Schmerz zu unterdrücken. Die Guggenmoos ist fast schon auf der anderen Seite der Uecker, als die Brücke langsam hochfährt. Sie muss nur einen kleinen Sprung machen, um wieder sicheren Boden unter den Füßen zu haben. Bei mir ist es leider gar nicht so. Die Brückenrampe steht bereits im 45-Grad-Winkel nach oben, als ich an das andere Ende komme. Wie ein gieriger Schlund tut sich das Wasser der Uecker unter mir auf. Es ist zu spät, umzukehren. Die Rampe wird am Ende im 90-Grad-Winkel senkrecht in den Himmel ragen.

»Spring, Kröger!«, ruft die Guggenmoos mir von der anderen Seite zu und lacht. Die Burka hat sie sich vom Kopf gezogen. »Spring ins Wasser! Das ist doch immer dein Element gewesen!«

Ich bin am Haff aufgewachsen. Mein Großvater war einer der letzten Kapitäne von Altwarp. Aber ich hasse das Wasser. Jeder hier weiß das. Ich war nie in einem Schwimmbad. Ich stand nie auf einem Sprungturm. Und ich habe nie Arschbombe vom 10-Meter-Brett gemacht. Aber ich will auch gar nicht ins Wasser springen. Ich will auf die andere Seite der Uecker, wo sich die Guggenmoos in Sicherheit wähnt. Ich glaube, es schaffen zu können. Der Glaube kann Berge versetzen, sagt der Kirchner manchmal. Doch leider keine Brücken. Das merke ich bereits, kurz nachdem ich abgesprungen bin. Das Wasser nähert sich in rasanter Geschwindigkeit. Das rettende Ufer leider nicht. Trotzdem gelingt es mir, mit meinen Händen die Asphaltkante zu erwischen, an der die Brückenrampe normalerweise aufliegt. Da hänge ich nun mit dem roten Weihnachtsmannbademantel des Schweinedompteurs und versuche mich verzweifelt hochzuziehen. Aber da habe ich die Rechnung ohne die Guggenmoos gemacht.

»Du bist so ein lausiger Bulle, Kröger!«, grunzt sie in einem Tonfall, der zwischen Wut und Heiterkeit schwankt. »Wenn du nicht ständig deine Nase in Angelegenheiten stecken würdest, die dich nichts angehen, hätte ich mein Ziel längst erreicht!«

Ich bin da etwas anderer Ansicht. Ich stecke meine Nase nicht in Angelegenheiten, die mich nichts angehen. Mich geht alles an, was hier passiert. Das ist mein Beruf. Schließlich bin ich Polizist. Aber es ist wohl jetzt nicht der richtige Zeitpunkt, das auszudiskutieren. Die Guggenmoos steht mit ihren Riemchensandalen und den altrosa lackierten Zehennägeln an der Brückenkante. Gefährlich nahe meinen Händen, die sich tapfer in den Asphalt krallen. Natürlich weiß ich, was jetzt gleich passieren wird. Die Riemchensandalen mit den altrosa lackierten Zehennägeln werden auf meine tapferen Hände treten, und ich werde mit einem Schmerzensschrei die Kante loslassen müssen. Die könnte ich natürlich auch vorher schon loslassen. Aber eine echte Alternative ist das nicht. Weil ich in beiden Fällen in der Uecker landen werde. Und leider hat meine Wasserphobie dazu geführt, dass ich nie Schwimmen gelernt habe. Der flauschige Weihnachtsmannbademantel wird sich mit Wasser vollsaugen und mich in die Tiefe ziehen. Jahre später wird einer meiner Füße irgendwo an der Haffküste gefunden werden. Vielleicht von unserem Bürgermeister. Der bringt ihn zu Frau Hauptkommissarin Simone Siebenhaar nach Anklam. Und die wird wieder Wutflecken im Gesicht bekommen und sofort lospoltern, sobald er auf ihrem Schreibtisch liegt: »Kroger! Mit Ihnen hat man nur Ärger! Sogar noch nach Ihrem Tod!«

Das alles würde passieren, wenn die Guggenmoos auf meine Hände treten würde. Aber das tut sie nicht. Sie entscheidet sich für ihre bewährte Methode. Aus einer Tasche ihrer Burka zieht sie eine Peitsche. Natürlich eine echte *Pavoni*. Das erkenne ich sofort an dem goldenen P. Da bin ich inzwischen Experte. Wenn auch schon sehr bald ein toter. Leider werden nun das Letzte, was ich auf dieser Erde sehen darf, altrosa lackierte Zehennägel sein. Das ist nicht schön, aber auch nicht zu ändern.

Die Guggenmoos hat den Griff der Peitsche fest umklammert und holt mit wutverzerrtem Gesicht aus.

»Fahr zur Hölle, Kröger!«, brüllt sie.

Etwas Besseres fällt ihr wohl nicht ein, denke ich und schließe die Augen. Keine altrosa Zehennägel mehr, sondern die traurige Vorstellung, Oma Machentut nun alleine in den Fängen vom Kirchner zurücklassen zu müssen.

Ich spüre bereits den Luftzug der Peitsche und habe mit allem abgeschlossen.

Der Luftzug blieb nur ein Luftzug. Als ich die Augen wieder öffne, brauche ich eine Weile, um zu verstehen, was geschehen ist. Vor mir sind nicht mehr die braunen Riemchensandalen mit den altrosa lackierten Zehennägeln. Vor mir ist das blasse Gesicht der Guggenmoos. Mit der linken Wange liegt sie auf dem Asphalt, die Augen halb geschlossen.

»Lausiger Bulle«, haucht sie.

Das sind ihre letzten Worte. Die waren ihr wohl besonders wichtig. Dann durchfährt ihren Körper ein seltsames Zucken und ein dünnes Rinnsal Blut fließt aus ihrem geschlossenen Mund.

Erst nachdem ich mich mit letzter Kraft stöhnend am Rand der geöffneten Klappbrücke hochgezogen habe, sehe ich das Messer, das ziemlich genau auf Höhe des Herzens in ihrer Brust steckt.

Ich versuche, ihren Puls zu fühlen. Doch da ist nichts mehr.

Dann stehe ich auf und sehe zum anderen Ufer der Uecker hinüber. Neben der sich langsam wieder nach unten senkenden Brückenrampe steht der große Schapiro und zuckt entschuldigend mit den Achseln.

»Ich wollte sie nur außer Gefecht setzen!«, brüllt er zu mir herüber. »Aber ich bin eben etwas aus der Übung. Seit dem Unfall mit meiner Frau habe ich keine Messer mehr geworfen!«

Das kann man ihm glauben. Oder auch nicht. Die Guggenmoos hat immerhin ordentlich an seiner männlichen Ehre gekratzt. Und das Messer steckt doch sehr in der Mitte des Herzens. Andererseits hat mir der Schweinedompteur gerade das Leben gerettet. Da will ich ihm keine bösen Absichten unterstellen. Zumal es auch für einen geübten Messerwerfer von einer Seite der Uecker auf die andere eine hübsche Distanz ist.

Ich ziehe den roten Weihnachtsmannbademantel aus und decke die Guggenmoos damit zu. Ein wenig Fürsorge hat jeder Tote verdient. Auch wenn er im Leben ein Mörder war.

Dann laufe ich in meinem dünnen Krankenhausleibchen über die heruntergelassene Klappbrücke zu dem großen Schapiro.

»Wir müssen uns beeilen!«, rufe ich ihm zu. »Vielleicht ist es noch nicht zu spät für das positive Erlebnis aus der Vergangenheit!«

Er nickt zustimmend und hetzt neben mir her zurück zur Marienkirche.

»Die Geli war eine Zeitlang im Zirkusgeschäft«, quetscht er atemlos hervor.

»Was?«, raunze ich ihn an. »Warum haben Sie mir das nicht vorher gesagt?«

»Weil ich es nicht wusste!«, erwidert er unverdrossen. »Ihre Vorgesetzte hat es mir gerade erst am Telefon mitgeteilt.« Er holt im Laufen zum Beweis seinen Telefonknochen aus der Legionärsuniform. »Sie hatte ein paar Jahre eine Peitschennummer in einem tschechischen Zirkus. Bei diesem Zirkus waren auch die …«

»Pavels«, ergänze ich. So haben die sich also kennengelernt. Gute Arbeit, Frau Hauptkommissarin Siebenhaar! Aber gerettet hat es die Guggenmoos nicht.

Als wir auf dem Kirchenvorplatz ankommen, sitzt der Tarek noch immer unverändert mit geschlossenen Augen in dem Rollstuhl auf der Ladefläche der Ape. Sandy Raschke und der kleine Schapiro knien neben ihm und singen ihm ein Weihnachtslied vor: »Have yourself a merry little christmas«. Das ist ein äußerst rührender Anblick. Sie bekommen das zwar nicht so gut hin wie Judy Garland in dieser uralten Schmonzette, die Oma Machentut jedes Jahr zu Weihnachten im Fernsehen sieht und dabei heult, bis ihre Brille beschlägt. Aber sie geben sich Mühe. Das muss man ihnen lassen. Allerdings ist es nicht das Lied, das der Tarek mit einem positiv besetzten Erlebnis aus seiner Kindheit verbindet.

»Ihr Sohn kennt christliche Weihnachtslieder?«, flüstere ich dem großen Schapiro zu, als wir den Tarek samt Rollstuhl von der Ladefläche der Ape hieven.

»Wie Sie wissen, leben wir nicht orthodox«, erwidert er genauso leise. »Außerdem wurden viele christliche Weihnachtslieder von jüdischen Komponisten geschrieben.«

»Aha«, mache ich nur. Das hätte mir der Kirchner auch mal früher sagen können.

Ich streife mein Krankenhausleibchen glatt und schiebe den Tarek zum Eingang der Kirche. Wahrscheinlich bin ich für ein klassisches Konzert einer berühmten Opernsängerin nicht wirklich korrekt gekleidet. Aber was soll's? Der Schweinedompteur trägt seine römische Legionärsuniform. Das sieht der Dresscode bei klassischen Konzerten sicher auch nicht vor.

Sandy Raschke und der kleine Schapiro haben ihre Hände bereits an den schweren Griffen der Kirchentür. In wenigen Augenblicken werden wir erfahren, ob das positiv besetzte Erlebnis aus der Vergangenheit den Tarek zu uns zurückbringen kann.

Wahrscheinlich hat die Ueckermünder Marienkirche in den letzten Jahrhunderten einiges erlebt. Doch unseren Auftritt wird sie sich gewiss ins Tagebuch schreiben, falls sie eins führen sollte. Ein römischer Legionär, ein irrer Dorfpolizist im Krankenhausleibchen, ein apallisches Syndrom und zwei verliebte Kinder. Mit etwas Phantasie würden wir auch als heilige Familie durchgehen. Der römische Legionär als Josef, ich als Maria, das apallische Syndrom als Jesuskind und die beiden Kinder als Ochse und Esel.

Vielleicht sieht uns das Benefizpublikum auch so. Jedenfalls starrt es uns an, als kämen wir aus einer anderen Welt. Der Tarek kommt da wohl auch her. Dicht gedrängt stehen sie und bilden sprachlos eine Gasse, durch die wir hindurch schreiten wie verloren geglaubte Kinder. Nur der Tarek schreitet natürlich nicht. Der wird von mir geschoben.

Alle sind gekommen, um für die Delphintherapie zu spenden. Oma Machentut, der Kirchner, Asena, die Plüschke, der Bürgermeister, Bauer Weltzin, Hajo Melthin, Tante Weltraum und natürlich Johnny Cash und die gute Miene. Sogar den Semmler und Kalle Duchow kann ich hinter einer Säule stehen sehen. Nur die Guggenmoos fehlt. Aber die darf als entschuldigt gelten.

Die Kirche ist mit ihrem Deckengemälde und dem Rokoko-Altar tatsächlich so imposant, wie der Kirchner immer behauptet hat. Überall flackern Kerzen, und ein schwerer Weihrauchgeruch liegt in der Luft.

Ganz vorne steht die gute Miene in einem eleganten Kleid und lässt ihre weißen Zähne blitzen, als sie den Tarek sieht. Aber auch sie sagt nichts. So wie alle schweigen, während nur unsere Schritte und das Quietschen der Rollstuhlreifen zu hören sind.

»Wir dachten, der Tarek sollte bei dem Konzert dabei sein«, sage ich in die Stille. Meine Stimme klingt leicht heiser. Vielleicht liegt es an der besonderen Atmosphäre der Kirche. Vielleicht bin ich es auch einfach nicht gewohnt, vor so vielen Menschen zu sprechen.

»Ja. Das ist eine gute Idee«, antwortet die gute Miene und lächelt wieder mit ihren schneeweißen Zähnen. Und auch Johnny Cash nickt bestätigend dazu.

»Aber der Tarek braucht Ruhe«, widerspricht der Bürgermeister und verzieht sein Gesicht zu einer seltsamen Grimasse. Wahrscheinlich schießt ihm wieder die Magensäure hoch und er hat keine Hildegard-von-Bingen-Pfefferminzblätter zum Mümmeln dabei.

»Ach, Holthusen!«, brummt der Kirchner ungeduldig. »Halt doch einfach mal die Klappe! Was der Tarek braucht, weiß der Kröger am besten. Da kannst du dich drauf verlassen! Alle hier können sich darauf verlassen.«

Ausgerechnet der Kirchner. Das hätte ich nicht von ihm erwartet. Deshalb kann ich das nicht unkommentiert lassen. Ich gehe auf ihn zu und drücke ihm zum Dank einen feuchten Kuss auf die Stirnglatze. Wenn er nicht schon der Lover von Oma Machentut wäre, dann würde ich alles dafür unternehmen, dass die beiden zusammenkommen. Es braucht einfach nur die richtigen Worte, um eine Meinung in grundlegenden Dingen zu ändern.

»Das Weihnachtslied«, sage ich zur guten Miene. »Ihr Sohn möchte das Weihnachtslied hören.«

»Es ist kein Weihnachtslied«, erwidert Tareks Mutter lächelnd.

»Ich weiß«, sage ich. »Ich meine dieses Operndings, das Sie zu Weihnachten immer gesungen haben.«

»Das Operndings«, wiederholt die gute Miene und öffnet ihren Mund zu einem breiten Grinsen. ›Mon cœur s'ouvre‹ von Camille Saint-Saëns …«

Ich nicke. So hat es der Tarek mir zumindest erzählt.

Die gute Miene sammelt sich. Und dann hebt sie ihre Stimme und beginnt zu singen. Obwohl man das eigentlich nicht mehr Gesang nennen kann. Es ist viel mehr und viel schöner. So stelle ich mir vor, haben die Sirenen Odysseus auf seiner Irrfahrt verführt. Ich bekomme am ganzen Körper Gänsehaut und zittere sogar leicht vor Ergriffenheit. Aber den anderen scheint es genauso zu gehen. Oma Machentut schnieft leicht und fasst nach der Hand vom Kirchner. Sandy Raschke greift nach der Hand von dem kleinen Schapiro. Und die Plüschke nach der von Tareks Cousine. Deren Suche nach der großen Liebe ist anscheinend endlich vorbei. Das gönne ich ihr wirklich. In einem alten Schlager heißt es, dass eine Frau erst durch die Liebe schön wird. Oma Machentut hört diesen Song manchmal mit verträumtem Blick, wenn der Kirchner nach dem Frühstücken zu sich nach Hause geht. Bei ihr stimmt das. Und bei der Plüschke erst recht. Weil ihr Asenas Zuneigung eine Ausstrahlung verleiht, die ich nie für möglich gehalten hätte. Deshalb bin ich jetzt sogar ein bisschen stolz, dass ich fast mal etwas mit dieser tollen Frau gehabt habe.

Leider habe ich keine Hand, nach der ich greifen könnte. Obwohl das nicht stimmt, wie mir zum Glück schnell einfällt. Und diese Hand fühlt sich nicht kalt und tot an, sondern warm und lebendig. Es ist die Hand vom Tarek. Ich halte sie fest, bis die gute Miene zu Ende gesungen hat und beiße mir dabei wieder tapfer auf meine Seidentuchzunge.

Danach ist es wieder still in der Marienkirche. Alle warten, ob und wie der Tarek reagieren wird. Und dann reagiert er.

Er schlägt die Augen auf und sagt mit kratziger Stimme: »Ho! Ho! Ho!«

Und dann grinst er.

Zwar mit etwas Sabber.

Aber von einem Ohr zum anderen.